U0950972

爱琴海

珍珠 02

Aegean sea

愿我如星君如月 2

小红帽萌妹 著

河北出版传媒集团 花山文艺出版社

图书在版编目（CIP）数据

愿我如星君如月. 2/小红帽萌妹著. --石家庄：
花山文艺出版社，2017.7
ISBN 978-7-5511-3364-7
Ⅰ. ①愿… Ⅱ. ①小…Ⅲ. ①长篇小说－中国
－当代Ⅳ. ①I247.5
中国版本图书馆CIP数据核字(2017)第118020号

书　　名：愿我如星君如月·2
著　　者：小红帽萌妹

策　　划：张采鑫
责任编辑：董　舸
特约编辑：雁　痕
美术编辑：许宝坤
责任校对：齐　欣
装帧设计：颜小曼
出版发行：花山文艺出版社（邮政编码：050061）
（河北省石家庄市友谊北大街330号）
销售热线：0311-88643221/29/35/26
传　　真：0311-88643225
印　　刷：长沙超峰印刷有限公司
经　　销：新华书店
开　　本：710×1000　1/16
印　　张：17
字　　数：272 千字
版　　次：2017年7月第1版
2017年7月第1次印刷
书　　号：ISBN 978-7-5511-3364-7
定　　价：32.00元

目录

Contents

目录

Contents

目录 Contents

/ 愿 我 如 星 君 如 月 / 2

「 楔子 」

她心里正千树万树繁花盛开，一场报复却已悄悄开始。

林琰琰永远无法忘记，第一次看到陆莘透时，她心中激荡着欢喜。

高二，张宵办生日宴，请了一帮同学，其中就有陆莘透。

他拿着红酒站在角落里，不接受女生的搭讪，不主动与别人说话。他就这么落寞又醒目地站在人群的边缘，不时啜饮红酒，喉头稍稍滚动，看得林琰琰心中不由得也随之翻滚。

那一瞬间，她被深深吸引了。

“嘿，我叫林琰琰，你叫什么名字？”

从她远远走向他到开口和他搭讪的那一段时间，他都没有看她一眼，直到她说出自己的名字，他才转过头来打量她。

他反问：“你叫林琰琰？”

林琰琰本来还做好了无数种应对冷场的准备，没想到他这么快回话，让她不由得一阵惊喜。

她故作镇定地回答：“是啊，你呢？”

他忽然牵唇一笑，透过红酒杯的眼神是遮不住的勾魂摄魄。他唇上有红酒的水润，晶亮迷人。他说：“我叫陆莘透。”

林琰琰听到这个名字，内心无比雀跃，外国语学校能叫得出名的男生很少，而他正是最风云的那一个。她主动举起酒杯："Cheers，为初相逢。"

"Cheers！"他端起酒杯，酒杯与酒杯碰出清脆美妙的声响。

林琰琰并不知道，这美好的开始最后会走向狰狞的结局。

当她心里千树万树繁花盛开的时候，一场报复却已悄悄开始。

每一次林琰琰想方设法和陆莘透稍微走近一些，他就抽身远离；等她心灰意冷的时候，他却忽然主动亲近。

这样忽冷忽热了两年，林琰琰都不知道如何定义他们的关系。陆莘透对周围的人默认他们的关系并不解释，但是他却从未有过任何亲密的举动。

然后，林子说出现了，陆莘透对林琰琰的态度便有了天翻地覆的变化，那些如刀子般锋利的冷言冷语和冷漠的眼神，让林琰琰觉得这两年似乎都只是她的一厢情愿。

她不甘心地纠缠、追问，陆梓透回她的永远是那模棱两可的笑容。曾经绽开在他唇边的笑意让她倾心追逐，如今，变成噩梦深深刻入她的心里。

后来，母亲也纵身一跃，用一抹鲜红回应了父亲的不忠，林琰琰不得已带着林巍巍逃离了这座城市。

对这场飞蛾扑火般的初恋，林琰琰许久之后才明白，一切不过是陆梓透的欲擒故纵。她是关家的孙女，关家逼死他的母亲也从此关闭了他对于家庭的美好向往，从那时候开始，他所做的一切，都不过是为了报复。

「 第一章 」
无数个日夜，她为他黯然神伤，却不想有一天会等来这句话。

林琰琰回到病房，关上门，抵着门板难过了许久。

林巍巍见她久久不动，问她："姐，你怎么了？"

她擦了下眼泪说："没事儿，你怎么还没睡呢？"

林巍巍叹了口气："姐，你能帮我保管手机吗，我不想看见它。"

林琰琰走过去，接过他的手机打开，上面有很多白玫的未读短信和未接电话。白玫还在声泪俱下地求着林巍巍。这种短信无疑是一把刀，每一个字都插入他的心里，不断伤害他，否定他的付出。

林琰琰把手机收下："明天三审过后，姐姐给你去重新办张电话卡。"

林巍巍点头没再说话，望着姐姐憔悴的面容，他忽然觉得自己特别浑蛋。

"姐，我以后不会再让你操心了。"

听到这句话，林琰琰浑身一震，她平静地起身整理被褥说："有你这句话姐姐就放心了。好好睡吧，明天还要早起呢。"可背过身时，却泪如雨下。

第二天就是三审，虽然时间漫长，但过程没有她想象中那么难，商权的律师虽然掏空心思想要替商权摆脱罪名，但还是不敌陈律师提供的有力证明。最后法官宣布，本案商权承担绝大部分罪责，而林巍巍与参案同学一起被判管制三个月，赔偿部分经济损失。因为林巍巍还没康复到可以出院的状态，法院同意缓期执行。

法官还在结案陈词，而林琰琰整个人都放空了，这耗时将近一个月的案子几乎掏空了她的所有。

林巍巍抱着她流泪："姐，对不起，谢谢你！"

她抚着林巍巍的头说："没事了。"

再多的言语已显苍白，她知道林巍巍已经改变了，这就够了。

晚上，林琰琰请律师们吃饭，林巍巍也拄着拐杖出席。

饭桌上，林琰琰非常诚挚地对陈律师表达感激。陈律师很开心地说："我很多年没有遇到这么棘手的案子了，几乎是智斗各层权势，在快要山穷水尽的绝境下翻的盘，这是我职业生涯的辉煌一笔。"

听陈律师说这话，林琰琰笑了，心里却不由自主地想到另一个人。

如果没有景辰的帮助，林巍巍大概要背一辈子的黑锅吧。

应酬结束之后，她给景辰打电话。

"景总。"

"今天是不是很开心？案子结了，又是最有利的结果，以后不用担惊受怕了。"

"是啊。"她顿了一下，"谢谢景总。"

"我今天收到林岚的报告了，她说你的工作在过年之前都完成了。"

"是啊。"

景辰笑了："要不，换你说两句话吧。"

她本来内心很甜，听到这句话顿时手足无措了。

"我……我想请景总吃饭。"林琰琰鼓起勇气说。

景辰随即说："好啊，等林巍巍出院了，你什么时候方便了，我一定奉陪。"

"好。"

"那么，天晚了，早点儿休息？"

"好，景总晚安。"

两人相互等了一下，对方都没有先挂电话。

听筒里传来细微又小心的呼吸声，景辰失笑便先挂了。

相恋就是这样吧，每一通电话都万分珍惜和不舍。虽然他们现在还没有挑明，但他能感觉到她的心意，所以他想等到合适的那一天，由他主动吧，希望那时候她不要躲避。

A市龙图集团是当地数一数二的地产商，集团董事长的大儿子不久前喜获麟儿，到了百日，便举行百日宴邀请A市的各位商贵和政要，景辰和陆莘透都在受邀之列。

宴会上，客人们游走结交。

陆莘透一个人在阳台边喝酒，他拿出手机翻了翻。自从张宵和他说林琰琰也在群里之后，他就会经常翻开微信群，翻开她的个人资料发呆。

她的头像是一个穿裙戴帽的女孩儿赤着脚在沙滩上走的图片，跟她的微信名一样安静。

陆莘透看了一会儿，忽然觉得自己很傻，遂把手机收了。他回过头，视线忽然被远处一个人影吸引，那个人正是景辰。

景辰向龙图集团的大公子和夫人道完贺，一眼就看到了陆梓透。他愣了一下，随即笑着打招呼："陆总，好久不见，公司最近是不是很忙？劳您费心了。"

"景总真是客气了，自家的公司忙起来是应该的，怎么能说费心？"

景辰笑笑，不回应。

"景总，我们到阳台上走走可好？"

景辰点点头，随他一起过去了。

时值冬天，阳台上没什么人。

陆莘透端着半杯红酒，先开了口："我一直觉得，我跟景总是截然不同的两类人，但没想到我们的喜好也会有一样的。"

"嗯？"

"景总最近是不是在追求林琰琰？"

景辰轻松一笑："陆总对我和林琰琰的关系很在意？"

陆莘透沉默片刻，忽然问："景总，你会为了她而放弃市长千金吗？"

景辰微微皱眉："我没有与诗卉订婚，又何来放弃呢？以前没有订婚，以后大概也不会了。"

陆莘透望着他："看来景总的确是在追求林琰琰了。"

景辰耸耸肩不置可否。

"景总，你看上她什么呢？"

"我喜欢她的坚韧善良，即便再不济，依然能坚持自我。"

陆莘透暗含讥讽："景总对她只是怜悯。"

"不，陆总你错了，我很清楚自己对她是真正的爱，我不会将就。"景辰收敛笑容，面容严肃而清明。

陆莘透心里莫名地嫉妒了。

"那么，陆总，你喜欢林琰琰哪里呢？"

"哼，谁喜欢她了。"陆莘透喝了口酒，垂眸想了一下。

他真的不喜欢她吗？可为什么在她消失的那段时间里他会那么想要找到她？

"就算喜欢上了，也不需要理由，景总。"陆莘透镇定地举了举高脚杯，转身出去了。

今晚是林琰琰约景辰到她家吃饭的日子，景辰也难得提出来接她下班，她得早点儿回家。下班后，她匆匆忙忙下楼，景辰的车果然已经停在附近了。

林琰琰张望了一下，确认没有熟人才钻进车内。

"看您好像已经在这儿等一会儿了，不好意思。"

景辰温和地笑笑："没有很久，现在直接回你家吗？"

"嗯。"她羞涩地点头。

一路上，两人随意地聊着天。车开到家门口停下后，两人都下意识地去解安全带，结果手不小心触碰到了。

她愣了一下，抬头望着景辰，景辰亦停止动作望向她。

景辰的眼太美，就像墨玉藏在清澈的水底，忽然被阳光一照，反射出摄人心魄的光芒，让人一望便能沉醉下去。

"我……我去做饭！"她脸红了，慌乱地低头解开安全带，下了车。那样子更像是逃脱。

景辰觉得有点儿可惜，因为如果她再多望着他几秒，也许，他就会不计后果地坦白了。

林琰琰做饭的时候，整个人都乱了。她甚至把刚刚洗过的菜又重新洗了一遍，淘好的米放到锅里煮，却差点儿忘记按开关。

她一边切肉一边发呆，景辰忽然出现在厨房门口，还把她给吓到了，差点儿切了手指。

景辰惊得冲上去握住她的手："你没伤到吧？"

她摇摇头："没……没……"然后迅速撤离手指，后退两步，她根本不敢与景辰靠太近。

景辰知道她在紧张，上前一步："琰琰……"

林琰琰立刻说："景总，家里没有酱油了，我下去买一瓶酱油，很快回来。"

"天晚了，我陪你去吧。"

林琰琰刚想拒绝，可景辰又说："我一个人待着挺无聊的，陪你走走吧。"

她这才惊觉，从景辰进来到现在她好像都把人家晾在一边了。她有些不好意思，说不定人家早已经又饿又无聊了，所以点头同意他陪着出去走走。

小区附近有个超市，林琰琰迅速买了一瓶酱油出来，然后和景辰散步回家。

景辰陪她走着，看华灯初上，走过两个路灯之后，他终于下定决心了，在第三个路灯下停下了脚步。

"琰琰，你做饭的时候，一直心不在焉的，刚刚还差点儿割伤了自己的手……"他顿了一下，轻声问，"你在想什么呢？"

她慢慢抬起头来望着他，有一瞬间，她想把一切都说出来，可是她怕自己说出来，两人的关系就没法维持了。

"没什么，景总，我们回去吧。"她低下头向前走。

景辰见状，直接拉住她的手。

林琰琰回头，紧张地看着他，她觉得景辰的情绪不对劲，只是她没想到景辰会忽然微笑着对她说："我喜欢你。"

她蒙了。无数个日夜，她为他黯然神伤，却不想有一天会等来他对她说这句话。

景辰紧紧牵着她的手，柔声说："琰琰，我喜欢你，你不要觉得不可思议，你很好，完全可以毫无顾忌地与我在一起。"

"景总，我……"她心里怦怦直跳。

景辰抱住她："琰琰，你喜欢我吗？"

"景总……"她刚想说话，远方的道路上忽然打来一束耀眼的车灯，不仅如此，那辆车还发出"嘀嘀嘀"的喇叭声，很大声，很烦人。

林琰琰从景辰怀里抬头，就看到一辆非常熟悉的迈巴赫轿车停在他们面前。紧接着，陆莘透就从驾驶室里出来，风风火火地走过来了。

他走到他们面前，用一种很难描述的眼神打量着他们，然后咬牙切齿地说："没想到会在这里碰到景总和林琰琰，而且我好像破坏你们的好事了！"

景辰饶是性格再好，此时也觉得陆莘透很烦人。

"陆总，您怎么在这儿？"

"见客户，恰好路过！"陆莘透的眼神依然停在两人相拥的姿势上，"怎么，这里是你家开的，不允许我经过？"他一点儿也没有道歉和离开的意思。

林琰琰觉得他说话很冲，厌恶地皱了皱眉，对景辰说："景总，我们回去吧，饭该煮好了。"

景辰点头，刚走几步，谁知陆莘透就厚脸皮地开车跟上了。

"客户我已经见完了，恰巧也没有吃饭，既然景总有口福，何不邀请我一起吃晚饭呢？"

林琰琰火了，刚准备反驳，景辰就拦住了她，很绅士地说："今天的晚饭是琰琰做的，菜还挺多，既然陆总也没有吃饭，我们也不介意多一双筷子，一起吧！"

林琰琰不明白景辰为何就答应了，后来才发现与其和陆莘透这种人硬碰硬，不如找机会四两拨千斤呢。

不过这回家里可真是热闹了。

林琰琰会做的菜不多，都是很家常的。三个人四菜一汤，应该也足够了。

她端菜上桌，摆好碗筷就叫他们入桌。

陆莘透也许是饿了，只顾着吃。他好像喜欢牛肉，只夹苦瓜牛肉那一盘菜，吃得很大口，但也没有说做得好吃还是不好吃。

景辰就斯文一些，吃得慢条斯理，还对林琰琰微笑着赞叹："酸甜排骨做得不错，番茄酱放得很多，我喜欢酸的。"

她与他相视，眉眼也忍不住温柔起来："我也喜欢酸的。"

陆莘透见两人含情脉脉，就从他们中间夹起一块排骨吃了吃，然后皱着眉头评价："太酸了，爱吃酸的人小心胃酸过多，对胃不好！"

真是煞风景！林琰琰暗暗瞪了他一眼。

一顿饭，好不容易在怪异的气氛中吃完了，可吃饱饭后，景辰和陆莘透都没有离开的意思。

林琰琰把碗筷收进厨房清洗，两个男人坐在外面说话。

陆莘透看了看手表，对景辰说："景总，我们是不是该回去了？"

"不急。"景辰笑笑，一语拆穿，"陆总是担心我向琰琰表白？"

"景总刚刚不是已经做了吗？"

是啊，可林琰琰还没回答他就闯入了。

景辰苦笑："好吧，我们回去，一直待在这儿会给琰琰造成麻烦的，毕竟她也很辛苦，需要休息了。"

这点陆莘透倒也没有反驳。

景辰起身往厨房去，跟林琰琰说："琰琰，天晚了，我和陆总告辞了，你也早点儿休息。"

林琰琰不舍得他这么快离开，可也不好开口，只得擦干手道："我送送你们。"

林琰琰把两人送到楼下，离别前，景辰和林琰琰还依依不舍。

陆莘透只能火大地说："景总，我们该走了！"

两人开车离去，开到第二个十字路口，一起等红绿灯时，陆莘透主动摇下车窗说："景总，你会不会太着急了？"

景辰亦摇下车窗笑问："陆总说的是琰琰吗？"

"叫得这么亲热，景总跟她认识才几天，而我已经认识她快十年了。"陆莘透对于他的称呼十分在意。

“陆总，感情这东西无关时间。再则，怎么称呼，是我与她喜欢的，也相互认可的。”

“呵！”陆莘透冷笑一下，“没关系，我明天叫她琰琰，她同样不会拒绝。”

景辰无奈地摇摇头：“陆总有时候真像个顽皮的孩子。”

景辰刚说完，路口的红绿灯就变了。

陆莘透望了景辰一眼，说：“绿灯亮了，我先走了。景总，你就慢慢等着吧。”他留下意味深长的话离开了，那辆奔驰的迈巴赫的确像他的性格一样冷酷倨傲。

林琰琰觉得陆莘透最近对她越来越奇怪了，比如今天他亲自来她的办公室，把文件放到她桌子上，语气前所未有的温柔：“琰琰，把我在OA上批注的内容再修改一下，重新发起流程。”

他是大步离去了，可是她的整个办公室都轰动了。

“Oh，my god！刚刚陆总说了什么，琰琰？陆总可没对谁这么亲切过啊！”

“琰琰，不会你完成了薪酬方案之后，一下子成为陆总身边的大红人了吧？完了，以后我得巴结你了！”

众人七七八八地调侃着，林琰琰只觉得尴尬。她还记得陆莘透曾经在会议上讨论办公室潜规则，以至于全公司都误会她，现在又来这一出，难道是新一轮的陷害？

李经理坐在办公室里，听到外面闹哄哄的，也忍不住想难道真如这些人所说，林琰琰成了陆莘透眼前的大红人？领导态度转变太快了，简直让她措手不及啊！

临近午休的时候，陆莘透把林琰琰叫到办公室。

“你中午有空吗，陪我去个地方。”

她皱了皱眉，拒绝了：“陆总，抱歉，我不能因为私事离开工作岗位。”

“私事？老板给你的吩咐你觉得是私事？呵……我发现全公司上下，就你敢这么说，也不知道谁给你的勇气！”他轻笑一下，不容置疑地说，“陪我回一趟学校。收拾一下就出门吧，你现在可是带薪工作！”然后不容她反驳，就把她赶走了。

她再生气，也无可奈何，还是得陪着他出门。

林琰琰很不乐意回学校，所以两人下午到学校，陆莘透邀她下车时，她冷淡地拒绝了。

“我不想逛，你自己玩吧。”

陆莘透瞧了她一眼，又望着车前来来往往的学生说：“你看那边，操场看台上的座椅好像都换了，你以前放学的时候最喜欢坐在那儿看男生打球。”

林琰琰不答话，陆莘透继续道：“还有那条路是你吃饭必经的，也不知道你为何要故意绕这么远。左边综合楼上的舞蹈室，你曾经在那儿排练。你最美好的四年青春都是在那里度过的，难道你不怀念？”

林琰琰的目光渐渐被陆莘透的话语吸引过去，不由自主地下了车。

当年，她坐在篮球场边看男生打球，因为有他；她故意绕着远路去吃饭，因为他的教学楼在那边，那是他下课的必经路。

青春是美好的，也是残酷的，她的喜怒哀乐全因这个叫陆莘透的男人而变化，现在回忆起来，这所学校留下的不过是她自作多情的耻辱而已。

陆莘透引着她走在田径场跑道上散步。

此时，跑道上空旷无人，正是最安静惬意的时候。

他说：“我从来没有跟女生这么散步，早知如此，当年就不拒绝你了，也许还能成为校园里最令人羡慕的情侣。”

她莫名其妙地望着他。

他笑：“当年没有接受你，是因为……我总是想起我妈妈。”

他侧头望着远方，清风拂动他的头发，他立体的五官更显清晰。

“我妈妈是一个普通教师家庭的女儿，她大学毕业到IV集团工作，和我爸相爱了，但等他们恋情成熟打算结婚的时候，却遭到家里强烈反对，于是，我爸爸和我妈妈偷偷登记结婚，并怀了我。

“等到我出世，奶奶因为我逐渐接受了我妈妈，而爷爷因为门当户对的观念很重，仍旧没有承认我妈妈。在我六岁的时候，公司运营受行业波动的影响，需要有生意伙伴的扶持，为此，爷爷竟然把主意打到了联姻上。

“爷爷的生意伙伴一直有意与他结成亲家，他与生意伙伴联手打压我妈妈，引发我爸爸和我妈妈的误会，离间他们的感情，最终逼死了我妈妈，让我爸爸迎娶生意伙伴的女儿。”

他说到这里，冷笑一下：“可惜人算不如天算，不久后，他的生意伙伴遭人暗算破产了，这桩费尽心机算计来的联姻也就不了了之。可你知道与我爷爷联手逼死我妈妈的那个人是谁吗？”

他看向林琰琰：“就是你的姥爷，关军为。只不过当时打算跟我爸爸联姻的女人不是你妈妈，而是你小姨。”

林琰琰大惊，她没想到她家与陆家竟然有这么大的恩怨。

“所以，你恨我是因为我姥爷害死了你妈妈，而不仅仅是因为林子说，是吗？”林琰琰声音凛冽。

“林子说，其实是我表妹。”他眼帘微垂，“我曾经是非常恨你的。”

“你没法接受我，却还故意吊着我，让我难堪，让我痛苦，就连林子说……你为了报仇什么都可以利用！”

陆莘透见她语气激动，抓住她的手说：“我告诉你这些是想说，也许……我不应该怪你，这毕竟是上一代人的事。”

“也许？”她的眼泪流了下来，“就因为你一个也许，我当年遭了多少罪！”她用力挣脱他，“你以为你现在跟我说，我就能理解你、原谅你，甚至当当年的事情都没有发生过？”

他沉默了，伸手抹了一下她的眼泪：“别哭了，我说出来就是为了让你打开心结，我们可以重新……”

“你以为你是谁？”林琰琰挣开他，冷着脸跑走了，不管陆莘透怎么叫她，也不回头。

陆莘透沉默了。原来他和她之间的鸿沟不是坦白心声就可以跨越的。

「　第二章　」

他在她最单纯最懵懂的美好年华，给了她致命一击，八年后，她终于把一切都还给了他。

林巍巍身体稍好就提前出院了，不过这也意味着他即将接受刑罚。

林琰琰亲自把他交给警察。

林巍巍平静地说：“姐姐，三个月以后我就回来了，你不用担心。”

林琰琰安慰他：“在里面好好学习，你出来后姐再为你找一所高中。”

林巍巍眼睛红了，点点头说：“姐，我明白了，我不会再让你担心了。”

她含泪看着他走向警察，然后一个人默默走出法院。她抬起头，眼睛望着明媚的天空，努力把眼泪压回眼底。

这时，身后忽然有人唤她：“琰琰。”

林琰琰回头，看见林行远居然在法院门口等她。

林行远焦急地走上来说：“爸爸一直在关注你们，巍巍被带走了是吗？”

她觉得可笑，明明林巍巍经历了二审、三审，他都没有出现过。

“你来做什么？”

“爸爸想和你谈谈。”

她挑眉说：“谈什么？林子说的病情？真难得，今天冯清怎么没有和你一起来，你们不是成双成对，脸皮厚得无以复加了吗？”

林行远没有反驳，他低下头来，迟疑地说：“琰琰，子说她的病越来越不好了，她住院了啊！”

“你跟我说这些有什么用，想让我同情她？”

“琰琰，你怎么能这样子，当年要不是你……”

“当年要不是冯清和她，我妈妈也不会跳楼！”

林行远眼睛湿润，不敢再说话。林琰琰也不打算再与他争执了。

林子说，是她心里最痛的劫，缠绕着她，让她内疚、自责、愤怒而又无可奈何。

林行远见她要走，忙说：“琰琰，你去看看她吧，去看看她，也许你的想法就不一样了。爸爸希望你、她或者冯清，都应该为自己的行为赎罪！”

这句话像噩梦，撞击到林琰琰的心里。她冷冷地说：“你也应该为你的行为赎罪！”然后头也不回地穿过了马路。

林行远站在路边，痛苦地捂住了双眼。

林琰琰走远后，给陆莘透打了个电话，这是她这么多年，第一次主动给他打电话。

陆莘透很意外，问她：“怎么？我这几天不约你，你反而想主动约我了？”

她也不跟他拌嘴，只是问：“林子说生病了是吗？”

“怎么了，这对你很重要？”

“她在哪家医院养病？”

陆莘透沉默了一会儿，心情复杂，最后还是告诉她了。

林琰琰挂了电话，打车往那家医院赶了。陆莘透一边开车一边想，这个女人终究还是善良的，否则又怎么会去探望林子说呢？

他以前总把林琰琰想得很恶毒，以为关军为能教出什么样的孙女，后来他发现不是，她外表很坚硬，内心却比任何人都柔软，这也是他，越来越喜欢她的原因吧。

林琰琰到了林子说所在的医院，在附近买了一束康乃馨，进到林子说所在的楼层。她躲在墙角，等冯清和医生走了，才悄悄走到病房门口。

她没有进去，只是在门外望着。林子说一动不动地躺着，手上插着滴管，很安静很脆弱，这让她想起前段时间的林巍巍。

林琰琰叹息一声，把花放在门口，悄无声息地走了。

林琰琰很晚才回到家，有些意外地看到熟悉的黑色奥迪车停在自己小区附近。

景辰摇下车窗，对她笑了笑，打开车门走下来。

“景总，您怎么来了？”

“来看看你。”景辰回头看了一下自己的车，“我有一样东西要送给你。”

林琰琰好奇又疑惑地看过去。景辰打开后备厢，从里面取出很大的一捧玫瑰花，上面点缀着满天星，让她惊呆了。

当景辰拿着玫瑰花穿越黑暗朝她走来的那一刻，他就像浑身散发出金光的王子一样。景辰捧着玫瑰花走到她面前，说：“我来的路上一直想，要给你买什么礼物最能代表我的心意，后来我觉得玫瑰花最合适，你猜这里有多少朵？”

她捂着嘴摇摇头。

景辰笑着说：“三十朵。”

林琰琰感动得流下了眼泪，但是她不敢接受这些花。景辰比普通人高高在上太多了，她高攀不起。

景辰见她迟迟不接花却一直哭着，心里很忐忑，他温柔地问：“琰琰，你知道三十朵玫瑰的花语是什么吗？”

“嗯？”

“是接受我的爱。”他的双眼亮晶晶的，他希望她能被感染，“我喜欢你，是深受你的灵魂吸引，无关你的身世、样貌和脾气。我不由自主地被你吸引，不知道你……可有考虑过接受我呢？”

“景总……”林琰琰压抑着哭腔说，“景总，爱情是两个人的，可我与您毕竟不同，如果在一起，会有很多意想不到的麻烦，我不希望您平顺的人生有任何波澜。”

景辰抓着她的手：“琰琰，你看着我，只需回答我的问题就可以了，你想和我在一起吗？”

“想，可是……”她愣愣地望着他。他的目光里似乎注入一道光，坚毅而深情。

“琰琰，没有什么困难是跨不过去的，我父母不是不讲理的人。平时你那么勇敢，这次和我一起渡过难关，可以吗？”

“景总，我……”她的手不住地颤抖。

在爱情里，她和景辰是不对等的，但是景辰没有高进的自以为是，也没有陆莘透的霸道粗鲁，这样的男人，她怎么能让他难过？

她似是想开了，伸手接过花，主动抱住了他。

“景总，对不起，我以后不会让你为难了，我也喜欢你！”

景辰满足地抱住她，感觉到她的体温熨帖着他。自从第一段恋情结束后，隔了七八年他都没有这么开心过。

他抚着她的肩头感慨：“琰琰……谢谢你，让我找回初恋的感觉，谢谢你，让我遇到了你！”

她没想到他会这般动情，她才是真的应该感激他啊，感激他的包容，感激他放低姿态给她机会。

两人彼此说了很多体己话，直到天色很晚了，才依依不舍地分别。

上楼后，林琰琰找了个大花瓶插上景辰送的鲜花，这是她收到的第一束花，她一定要好好保存。她反复地看着，一遍遍确认这不是梦，几乎都没怎么睡好觉。

第二天，她早早就起来了，正想给景辰发短信，景辰就主动给她发来了短信。

“我想你了，琰琰。”

她脑子一蒙，双手颤抖着回了他短信：“我也想你。”

“今晚我们约会吧。”

“好。”

林琰琰到公司以后，一路春风满面，同事们都很惊讶，不住地对她赞叹。

小陈很八卦地问：“琰琰，谈恋爱咯？”

林琰琰笑说：“没有，哪可能呢？”心里又想，难道她表现得这么明显，幸福写在了脸上？

其实不仅小陈和其他同事如此想，就连陆莘透，也是这么想的。他见过林琰琰后，用微信加了她的账号。于是，林琰琰登录微信后，收到一条陌生消息，那微信名够霸气，“IV总裁陆莘透”，就连头像都是他本人在办公室里的自拍。

她还是第一次见到这么直白的网名，可见对方相当没幽默感。

她想了想，最后还是加了陆莘透。

刚加上，陆莘透就给她发了条消息。

“你今天的打扮很漂亮，看来咱们很有默契，一早就猜到我今天要约你看电影。”

“我还有很多工作要做。”

“我可没少付你工资，林小姐，说吧，是下午还是晚上？”

林琰琰咬牙想了一会儿，晚上是她和景辰第一次约会，她不想错过。

“下午三点吧！”

下午三点，林琰琰准时到了楼下。她没看到陆莘透的迈巴赫，正觉得奇怪，就见一辆老旧宾利车朝自己开来。

她愣了愣才想起，以前专门负责接送陆莘透上下学的刘司机，开的就是这辆宾利。

“你为什么把这辆车开出来？不就是看电影吗？”

陆莘透笑而不答：“我带你去一个地方，你就知道了。”

他把车开到了A市外国语学校附近的电影院。这家电影院现在已经改名叫金华影城了，林琰琰记得十年前这里叫中和影城，因为离学校比较近，非常受学生欢迎。

影城的墙壁上挂着近期上映的电影海报。

林琰琰看了看，问：“你想看什么电影？”

她猜陆莘透应该会选择一部大片，可是陆莘透点了两杯热奶茶和一桶爆米花，对她笑笑说：“我们不看宣传的这些，你跟我来就知道了。”

她觉得奇怪，就跟他进去了。进去时，都没有人检票。两人入场后，陆莘透很随便地就找中间的位置坐下了。

林琰琰跟着他坐下，见影院里空荡荡的，又问：“我们看什么电影，为什么一个人都没有？”她话音刚落，电影院的灯就关了，紧接着音乐响起，电影开始放映了。

她这才惊呼出来：“你包场了？”

黑暗中，陆莘透朝她笑了笑，并没有回答。

林琰琰对他很无语，不就是看个电影嘛，至于包场吗？可是等电影跳出片名的时候，她才理解了他的意图。

银幕上放映的是2003年在法国上映的一部非常经典的爱情电影——《两小

无猜》。

《两小无猜》上映之初就引起了极大的轰动，后来还获奖了，可惜影片一直没有在中国放映。直到有一天，她听说隔壁的中和影城放映这部电影，而且是法语对白，中文字幕，她很震惊。

她听到消息的那会儿，应该是追求陆莘透最狂热的时候吧，她很期待电影能给他什么启发，促进两人的感情。

她第一次主动邀请男生看电影，而平时对她若即若离的陆莘透，居然答应了。她很高兴，那天穿上了最漂亮的雪白公主裙，请造型师弄了鬈发，在电影院门口等他。可是，她等到影片落幕，陆莘透都没有出现。那天晚上下着大雨，她因此感冒发烧在家歇息。她不停地发短信问他为什么失约，可他始终没有回复她。

身体稍好后，她回校上课，才知道那一晚，他陪在林子说身边。

这件事带给她的伤害，让她不再关注影片的发展，只关注陆莘透为什么与林子说在一起。

不过，她听说影片只放映了那一次，第二天就被勒令叫停了，因为侵权上映。

那次是唯一的上映机会，正像她给陆莘透的爱情机会一样。

她把自己最美好的初恋都献给了他，他没有珍惜。如今，他却请她重回原来的地方，重看当年错失的电影，又是为了什么呢?

短短的一个半小时中，林琰琰一直在流泪，不是因为影片太令人感动了，而是她想起以前的事，至今都无法释怀。

影片结束后，灯光亮起，电影院里不知何时飘满了气球，而周围也摆满了鲜花。陆莘透手捧着鲜花慢慢朝她走上来，这束花比景辰送给她的那一束还要大，但是她只觉得他像个恣意玩弄感情的恶魔!

他拉着她的手说："对不起，以前没有陪你看的电影，我会重新与你看完，以前没有为你做的事，往后我也会慢慢做，所有对你的伤害，我会慢慢弥补和悔改，我只求你原谅我，我们重新开始好吗？"

"陆莘透，你当初那么狠心地对待我，现在忽然回头，你不觉得很可笑？"

"但我不想违背我的心意。既然我已经爱上你，我觉得我现在回头还不晚。"

“已经晚了！”她冷声打碎他的美梦，“我不会给你机会，就像当年你没有给我任何机会一样！”

他的心凉了，林琰琰现在就像噩梦一样，一步步粉碎他的美梦。

“是因为景辰吗？你喜欢他才拒绝我？”他咬牙切齿，非常不甘心。

“就算没有景辰，我和你的缘分在八年前也已经断了！”她说完就走，对于他制造的一切浪漫没有半点儿留恋。

陆莘透不甘心地把花扔到地上，大步朝她追去。

林琰琰闻声回头，瞪着他说：“对于你不满意的结果，你只会采用强制的行为来压制是吗？你有没有尊重过我的感受？陆莘透，你从没有真正懂过爱情。”她的话一字一顿，字字扎到陆莘透的心上。他终于松手，像一个高大的巨人被利刃击碎了内心最柔软的一处，他的坚持、他的信念，甚至他的灵魂都在那一瞬土崩瓦解。

他松开了她，眼神迷茫而痛苦。

她冷冷地说：“再见。”然后转身走了。

她知道这么做很残忍，可这些根本比不上他当年对她做的那些。

他在她最单纯最懵懂的美好年华，给了她致命一击，而八年后，她只不过是把那一切都还给他而已。

“陆莘透，咱们扯平了！”走出电影院的那一刻，她的眼泪流了下来。

林琰琰怀着复杂的心情，打计程车去赴景辰的约。景辰带她去了一个很浪漫的西餐厅吃饭，还请了小提琴师在一旁演奏，可她却有点儿心不在焉。

吃过烛光晚餐后，她问：“我们要去做什么呢？”

“我带你去见一个人。”

林琰琰很好奇景辰会带她去见哪个人，却没想到景辰带她去见了一个女孩儿。那个曾经与他手挽手买咖啡、买衣服的女孩儿。

景辰介绍说：“这是我的堂妹景心，她是我二叔的女儿。”

景心惊呼道：“我哥送围巾的女孩子！没想到你真成我哥女朋友了，来来来，抱一下！”

她很热情，上来就是一个大大的拥抱，林琰琰虽然错愕，但也回应了她。

景辰带着两人走到客厅。客厅的沙发上还扔着景心大大的熊仔，女孩儿一坐到沙发上就抱住了那只熊，撒娇说：“哥，我想吃比萨，你去帮我买好不好？”

“这么晚了不能吃这么高热量的食物，还是吃点儿饭吧。”

景心嘟着嘴，生气地抱着熊仔。

景辰盯了她一会儿，妥协了：“好吧，哥哥给你买比萨，但是你明天要好好吃饭，不要这么任性！”

“哦吔，哥你最好了，我果然没有爱错你，快去买吧！”

景辰拿了车钥匙走了，林琰琰无措地坐在那里，一个人还蛮尴尬的。

景心盯了她一会儿，忽然“扑哧”笑了：“你真的很害羞，一点儿都不像我哥的前女友，我以为他只爱茗兰姐那一款呢！”

林琰琰有点儿蒙：“你哥的前女友？你哥哥他……还有一个前女友吗？”

“有啊，他读高中的时候就有一个女朋友，当时谈得轰轰烈烈！只是我哥后来听从家里的安排出国留学，与女朋友异地几年才不得已分手了。我哥当时那个痛苦啊，之后都没再找过女朋友了呢。”

景心回忆了一阵子，才意识到不对：“难道我哥没跟你提过？”

林琰琰苦笑，摇摇头。

景心愣了一下，然后用一种很奇怪的眼神看着她。

林琰琰小心翼翼地问：“你能对我……说说你哥和茗兰姐过去的事情吗？”

景心还是机灵的，立刻打哈哈说：“我哥过去的事情，我都懒得提了，你自己问他吧！”然后就找别的话题聊天，直到景辰回来。

景辰买了比萨，但只是小小的一份，还另外买了一份饭。

“咱们各退一步，你吃比萨后一定要吃饭，否则哥哥真的生气了！”

“好好好，我答应了。”

等任性的景心把比萨和饭都吃光了，时间也不早了。

景辰送林琰琰回家，一边开车一边问她：“我不在的时候，你和景心聊得怎么样？我这个堂妹，虽然有点儿任性，但人还是蛮好的。以后我会慢慢把你引见给我的家人和朋友。”

“谢谢你为我做了这么多事。”

“谢什么呢？真要谢的话……”景辰忽然凑过来，双眼亮晶晶地望着她，“亲一下好吗？”

林琰琰笑了，刚想轻轻地亲一下，心里就想起了景心刚才的话。她叹息，想到景辰曾经对另一个女孩子也这么温柔体贴，心里就不舒服了。

“琰琰，怎么了？”

她侧头看着他，犹豫了好久，开口道：“景辰，我听景心说你以前有一段刻骨铭心的初恋，可是你为什么从来没有对我提起过呢？”

她问的时候很忐忑。可景辰听了，反而笑了，他扣住她的十指说：“那让我上你家坐坐，我好好地跟你说。”

回到家后，林琰琰给景辰泡了一杯热茶。

景辰喝了茶，先问景心是怎么跟她说的。林琰琰把景心的话简单回顾了一下。

景辰点头说：“事情差不多就是这样子。我和茗兰是青梅竹马，自然而然在一起的。只是考大学的时候，我家里支持我申请国外的大学，而茗兰父母希望她在A大完成学业再出国。我们当时谁也没退让，就各行其是了。”

景辰喝了一口茶，接着说：“谁知四年后，茗兰因种种原因，放弃出国留学了，而我又在华尔街找到了稳定的工作，不想放弃机会，所以没有回来。然后，我们的矛盾爆发了，最终导致分手。我和茗兰都是很有主见的人，能交往七八年是因为我们有默契，但是真正遇到立场不同的问题，我们都很难退让。”

“你当时很伤心？”

景辰抬头望了一下天花板，说：“琰琰，我不想欺瞒你，当时我的确很伤心。可是我和茗兰已经过去了，我现在只想好好重新开始。”

“你会觉得遗憾吗？”

“遗憾？我现在已经看得淡了，大概是有缘无分吧，没什么好伤心的。”他顿了一下，笑道，“想不到你还挺介意的，原来咱们的琰琰也会吃醋！”

林琰琰羞涩地笑了。

「　第三章　」

她真是要置他于死地啊，每次他刚燃起一点儿希望，她就将他的心虐得血肉模糊！

年底马上就要到了，因为今年年会邀请了很多合作方，活动和奖励特别多，所以大家格外认真，积极花时间准备节目参加年会。行政部彩排的歌舞节目在紧锣密鼓地进行着，林琰琰因此累得不轻。只是幸好这几天她没碰到陆莘透，工作压力也不大，所以稍微轻松一些。

她与陆莘透的关系应该崩了吧。林琰琰一边跳舞，一边心不在焉地想着。也许，她应该离开了。

陆莘透此时正在办公室里埋头工作。他心里很难过，那天，林琰琰的话确实伤到他了。

他回到家，感觉自己像被抽空了一样，什么事情也不想做。他翻出小时候和妈妈照的照片，他一遍一遍地看，越看越心痛。

这些年他执着于妈妈死去的仇恨，从来不觉得自己有错，可是如今他质疑了。他因此伤害到了自己最爱的人，值得吗？

林琰琰的话回荡在耳边。

“陆莘透，你从没有真正懂过爱情”这句话对他的打击实在太大。他像任何一个成功男人一样，尊贵地活着，事业上他有一群男人前簇后拥，感情上有一群女人趋之若鹜。所以，他扪心自问，他的确没有很用心地谈过一场恋爱。

等他意识到自己对林琰琰的关注有点儿超乎想象时，他认识林琰琰已经将近八年了，如果他真的懂爱情，那分辨自己爱上一个女人，需要那么长时间吗？可是如果他不对了，妈妈的仇难道就不报了？

陆莘透真的很痛苦，他想找身边的人开导，可这些年，他对身边的人残酷冷漠，如今身边的人也对他拒之千里。

于是，他回家了。

陆莘透的老家在一个古镇里，小桥流水，白墙灰瓦，最具江南风韵。

姥姥和姥爷见他回来都很高兴。姥爷虽然卧病在床，但是一直拉着他的手不放。老年痴呆的姥姥甚至能记事了，那几天能清晰地叫出他的名字。

那几天，陆莘透和舅舅还去了一趟周边的古镇，他们一边欣赏日落一边聊聊工作和生活。

舅舅感慨："透儿年纪轻轻，就掌管着这么大一家跨国公司，真是年轻有为啊，哪像我们一把年纪了，也就做点儿小生意，收入能补贴家用，养活妻女老人就觉得不错了！"

陆莘透笑而不语，但心里却极为羡慕他们。他甚至想，如果他能像舅舅一样，有一个幸福的家庭，哪怕为柴米油盐发愁，又有什么不幸福的呢？

三天后，陆莘透从老家回到A市的大宅子。

奶奶看到他回来，高兴得不得了，为此还专门让保姆出去买他最喜欢的菜回来。

陆莘透坐在客厅的沙发上，任由奶奶抚摸打量。他看到奶奶的眼睛里有泪花。那一瞬间，他觉得对不起奶奶，因为他和爷爷的矛盾，导致他疏远奶奶这么多年。

老爷子也许听到动静，专门从楼上的书房里走出来，鼻梁上架着老花镜，站在二楼望着他。

奶奶朝老头子招呼："快下来，咱们的透儿回来了！"

老头子却轻哼一声，又走回书房去了，从头到尾没有跟他打一声招呼。

这让他的心情复杂又失落，也许他们爷孙俩的关系就这样了吧。

晚上，一家人吃饭，陆莘透给奶奶夹菜，把老爷子晾在一边。

老爷子忽然问："今晚你是睡书房还是睡大卧室？"

书房原是陆莘透爸爸和妈妈的婚房，妈妈死后，爸爸和后妈改到另外一间大卧室居住。可是他小时候一做噩梦哭闹，就喜欢跑到旧婚房里，仿佛那儿有妈妈的味道。家里人没办法，就一直把书房给他留着，他想睡哪儿就睡哪儿。

“我今晚不在家里住，你放心吧。”

老爷子蒙了，下意识地想说你平时回家不都住一晚再走吗？可是他还是把到嘴边的话咽回去了，哼一声说：“不住最好，我省心！”

奶奶立刻拍老头子：“你怎么能这样呢，透儿难得回来一次，你就不能好好说话？”

“他住哪儿不是他的自由吗？难道还得我求着？爱住不住！”

这话听在陆莘透耳里十分难受。

所以，吃完饭后，陆莘透就走了，一点儿也没有留恋。

奶奶又哭了，她抱怨：“你要是稍微说句好话，也许他今晚就不走了！”

老爷子坐在一旁抽着烟，不说话。

“你们爷孙俩就是一个性子，心气高，还嘴硬！我就不信这些年你没有一点儿愧疚。透儿小时候多黏你啊，总是缠着你抱，你虽然不承认他母亲，可抱他却抱得很勤快，每年过生日还最积极送礼物，怪就怪你非要做那亏心事，把好好的一个家给拆散了，如今爷孙俩二十几年来没好好说过一句话！”

奶奶念了好久，最后伤心地走了。老爷子始终抽着烟杆，只是在无人的时候，他的眼睛濡湿了。

陆莘透回来工作后，公司的事务已经堆积如山了。他一直忙到下班，当他正在回复一封OA的审批意见时，页面右下角忽然提示他有新的OA发来了。

新OA的标题很醒目，甚至刺痛了他的眼——《人事部薪酬专员林琰琰的辞职申请》。

林琰琰排练结束后，就把辞职申请发给了李经理和陆莘透。

她考虑清楚了，不管陆莘透给的薪水多么优厚，她也不能待了。可是她想不到，陆莘透居然在她家楼下等她。

她一出现，他立即从车里出来了。

“为什么辞职？难道就因为上次在电影院的事？”

“陆总，我辞职是出于我私人考虑，与你没有任何关系。”她口是心非。

他试着软下声音：“琰琰，你别这样。我是来跟你道歉的，上次我回去之后反省了很多，我的确是错了。”

林琰琰皱眉，不解地看着他。

“你说得没错，我的确不懂爱。这些年，我因为妈妈的死，迁怒到你身上，是很可笑的事情。所以，我反省了，我想好好地学习怎么去爱一个人，你给我一次机会，好吗？”

林琰琰不可置信地望着他。因为在她的印象里，陆莘透总是倨傲疏离的，他用一种淡淡的讽刺的笑容面对别人，仿佛别人对他的热情是多么可笑。

她不自然地回答：“我不知道你这几天经历了什么，就算你真心悔改了，我们也不可能了。”

“为什么？”

“因为我已经有景辰了，我们在一起了。对不起，我的心没法儿再容纳第二个人了。”

陆莘透蒙了。她真是要置他于死地啊，每一次他刚刚燃起一点儿希望，她就全部掐灭，将他的心虐得血肉模糊！

景辰临下班前被父亲通知参加今晚的聚会。而当客户出场的时候，他终于明白了，这根本是一场家长预谋的饭局。因为来者是市长一家，包括他们的女儿乔诗卉。

他轻轻皱眉，这种被人算计的感觉并不好，尤其欺骗他的还是自己的家人。

两家人入座，聊开之后，景辰才知道北京近期将有个项目，如果这个项目完成了，能很大地带动当地的经济发展，而景辉集团就是想承接这个项目的主要企业之一。

景辉集团近几年的运营管理陷入一个很大的僵局，一直在寻求突破，而这个项目，因为有政府的支持，投资风险降低了很多，正是景辉集团寻求突破的最佳机会。

大伙儿聊着项目，言谈甚欢。

聊完项目之后，话题终于引到他和乔诗卉的婚事上了。

市长说了一句让景辰意想不到的话：“我听卉儿说，景辰已经同意了两家的婚事了，是吗，景董事长？”

景辰盯着乔诗卉，有些惊愕。而乔诗卉却若无其事地对他笑着，含羞带怯。

景董事长装作没看到景辰的反应，很自然地回应：“那是当然，我和景儿连日子都选好了呢，下月初五是个吉日，可以让两个小辈先订婚，不知市长您意下如何呀？”

市长是见过世面的人，他从景辰迟迟没有回答的反应就知道这事儿有问题了。他哈哈大笑：“我当然没意见，只不过……这真的是景辰的意思吗？景辰，你是心甘情愿娶我们宝贝女儿的吧？”

景董事长和乔诗卉一见市长这么问景辰，都非常紧张。

景辰垂下眼帘，沉默了几秒，抬头对市长说：“下个月初我有一个新项目的启动仪式，可能要经常出差和开会，订婚恐怕不合适。所以……订婚一事，我觉得稍后再议比较好。”

市长意味深长地说：“年轻人想法总是特别，我们理解你。”

景辰感激地点点头，景董事长却急了：“市长，年轻人不懂事，辰儿他根本不清楚他心里想要什么，下月初五……”

市长冷笑着打断他：“我的宝贝女儿不是物件，我总要找到最合适她的人才可以，所以婚事咱们稍后再议吧。”

乔诗卉也急了，撒娇道：“爸，干吗稍后再议？”

市长拍拍她的手说：“你不是听景辰说了嘛，下月初五他忙，没空订婚。”

乔诗卉嘟着嘴不满意。她暗暗瞧了景辰一眼，见景辰根本不看她，就更气了。

聚会最后在一种很奇妙的氛围中结束了，临走前，市长回头对景辰说：“景辰侄儿，你单独来一下，乔叔叔有话问问你。”

市长把景辰招到一个无人的角落，笑眯眯地说：“今天宴会上，你的话乔叔叔琢磨得不是很清楚，你是真的愿意与我女儿订婚，只不过时间太仓促了呢？还是根本不想与我女儿订婚，只不过给我们台阶下，让我们知难而退？”

景辰愧疚地笑笑：“抱歉，乔叔叔，我恐怕不能给诗卉幸福了，因为我已经有喜欢的人了，所以不敢耽搁她。”

乔市长愣了一会儿，才了然地点点头：“你真是个勇敢的孩子，乔叔叔理解你。但是你可知……你爸爸为了这个项目，付出了多少努力？”

景辰点点头：“可是就算如此，我也不能从自己家族的利益考虑，牺牲两个女孩子的幸福。”他顿了一下，“而且，我认为我们集团是内部管理出了问题。所以，我会倾尽全力找到解脱困局的办法，给我爸爸以及董事会一个交代。”

乔市长望着他，眼里露出欣悦之光。他拍拍景辰的肩膀，笑了：“年轻人，我祝你成功！”

回家后，景父景万山就把景辰叫到了书房。

景万山坐在转椅上，问他：“刚刚市长把你找过去，跟你说了什么？是不是订婚的事？”

“是的，但我拒绝了。”

“什么？”景万山双眼灼灼地盯着景辰，“你拒绝了？你知道你这么做会给景家带来什么样的后果吗？我们把路都铺好了，就差你这关键的一步，你这么做是要把我们毁于一旦吗！”

景辰很失落，显然父亲只关心自己的利益，没有把他的感情放在心上。

“爸，我不爱诗卉，我娶她会辜负了她，而且我觉得我们集团是家族管理层出了问题，应该整顿管理层……”

“真是可笑！整顿管理层？怎么整顿？把你叔叔、叔公、堂伯他们都开掉？你也不想想你是怎么当上总裁的，还不是因为你是我景万山的儿子！”

景辰很硬气地说：“爸，如果可以，我很乐意从最基层的职位做起，一步步打拼上来！”

景万山气急：“好啊，你有本事！可是你有没有想过你那不成器的弟弟怎么办？你是不是让他一辈子在底层打工，永无翻身之日啊？”

景万山激动地拍了一下皮椅，他脾气一上来，心脏就不好受，只能不住地安抚自己的心口。

“爸……”

景万山继续训斥他：“都是我景万山的儿子，我当初偏心培养了你，放养你弟弟，现在你成材了，却说要整顿，你觉得这样公平吗？你说你不能对不起两个女孩子？可是你对得起当初为你父辈打江山的这些叔叔伯伯吗？你真的觉得你的决定是正确的吗？”

景辰垂眸盯着地面，不再回话。景万山心痛地摆摆手说：“你出去吧，爸爸累了，这些日子如果没什么事……就不要再来打扰我了。”

景辰深吸了一口气，把升到喉咙口的难过压了下去：“爸，我告辞了，您心脏不好，别想太多，对不起！”

他离开了书房，却发现母亲站在门外，想来刚刚父亲这么大声，她也一定听到了。

“妈……”

景夫人叹息一声，拉着景辰的手走到客厅：“辰儿，这些天你让他静一静吧。其实……我相信你跟你爸爸一样，不论娶哪个女人，都能让那个女人获得幸福！”

连妈妈也在劝他。景辰叹了口气，拍了拍母亲的手说：“妈，我知道了，您别操心了，早点儿休息吧。”说罢就回房去了，只是一夜无眠。

次日，收到林琰琰辞职申请的李经理并没有第一时间做出回应，鉴于陆总和林琰琰的关系，她先到总裁办公室请示陆莘透。

当时陆莘透正对着电脑工作，李经理向他汇报时他头也不抬一下，冷淡地回应：“你是人事经理，难道这点儿小事也要我过问吗？”

李经理察觉到陆莘透有责怪之意，连忙退了出去。她出来后，仍胆战心惊，还是不知道应该怎么回复林琰琰，于是把林琰琰招来问话。

“你为什么忽然申请离职？”

“因为个人发展问题，所以想换家公司。”

“你的离职申请陆总说让我全权处理，既然如此，我很尊重你个人的意见，不过在离职之前，你应该把上次预支的工资借款结清。”

“按照公司规定，我完成了薪酬改革后，年底将有一笔奖金，届时将用这笔奖金抵消借款，所以在离职之前，我一定会把借款还清的，这点经理可以放心。”

“好吧，等你把借款抵消了，我就签字。”

李经理和林琰琰刚谈完，陆莘透忽然推门进来了。在看到林琰琰的瞬间，他高大的身影在门口顿了下，然后把一份文件扔到李经理桌上说：“修改一下，发邮件通知景总。”

“是，陆总。”

他转身出去了，自始至终都没有看林琰琰一眼。林琰琰望着他的背影，忽然懂了，既然他执意与她划清界限，那她就井水不犯河水好了。

林琰琰下班之后，急匆匆地下楼。因为今天，景辰难得提早下班过来接她。

她远远看见景辰的车，快步走过去，坐上了车。

景辰说：“等会儿，我带你去见我的几个朋友。”

林琰琰惊讶：“是你的哪些朋友呢？我、我今天，都没有怎么打扮，合适吗？”

“只是普通的朋友聚会，不用紧张。有两个是我的高中好友，还有一个是我在美国留学时认识的，后来他成了景心的男朋友，叫作Joe。”景辰冲她眨眨眼，“他们都很随意，尤其是Joe，说不定穿个拖鞋就出来了，而且景心也在。”

景辰把车开到一家泰式餐厅，一进门就看到屏风前一尊巨大的金色四面佛。林琰琰挽着他的手，一路好奇地打量。

景辰说：“这是我高中朋友的餐厅，他家主要是做餐饮业的，不过这家泰国餐厅是他独立开办的。”

服务员把他们引到一个包间里，景辰的几个朋友已经在里面等着了。

“哎呀，终于来了！”

“瞧瞧这女朋友多漂亮，早该带出来让大伙儿见见！”

景心骄傲地说：“我见过了，而且他们没交往时我就见过了！”

“是嘛，看来也不是毫无预兆嘛，辰儿真不够意思，居然一直瞒着我们！”

景辰不置可否地笑笑。

林琰琰第一次见景辰这么多朋友，不由得紧张起来。她暗自打量了一下坐在景心旁边的金发碧眼的外国人Joe，他果然穿得很随便，虽然不至于穿拖鞋，但也是T恤运动装，与其他人西装革履完全不同。

另外两位都穿着西装，一个梳着大背头的，叫沈鹏，也就是餐厅的老板。另一个皮肤很白，还戴着耳钉的男孩儿叫宋嘉诚。

景心打趣：“你知道他是做什么职业的吗？”

宋嘉诚忙摆手阻拦，可景心还是说了：“他是化妆品公司的老板，专门混迹于时尚圈的，你今天见他的打扮还算正常了，他平时总穿着花衣服花裤子来见我们呢！”

其他人哈哈大笑。

林琰琰看到宋嘉诚暗瞪景心的样子，不由得也笑了。

大伙儿一起品尝新菜式，一起聊天，其乐融融，可是沈鹏好死不死地问了一句：“辰儿，你那市长千金准未婚妻怎么办？你爸爸不是非要你们订婚吗？”

聊到这个话题，林琰琰有点儿窒息，连吃饭的动作都慢了几分。

景辰望了她一眼，而后郑重其事地说：“我已经回绝了这门婚事，以后我和乔诗卉不会有关系了。”

沈鹏大吃一惊，宋嘉诚也皱着眉头。

Joe看了林琰琰一眼，对景辰说：“那你们公司极力争取的那个项目怎么办？”

“公司的问题不是靠一个项目能解决的，我会说服我爸爸，不管这有多困难。”

“我真佩服你的勇气，希望你的努力能换来满意的结果，希望你们的爱情能够浪漫长久。”

景辰与他击掌了一下，两人都笑了。

林琰琰旁听了一会儿，才知道景辰背后为她做了这么多事。

吃饭的时候，她没有询问，等他们和朋友告别了，景辰送她到小区里时，她才问：“刚刚吃饭的时候，Joe说的项目是什么？”

“政府的一个项目，我爸很想得到这个机会。”

“所以，你爸爸才让你娶乔诗卉？”

“是的。但是，为了一个项目让我放弃心爱的女人，我做不到。”他笑着望了她一眼。

她心跳加速，不由得脸红了。

可就在这时，小区里的花架旁有个女子大喊“我受不了了”，然后冲了出来。

林琰琰惊得缩到景辰的怀里，景辰抱着她，警惕地看向声源方向。等冲出来的女子走到灯光下，他才认出来。

“诗卉？”

乔诗卉直奔林琰琰，伸手想把她从景辰怀里拽出来，却被景辰拦住了。

“诗卉，你干什么？”

乔诗卉怒目瞪着林琰琰说：“这个不要脸的女人，明知道我跟你订婚了，为什么还纠缠着你？”

景辰皱着眉头说：“你是不是误会了什么？那天聚会后，我已对令尊说得很清楚了，我不会答应这门婚事！”

“你骗我！”乔诗卉哭得稀里哗啦，“她到底有什么好，为什么你爱上她就是不喜欢我？”

“诗卉，感情是没有理由的，喜欢一个人，并不是说这个人一定比谁好，而是这个人恰巧吸引了对方，于是自然而然相爱了。”

“好，你不选我，你等着！”乔诗卉说完，气哼哼地走了。

林琰琰望着这一切一头雾水。

她仰望着景辰说：“景辰，那个项目，有那么重要？”

“琰琰，这种事情，你相信我就可以了。”

“景辰，我知道你不想让我担心，可如果我什么都不知道，反而会更担心。”

景辰深深望着她的眼睛，但仍是什么也没有说。

“你为什么有事都不告诉我呢？”她小声抱怨。她小心翼翼地珍惜着与景辰的感情，可景辰这样，她心里真的不畅快了。

景辰轻轻抱住她：“别担心，这件事我已经有办法处理了，现在就缺一个时机，你不要胡思乱想好不好？别生气了。”

“我没有生气。”

“那就好。”他亲了她脸颊一下，“天晚了，你上去吧。”

她与景辰告别，回到家在窗户边看着景辰远去，然后叹了一口气。她心里总有一块石头硌硬着，感觉景辰只把她当小女孩儿宠着。她不知道以前李茗兰和景辰相处时是什么样，但如果李茗兰是这样的女人，他们就不会因为争执而分手了。

景辰，是因为害怕那种伤害，所以才宁可把她当金丝雀宠着吗？

林琰琰为自己的胡思乱想感到吃惊，不敢再想下去了。

「第四章」
此时，她多么想念景辰，可景辰为什么忽然不理她了……

年会将近，林琰琰的彩排更紧张了，而景辰因为新项目启动，到处出差。日子总是过得很快，等到年会这一天，IV包了香格里拉酒店的两个宴会厅举办年会，显得十分豪气。

林琰琰提前去酒店彩排。她拿了服装正要去后台，忽然收到景辰的短信。

“我回到A市了，正从机场赶往公司。”

她回他：“我在香格里拉大酒店，正为年会准备彩排。”

“是吗，你会穿我邮寄给你的礼服吗？”

景辰在出差的时候，给她邮寄回来一件礼服。她当时很惊喜，也很意外，因为景辰事先没有问她的喜好，居然还能买一件符合她胃口的礼服。

她会心一笑，没有正面回答他，只是一直询问他出差的情况，直到有人催促着彩排了，才赶去换衣服。

她挺想他的，今晚她会给他一个惊喜!

傍晚，同事们下班，陆陆续续赶来了，两个宴会厅都坐满了人，林琰琰已经彩排完毕，化好妆，准备上台了，因为他们是开场舞。

开场舞有二十几个人跳，林琰琰淹没在人群中，并非多么起眼。

她跳舞时心不在焉的，直到看到景辰在嘉宾席含笑望着她，她才高兴起来。可她跳了一会儿，又觉得不对劲，因为景辰身为景辉集团的总裁，应该坐在正中间的位置，如今怎么坐到了角落?

她不由得望向嘉宾席正中间的位置，却看到一个西装革履的年轻人。他很正经地坐着，却总忍不住动，而那个人居然与景辰有几分相似。

开场舞之后就是主持人出场，邀请各方领导致辞。

致辞的过程很顺利，只是轮到嘉宾致辞时，主持人邀请的却是“景辉集团总裁助理”景逸先生。

稍微熟悉景氏家族的人都知道，景逸是景董事长的二公子，他是个纨绔子弟，所以景董事长完全不敢把实权交给他，可今天他一下子就升职成了总裁助理，还代表讲话，难道景万山有意栽培二公子了吗?

台下的人纷纷揣测起来。

林琰琰听旁边的人说出台上的人的身份时，也很震惊。她觉得这是一个不好的信号。难道景辰的爸爸对景辰失望了，所以开始栽培景辰的弟弟来替代他了吗?

想到这里，林琰琰不安又自责起来。

饭后，举行交谊舞大会。

林琰琰换上了景辰送给她的晚礼服。晚礼服是一条抹胸长裙，纱质裙摆，颜色素雅，抹胸上镶嵌了一些水钻，低调华丽。

林琰琰从后台走出来时，恰巧碰到了陆莘透。

陆莘透此时正与几个老外在喝酒聊天，看到她时，目光中明显有一抹惊艳，但很快就深深地皱起眉头。因为他知道林琰琰不可能花钱买这么贵的晚礼服，肯定是景辰为她准备的。

想到这儿，他收回目光，继续与老外谈话，任林琰琰从他身旁走过。

交谊舞音乐响起，大伙儿都找事先约好的舞伴起舞，只有少数人候在场外搜寻舞伴。林琰琰并没有约舞伴，她的晚礼服是为景辰穿的，她的美丽也只为他绽放。

景辰走过来，看她一眼，会心一笑：“为什么不去跳舞？”

“今晚我穿上晚礼服，是因为你，所以我不会跟其他人跳舞。”

“你想跳舞吗？”

“想。下一次，我们找一个无人认识我们的环境跳舞吧。”

“不用下一次，我现在就可以陪你跳。”

她睁大眼睛望着他：“你疯了吗？”

他微笑：“疯一次，又怎么样？”然后，他朝林琰琰做了一个邀请的动作，“我可以请你跳舞吗？”

景辰历来是很多人关注的焦点，因此他向林琰琰邀舞时，大伙儿都望着他。

林琰琰整个人都蒙了，他就像一个王子，忽然出现在她的面前，邀请她跳舞，而她一下子就像变成了灰姑娘，只觉得措手不及。

他的眼神太温暖也太诚恳，她不忍他失落，终于牵住了他的手。那一刹，他灿烂地笑了。

她被他带入舞池，同他跳舞，渐渐地忘了自我。周围璀璨的灯光，纷闹的人群，全都变成了可有可无的模糊背景，她的眼里只剩下他。他那么温柔、那么专注，似乎要与她坠入千年的爱河里。

陆莘透端着红酒远远地看着，眼神冰冷又迷离，眼前的景象太过尖锐，刺痛了他的心。他没法再看了，端着红酒杯，走到外面去了。

空荡荡的花园里，冷风吹来，拂过他微醺的面容。

他一个人坐在喷泉边的长椅上，一口口地把酒喝光，可不论喝多少酒，脑子里怎么也挥之不去她和景辰跳舞的身影。

他多么想要时光倒流回从前。以前参加舞会时，她常常邀请他跳舞。他拒绝了，她却很执着，并执着地拒绝了所有舞伴，故意在他面前翩翩起舞。

她曾经执拗地说：“你不陪我跳，那么我就永远一个人跳，直到有一天你答应我为止！”

她的永远，到底有多远？她为什么把以前的话都忘记了，为什么那么轻易地献舞给了景辰？

陆莘透感觉眼眶湿湿热热的，也许他真的流泪了。

宴会厅里传来热烈的掌声，他想那两人一定跳完舞了，并且得到了大家的赞赏和祝福。

宴会结束后，林琰琰心里满满的都是幸福的滋味。她走出酒店时，景辰老早就把车开到门口等她了，一见她就笑着问：“你有勇气公开咱们的关系了吗？要不然明天你的同事们肯定会八卦！”

她眨眨眼说：“没关系，我已经打算辞职了，他们怎么想我也不在乎了。”

他愣了一下：“你打算辞职了？之前没有告诉我呀？”

“因为经理没签字，所以还没告诉你。”

“需要我帮忙吗？”

一提到帮忙，林琰琰立即想到了他之前帮她解决林巍巍案子的事，她后来听陈律师说景辰为了这个案子，其实花了很多钱。景辰总是很乐意帮助她，但也有很多事情都瞒着她，她不喜欢这样。

她转头望着他，柔声说：“景辰，谢谢你。但是以后有什么事……你能否告诉我呢？我知道你不想让我担心，可是我不喜欢被蒙在鼓里的感觉。”

景辰无奈地笑了：“琰琰，咱们怎么又纠结到这个问题上来了，之前不是说好了吗？我能解决的。”然后转移话题，“对了，我明天要去美国出差，下午四点的飞机，你来送我好不好？”

“好。”林琰琰点点头，苦闷地望着窗外，不再说话了。

她觉得她和景辰还有好长一段路要走，看来真心相爱，未必就是能幸福在一起的所有条件。

第二天是周末，林琰琰申请了加班。因为周一就要发放工资和各类奖金，她必须靠加班才能把工作做完。

她正工作着，忽然听到不远处传来“哐啷”一声。

她惊了一下，走出办公室，就看见陆莘透匆匆从茶水间走出来，右手捂着左手，而左手居然在汩汩流血！

她没法坐视不管，上前问他：“陆总，您怎么了？”

陆莘透只是很冷淡地吩咐："去医务室帮我把绷带和止伤药拿来。"

她点头，赶紧跑去了，没一会儿就拿来些简单处理伤口的东西。她刚准备替他处理伤口，他却拒绝了，好像不想与她有任何接触。

她没想到她的热情换来陆莘透如此冷漠的回应，也不说什么了，任由他自个儿吃力地包扎伤口。

她找拖把来清理茶水间的血迹，可等她都清理干净了，他却还在和那些绷带纠结。她摇摇头，看不下去了，蹲下来抢过他手中的活儿说："我来吧，你怎么这么……"话说到一半，她立即意识到不合适。

他与她什么关系呢，发生了什么事也不该由她来教训。

陆莘透皱眉问她："我怎么了？"

她抬头看着他，完全不知怎么回话。而他与她对视，才知道他们的距离这么近，忍不住心慌意乱。

他为什么那么迷恋她呢？以至于想到她属于别人时，就心痛不已。

"林琰琰。"

"陆总有何吩咐？"

他喉结微动，他想说"别走了，留下来吧"，可是话到嘴边又咽下去了，最终只冷冰冰地问："你什么时候离职？"

"你放心，我把工作做好就会离开这里的，以后你也不用因为我而心烦了！"她咬牙切齿地说完，然后在他的伤口打结时，狠狠地拧了一下。

陆莘透痛得皱眉，她也不理会，潇洒地走了。

她当初怎么会喜欢上这么一个嘴巴恶劣，态度也恶劣的人呢？

下午三点多，林琰琰收拾东西，赶往机场。快到机场的时候，她一直打景辰的电话，可是没有接通。她没办法，只能先到机场，但是当她找到景辰准备登机的航站楼时，依然找不到景辰，而此时打电话，景辰已经关机了。

林琰琰着急地寻找起来，正搜寻之际，忽然见远处有几个熟悉的人经过。那几个人，一个是景心，一个是乔诗卉，还有一个是她在年会上见过的景逸，另外还有一对中年夫妇，以及几个西装革履的商务人士。

那对夫妇走在众人之前，如被众星拱月一般，穿着也很华贵。林琰琰猜他们可能是景辰的父母。

她的脚动了动，迟疑着要不要躲开，却不想被景心给发现了。景心惊讶地望着她。乔诗卉顺着景心的目光也发现了林琰琰，她高傲而不屑地说：“我当是谁呢，原来是那个女人又来找景辰了！”

乔诗卉下巴这么一昂，大伙儿都发现林琰琰了。

景万山冷下脸来。

景心发现瞒不住了，就低声说：“大伯、大伯母，我去和她说会儿话。”

林琰琰看到景心跑过来，微微一笑：“景心，你们是来送景辰的吗？”

景心脸上的表情很奇怪，她含混不清地说：“因为美国那边有事，我哥临时改航班提前走了。我们刚刚送他过安检口的，此时飞机已经起飞了。”

林琰琰惊讶道：“那之前……我打你哥的电话他没有接，是为什么呢？”

“你们交往，我大伯父非常反对，所以这一次他们送我哥哥上飞机，连他的手机都不让他拿，而是交给他的秘书……”

“景心，你在那儿做什么呢？”景万山皱着眉头呼唤。

景心一惊，立即回应：“来了来了，我马上回去！”然后低声说，“我只能帮你到这儿了，你自求多福吧！”就跑回去撒娇了。

景万山远远地望了林琰琰十几秒钟，然后朝她走来了。

林琰琰手足无措，赶紧鞠躬朝他打招呼：“景董事长您好，我是来送景辰的。”

景万山点点头，不动声色地说：“令尊还做生意时，我与令尊打过交道，听说过林小姐，后来你的家事，我也听说了，我深表同情。”

林琰琰不知道他说这话是什么意思。

“如果林小姐的家世还像十年前那么完好无损，那么你和我儿子交往，我不会太反对，可是现在，我只能说……请你离开我儿子，你会给他带来无尽的麻烦。”

林琰琰没想到景万山会直接对她这么说，愣了好久才反应过来。她鼓起勇气，不卑不亢地问他：“景董事长选择儿媳妇，难道只看家世的吗？”

“看家世，看人品，看才貌。我不否认林小姐的人品才貌出众，可是作为过来人，我深知家世的重要性，我不希望我儿子将来醒悟过来才后悔，所以，请你不要再来打扰他了。”景万山说完，淡定地领着一群人离去了。

景夫人始终没有靠近林琰琰，只是走的时候看了她一眼，微微摇头叹息，就跟随丈夫离开了。

众人里，乔诗卉最高兴了，她觉得景董事长简直给她出了一口恶气，所以离开时，目光犹带着几分骄傲。

林琰琰心灰意冷地回家，一路上思绪纷纷。

她没想到他们面前的阻碍，如此巨大……

美国，纽约时间下午四点。景辰刚下飞机，立即拿出手机准备给林琰琰打电话，却发现手机被人动过手脚，他发不出短信，也上不了网。

他问秘书：“我的手机是不是被你动过？”

“总裁，董事长说您到了这边需要闭关工作，让我们更换了您的手机。”

这简直是限制他的人身自由！他上了客户派来接他的轿车，对秘书说：“借你手机一用，我就发条短信。”

秘书诚惶诚恐地摇头：“总裁，董事长吩咐我不能让您打私人电话……”

“那你们什么时候允许我……给朋友报平安，难道我连这点儿权利都没有吗！”

景辰生气了。秘书只是很为难地看着他。

景辰点头，摊开双手：“OK，没关系，我尊重你的工作，我总会有别的办法。”

他忍住怒火。美国的客户还等着他开会，他不能因为这件事而影响了一整天的心情。然而这时，前方忽然有一辆白色的轿车逆向行驶，直直地冲向他的车。

那辆车来得太快，几乎是不要命地逆向行驶，已经剐蹭了前方不少车辆，害得不少车急转弯冲入两旁的辅道。

秘书发现状况，大声惊叫，然而司机急转方向盘时，已经迟了。他们的车还是被白色轿车擦身撞到，整辆轿车转了几圈，最终撞断大桥上的围栏，犹如飞车一般，坠入了湍急的河水里，一时击起无数水花。

这天早起，林琰琰习惯地打开手机，查看所有的通讯聊天工具，但依然没有收到景辰给她的回信，她只好失望地去上班了。

景辰应该前几天就到美国了，可是他一直没有给她任何音讯，而她打电话给景辰，对方也一直是关机。

昨天，林琰琰越想越担心，给景心打电话。景心的反应却有点儿冷淡："我哥他已经到美国了，只不过他工作很忙，你没事就不要打他电话了！"

她没想到第一次与景心通电话，竟然是这样，难道她就这么不讨景家人喜欢吗？

她失落地坐在办公室里。

李经理一见她就问："琰琰，工资和奖金都核算清楚了吗？"

"是的，经理。"

她把薪资表都发给李经理了，可李经理看了薪资报表之后，把她叫到办公室，指着一个人说："这个人，钱江，今年来Ⅳ之前犯了错事，公司当时就有通报文件，扣除年底所有的奖金，因此，你不能发放他的奖金。"

林琰琰看了一眼，这个人是项目部的一员，业绩不是很突出，年底奖金也没有多少。她斟酌了一下，问道："经理，当时通报扣除的审批文件，您还有保存吗？雯雯与我的交接资料时没有这个人的处罚资料。"

"怎么可能！"李经理把她带进来的文件翻看了一遍，的确没有找到。她想了一下，低声吩咐，"这个人，当时我们已经有审批文件公示出来了，即便现在没有纸质文件，你扣除他的奖金，他也不会纠缠的。"

"可是他年终奖本来就没多少，一下子被扣除了，万一闹事，我们没有文件，怎么办？"

"什么怎么办呢？"李经理低声说，"届时你都离职了，有什么事情还不是我扛着？工资流程今天就要发起，否则后天怎么发得了工资，拖延一天，你我的绩效都得扣，领导也会过问，你觉得哪一件事情更重要？"

林琰琰还是不赞同她的做法："今天还有一天时间，我把雯雯交接的资料重新找一遍，如果找到了，我就按要求处罚。"

“好吧，那你先去找找吧！”李经理觉得林琰琰真是太迂腐了，谁会无聊到专门去查这件事情？

林琰琰把所有能翻的资料都翻遍了，又打电话给雯雯。雯雯委屈地说：“那份资料经理当时就拿走了，后来再也没有还回来，你问问经理吧，应该还在她那儿。”

林琰琰意识到问题不对了，文件被李经理搞丢了，李经理不想把此事声张，才叫她偷偷处理，可是她怎么能替李经理掩盖真相吧？

李经理坐在办公室里观察林琰琰，见她跟同事们讲话，生怕她把文件不见的事情抖出来，又把她叫到办公室。

“你找到了吗？”李经理问。

“没。”

“那你打算什么时候发起工资审批流程？”

她回复：“要发起也可以，但是没有文件，我就不能扣除钱江的奖金。”

李经理气得走到她面前：“林琰琰，你是跟我作对是吧？”

林琰琰不卑不亢地回答：“李经理，那份文件去哪儿了您心里很清楚。如果您真要低调地处理此事，那最好拟一份报告告知陆总。”

她出去了，李经理也气得不轻。两人一拖就是一天，于是第二天下午，陆莘透亲自过问此事了……

“为什么还没有发起工资的审批流程？”陆莘透质问。

李经理解释：“陆总，是这样的，工资和奖金琰琰已经核算完了，但是临时有一份文件找不到了，也就耽搁了一点儿时间……”

她顿了一下，又笑着说：“不过经过我和琰琰的努力，文件已经找到了，待会儿马上发起流程，明天肯定能照常发工资，请陆总放心。”

林琰琰疑惑地看着李经理，心想她什么时候把文件找到了？

陆莘透微微皱眉说：“什么文件？”

李经理把钱江的事情跟陆莘透讲了一遍。

陆莘透说：“这件事，按照之前的文件执行即可。”

这下李经理满意了：“好的，属下知道怎么做了，待会儿我马上让琰琰发起工资审批流程！”

陆莘透处理完事情，转身就要走。林琰琰唤住他：“陆总，请等一下！”

“还有什么事？”

“这件事陆总您口头说了不算，待会儿我会发起邮件，陆总需要在邮件上给予审批意见，我好存档保留。”

陆莘透想了想，点头同意了。

李经理觉得林琰琰真是冥顽不灵。陆莘透走后，她掩饰着心中的不满说：“昨天晚上我老公把家里重整了一下，没想到居然找到了那份文件，待会儿我让他送过来。”

林琰琰觉得奇怪，为什么这么重要的东西她找着了不马上拿来公司呢?

林琰琰拟了一封报告给陆莘透。陆莘透没有直接审批，而是回复：“需要提供旧文件过目。”

李经理低声抱怨了一句，亲自跑到陆莘透办公室，也不知道说了什么，陆莘透竟然批复了同意的意见。

后来，林琰琰再去催李经理拿文件，李经理就搪塞她：“我老公也要上班的，哪能一时半会儿给我送来。而且陆总都同意了，你还不赶紧按照陆总的意见发起工资审批流程，再拖下去，不止陆总，全公司的领导都要跑来过问工资的事情了。”

林琰琰迟疑了一阵，最后在李经理的轮番轰炸下，发起了工资审批流程，扣除了钱江的奖金。她做完这件事，内心始终不安，这是她第一次违反规定做事。而她也没想到，这件事，会给她带来严重的后果。

两天后，恰巧是小年夜。

林琰琰正想着晚上一个人要怎么过小年夜时，她走到公司，发现公司楼下围了很多人，还有警车和救护车出动，场面壮观，似乎发生了什么事。

她走上前瞧瞧，可惜人太多了，她根本看不到里面的情况，只能从人们的议论中听出端倪。

“听说有人跳楼自杀了，从十五楼直接跳下来啊，摔成肉饼了，那血溅得到处都是！”

“听说死者有抑郁症，想不开就跳楼自杀了！”

“我怎么听说是公司克扣奖金，员工想不开，跳楼的？”

林琰琰听了一半，踉踉跄跄地退出来，她深深害怕那个人是钱江。她忽然想起李经理至今都没有把那份文件给她。

她绕过人群上楼，公司里早已经闹翻了天，大伙儿都在议论员工跳楼的事情，可当她走到办公室，大家都沉默了。她佯装镇定地开口问：“有人跳楼……死了，传是我们公司的，你们知道是谁吗？”

大伙儿点点头，小丽深表同情地说：“琰琰，是钱江！”

钱江！林琰琰听到这个名字心更抖了。

“经理来了吗？”她又问。

“经理和其他高层去会议室开会了。”

林琰琰脸都白了，她主动走到会议室门口，想听听他们是怎么分析的。

可这时，公司走廊里闹哄哄的，有一群人冲开了保安和前台的阻拦，冲到公司的办公区域来了。

那一大波人是钱江的家属，还有带着话筒摄像机的记者。

同事们很惶恐，都走出来围观，正在开会的陆莘透和一些高层也纷纷走出来了。钱江家属的领头人是他的母亲，一个穿着朴素的老年人，她一看到陆莘透就冲上来打，口中直喊：“没良心的衣冠禽兽，聘用我儿子却不发工资，逼死了我儿子，你还我儿子！”

老人身后是钱江的妻子，手中还抱着一个三四岁的男孩儿，显然是钱江的儿子，他们周围还跟着几个亲戚，大伙儿都哭得稀里哗啦，直逼陆莘透讨公道。

媒体记者争先恐后地拍照采访，公司出动了一大批保安才把这些记者请了出去。然后，陆莘透命人单独把钱江的家属请到会议室。

林琰琰坐在办公室里，远远地依然能听到钱江母亲激动的哭喊声。她的内心很痛苦，因为这件事，任何人都会觉得是她的错，而她却没有证据证明自己的清白。

这时，杨秘书忽然走过来说：“琰琰，你随我出来一下。”

她以为杨秘书要带她向家属解释，杨秘书却低声说：“陆总吩咐你这几天都不要来公司了，等风波过去了，再通知你来公司。”

她不甘心地说：“我想到会议室里见见家属。”

“现在家属很激动，你去了只会犯众怒。”杨秘书耐着性子劝说，“而且你现在即便争取也不一定能得到大家的信任，不如先回家想清楚，等高层处理完了这件事，你再回来跟大家解释，可以吗？”

林琰琰很难过，但她知道杨秘书的话有道理。她同意了，但没有马上走，她等了一会儿，见李经理从会议室里走出来，立即迎上去：“经理，我想和您谈谈。”

李经理挺厌恶林琰琰的，但因为心虚，只好与她来到角落里谈。

“经理，这件事您怎么跟领导解释的？”她问。

“能怎么解释呢，钱江这人有错，我们按照规章制度办事，只是没有料到他是个轻度抑郁症患者，会跳楼自杀。我们好好地跟家属解释，再做出一定的赔偿，就可以了。”

说得真是简单！林琰琰又问：“经理，您说您找着的那份文件呢？”

“那份文件？哪份文件啊？”

林琰琰傻眼了：“经理，您是想当所有事情都不存在吗？别忘了，当时您怎么跟陆总说的！”

“林琰琰，我在陆总面前有提起钱江以前的错误，但我说过没有文件，你也要扣他的奖金吗？”

她不可置信地看着李经理：“你想让我一个人承担所有的责任？你怎么可以这么无耻？”

“到底是谁无耻了？明明闯了祸还想拉别人下水！”

林琰琰气坏了，她真是见识到职场小人的厉害了！她咬牙切齿地说：“你等着，整件事情，我会还原真相，你会为你的所作所为付出代价！”她说完，就提着包回家了。

她无法忍受这样的陷害，一边走一边流泪，此时她多么想念景辰啊，可是景辰为什么忽然不理她了呢？

林琰琰把自己锁在家里。马上就要过年了，街上很热闹，可她就像个犯了错的小孩儿，连家门都不敢出，生怕记者找来。

这件事闹得很大，不仅上了当地报纸，还上了电视。

IV的声誉受了影响，股票开始下跌，IV的高层不得不陆续召开几次记者会，相关领导，包括陆莘透都亲自出面，做出解释和道歉。而整件事被推至风口浪尖的责任人，就是林琰琰。

林琰琰很崩溃。她即将辞职，这件事势必对她产生很大的影响，她甚至没法找到工作。

受伤的林琰琰把自己完全放在隔绝的空间里，可是人一旦放空了，又会无比思念爱她的人。

她登录手机MSN给景辰留言。

“景辰，我犯错误了……”

“景辰，我成了舆论的罪人，所有人都不相信我，我也没有证据，我该怎么办？”

“景辰，你总是说‘不要在意不爱你的人的感受，随他们去说吧’，可是，你这么长时间都不理我，我能不能理解为你也不在乎我了呢？”

……

她一遍遍地倾诉着，一遍遍看着永远没有回复的MSN，泪流不止。

以前没有景辰的时候，她知道自己不论如何都要撑着，没有人可以救她。

然而有了景辰之后，她又有了期待，她希望重新被人疼爱，可如今，这份期待再次被摔得粉碎。

她终于明白了，生活永远都得靠自己。

「 第五章 」
为什么是陆莘透呢？为什么是他来拯救她！

美国纽约。

景辰一直深陷在一个纷扰的噩梦里。他在一艘船上，周围都是海水，漫无边际，风浪一次次冲击他的船只，他极力地想要控制船只，可是始终没法与风浪搏击。

他就要掉下去了，可是他不甘心，因为他还没有见到他心爱的琰琰，不能就这么死了！

琰琰……琰琰……他在心里一遍遍地默念，这是他活着的动力。

“哥哥他怎么了，怎么出那么多汗？”景心守在床边，发现景辰额头不住地冒汗，她哽咽着，“哥，你快点儿好起来，哥，我求你了！”

景逸看着躺在床上的病人，双目呆滞。

景辰已经这样躺了一个多星期了，依然没有摆脱危险，现在还戴着氧气罩，他手上插着输液管，病房里各种仪器，等待随时抢救。

他听说哥哥出车祸那天，被送来医院的路上差点儿就停止心跳了，要不是抢救及时，恐怕……

第二天，他们全家办理包机手续赶来美国。可是当他看到哥哥的一刹那，他觉得哥哥的生命那么脆弱，仿佛一根稻草就能把他压死了！他不由得两眼泛酸，眼泪流淌而下。

他与哥哥的感情很好，哥哥比他大五岁，从小一直是他的偶像。因此，父母努力栽培哥哥，而放纵他时，他也没有任何怨言，他甚至想将来把公司都交给哥哥好了，他做闲散贵公子，反正哥哥一定不会亏待他。只是他不明白父亲为何一定要向哥哥逼婚，逼婚不成还非要扶持他上位，最终逼迫哥哥为了挽救局面，出差美国，完成艰难的工作。

景逸很累，转到隔壁的休息室想要休息，却听到父母的对话。

景夫人哭着说：“你是不是怪我，当年把景辰带了回来，所以才这么薄待他？”她的声音很低，压抑着痛苦。

景万山稍显激动：“我薄待他？这么多年，我栽培他，对他甚至比对景逸还好，你哪里看出我薄待他？”

“可是你的眼里没有爱，你只给他物质和生活上的享受，从来没有真正像父亲一样，宠爱过这个孩子！”景夫人擦了一下眼泪，“他们小的时候，你还带景逸去过游乐场，出席过他的家长会以及各种比赛，可是你有这么陪伴过景辰吗？你觉得事业是你人生中最重要的东西，所以你把这个东西给了景辰，就是最疼爱他了？”

景万山沉默了，景夫人不依不饶地说：“就说他的婚姻吧，他不喜欢诗卉，为何非要勉强？我看那位林小姐除了家境不好，没有哪一样不超过诗卉的，你为什么这么强烈反对呢？我们家这个水平，也不需要女方继续扶持了。”

“你懂什么？诗卉能是一般家庭的女孩子吗？她的父亲很有作为，前程不可限量，我们家这是高攀啊！”

“景万山，你什么时候真正想一想儿子的感受？你的心里只有你的事业和你的野心。如果不是因为你的固执，他怎么会来美国谈新方案，怎么会出这样的事？万一他没了，我看你怎么实现你的野心，你甚至连继承人都没有！”

“你把我们逸儿摆在哪里了？”

景逸在外面听了一会儿，听到父母提到他，身体不稳，撞到了门。

“谁在外面？”

他迅速地溜回病房，关上门时，手还在颤抖。

景心问他：“二哥，你怎么了？”

“没、没什么。”他脑子很乱，想到了小时候一些不太愉快的景象。

他记得有一次，父亲陪他去游乐场玩，回来的时候他带了游乐场的玩具，他问父亲是否应该给哥哥买一个，哥哥一定很喜欢的。

父亲却说："逸儿自己玩就好了，你哥哥不需要这些。"可是他回到家后，明明看到哥哥非常羡慕的样子。

这个场景，当年困惑了他很久。

如今十几年过去了，他回想起来，依然觉得很困惑。

父亲，真的爱哥哥吗?

林琰琰把不修边幅的自己修整一番后，重新出门。她犹豫了一阵，最后给陆莘透打电话，想约他出来谈谈。

他说："你到IV总部来找我。"

她没办法，只能到IV总部找他。秘书领她到会客厅等候。她喝着咖啡，等了半个小时，他才过来，令秘书关上了门。

会客厅里只有他们两个人。林琰琰站起来朝他打招呼："陆总。"

陆莘透望了她一会儿，发现她面容憔悴，眼睛红肿，即便化了妆也掩盖不住狠狠哭过的痕迹。

他望了几秒钟，才点点头坐下，对她吩咐："坐吧！"

林琰琰一坐下就开口问："陆总，我想问问钱江的事情，公司处理得怎么样了？"

他抬眼冷冷地看着她："你最近看新闻了吗？知道这件事情有多严重了吧？所以……必须有一个人出来承担责任。"

她呆呆地望着陆莘透，却见他面无表情，眼神冷漠。

"你打算让我负责？"

他不置可否，她就激动了："陆莘透！这件事并不全是我的错，当时的事你也很清楚，李经理说有文件了，我才……"

"但是她没有让你在没有文件的情况下，扣除奖金。"他打断了她的话，沉声道，"林琰琰，大家都是成年人，要以证据说话，就算我知道李经理陷害你，可你没有证据，就是诬陷。你混职场这么多年都白混了吗？"

林琰琰愣了。

陆莘透的话像刀，一刀刀扎到她的心里，使她受伤的心越加血淋淋。

陆莘透没有心软，继续道：“还有，你把我当成你的什么人了，景辰吗？别想着有人可以一直救你，你若学不会强大，以后就别想在这个圈子里混了！”

她猛然站起来：“我会自救！我会强大！你和李经理颠倒黑白，我一定会把这件事情说清楚，我会让你们为每一句话付出代价！”

他嗤笑一声，就像看待生气的小绵羊一样，对于她的话不予评价，但他的眼神却再次激起她心中的愤怒和斗志。

她咬牙切齿地说：“你等着！”然后拿着包走了。

他也不挽留，只是在她走后，他目光呆滞地望着她离去的方向，表情痛苦。

外面下着小雨，行人匆匆。林琰琰离开IV大楼后，撑着伞在街上站了很久。

陆莘透的话太伤人，而景辰，在她最艰难的时候，却没有陪在她的身边……

她艰难地移动步子往前走。她觉得她应该主动寻找景辰，因为只有见了景辰，她才能问清楚他为什么冷待她。而且钱江的事，景辰说不定也知道些什么。

林琰琰脑子里第一个想找的人是景心，可是景心上次对她的态度很微妙，她觉得景心也未必会帮忙，于是她就想到了景辰的朋友。她翻出上次聚会时，景辰开泰国餐厅的朋友在告别时留给她的名片，上面清晰简洁地写着“沈鹏”二字和电话号码，她拨了电话过去。

“喂，请问你是？”那边的人接起电话。

“你好，沈鹏，我是林琰琰。”

沈鹏惊讶地说：“辰儿的女朋友？哈哈哈，你怎么给我打电话了？”他的笑声爽朗，让人听着就觉得是一个非常直爽的大男人。

“今天冒昧打扰你了，其实……有一点关于景辰的事情，我想问问你。”

“你来跟我打听辰儿的事，是不是搞反了？”

她尴尬地笑笑：“景辰几天前出差去美国了，你知道吗？他那天走得很匆忙，我都没赶上在飞机起飞前送他，之后……我就再也没有联系上他了。我想知道他现在在美国怎么样了？”

“辰儿不至于出差都不联系你啊。”沈鹏直白地问，“你们吵架了？”

她苦涩地说：“没有，我也不知道他怎么了，所以很担心他在那边的状况，而且我这里也有一点儿事情要找他，你能帮我联系到他吗？”

沈鹏听着林琰琰的语气，觉得事情有点儿严重，就说：“你等会儿，我现在帮你打个电话看看。”

林琰琰万分感激，过了一会儿，沈鹏给她打来了电话：“辰儿没接，但是他回短信了，说现在在开会，没办法接电话，让我有什么事可以电话留言。”

她本来挺失落，但是又意识到什么，问：“他的手机开机了？”

“对啊，开机的，只是没有人接。”

林琰琰的脸色有点儿难看，她的心不住地颤抖，种种猜测飞入脑海，都是她最不能承受的结果。她声音发颤着对沈鹏说：“你能帮我问问他为何不联系我吗？”

沈鹏意识到两人的感情出了问题，他虽然不想伤害她，但也不忍心拒绝，所以还是帮她发短信继续询问。

林琰琰等了十几分钟，依然没有等到沈鹏的回复。她心灰意冷了，也全都明白了。眼泪从眼眶里冒起，她咬住下唇，别过头强忍着。

又过了几分钟，沈鹏打来了电话，无奈地说：“他没有回复，手机……也关机了。可能在开很重要的会议吧。”

他隐隐听到林琰琰的哭声，有些焦急地说：“他应该不是故意不接电话的，一定有什么原因，这样，我一直打，打到他接为止，你等等啊！”

“沈鹏，谢谢你……我全都明白了，你不用再找他了，再见。”林琰琰说完挂断了电话。她最后的话语气很失落，沈鹏甚至能察觉到孤独和绝望。

沈鹏很同情这个女人，可是仔细想想，他认识的景辰可不是这个样子，一定有什么原因。他仔细想过后，立即打电话给另一个好哥们儿宋嘉诚。

林琰琰走回小区时，天色已经黑了。她没有回家，在小区里漫无目的地晃荡，最后寻着一张树荫下的长椅坐下。她抬头仰望着树梢，树顶上透下灯光，在地上投映成斑驳的影子。

她静静地望着，眼泪忽然流了下来。她一直在自欺欺人地为他开脱，可是到了今天她也该清醒了。

她拿出手机，双目空洞地最后一次拨打景辰的号码。但让她意外的是，这次电话那头终于有了等待通话的声响。

她很诧异，心又沸腾起来。然而，电话接通的那一刻，那头传来的却是一个熟悉的女声："喂？"

那人似乎只是随意接起电话，声音浑然不在意，可林琰琰却感觉心跳都停止了。

那人说："谁啊，怎么打我男朋友的电话又不说话？"

这个声音，竟是乔诗卉！

林琰琰已经没有回应的欲望了。到此为止吧，她已经不想再坚持了。

她默默地把手机放到一边，不再理会乔诗卉在电话那头的呼喊，直至对方主动挂了电话，她的眼泪才流了下来。

景辰，就这样吧！我和你的缘分，就这么结束吧！再也没有担心和顾虑，再也没有家庭纷争，也再也没有孤独和坚守。我们不再相爱！

她把头埋到膝盖上，不可抑止地痛哭起来。

美国纽约。乔诗卉刚刚挂上电话，就得意地笑了。几天前，她不顾父母的反对，执意跑来美国探望景辰。她决定一直陪着景辰，直到景辰醒来，发现守在他身边的女人是她，一定感动死了。而林琰琰，实在是太刺眼了！

于是，当林琰琰打来电话时，她趁景家其他人都不在，故意接起电话，用不经意的语气说这是她男朋友的电话，并删除了手机上林琰琰的所有通话记录和关心的短信。她想，这样景辰醒来，就看不到林琰琰发来的消息了，他一定很失望，然后，移情别恋，爱上她！

她那么喜欢景辰，第一次为了一个男人做那么多事，好的坏的她都做了。所以，她一定要得到他！

林琰琰趴在膝盖上痛哭，浑然忘了自身的处境，直到听到有脚步声靠近自己，她才止住了哭声。

她看到一双锃亮的皮鞋停在她的面前，她缓缓抬起了头，陆莘透居高临下地望着她，表情失落，眼神比她更痛苦、更难过。

林琰琰不想让他看到自己的狼狈样儿，别过头，努力擦着眼泪。

他朝她递来一张纸巾，也不说话，就这么递着。

她没有接，倔强地别着头，即便眼泪流得汹涌，也咬住下唇不吭一声。

“想哭就哭出来吧，像刚才一样放肆地大哭，没有人会拦着你。但……我没法，看着你一个人在这里哭。”

这比要他的命还难受，看到她如此伤心难过，他就恨不得将她遭遇的所有伤害都揽到自己身上，他替她顶着，他替她受着！

林琰琰的眼泪像断了线的珍珠一样，止不住地往下落。陆莘透还是那么直白，可是此时的她受不了他如此的关怀。

她起身想走，他却拉住她的手，猛然把她拽到怀里。

“你和他发生了什么事，他不要你了吗？”

林琰琰哭得更厉害了，咬他、踹他，可他还是不放手。

“你们男人都是一个样，全是没良心的东西！”

他无比心痛道：“对，我以前是，但现在不是了。我疼你，我想对你好！”

“我不，你放手！”她剧烈地挣扎着，他却紧紧地抱着她：“琰琰，别这样，我很心痛，我比你还难受！”

他的话让她心中死死硬撑着的那一角忽然坍塌。她被巨大的哀伤吞没，虚脱一般靠在他的怀中，哽咽道：“他为什么不要我了？为什么，我到底做错了什么，你们要一次次抛弃我？”

“琰琰，他不要你，我要，我会比他对你更好！”

陆莘透紧紧地抱着她，企图用温暖的怀抱告诉她，她的身边还有他。

这阵子他为了划清界限，一直无视她的痛苦，冷漠地离开。可是当看到她一个人在街边失声痛哭时，他又狠不下心来了。所以，他放弃了一个男人的尊严，乞求她再给他一次机会。如果她接受他，他不会再给景辰还击的余地，因为他不允许别人再一次伤害她！

“琰琰，忘了他吧，给我一次机会！”他哀求。

林琰琰却摇摇头，她做不到。

“琰琰，你是不能忘记他，还是不能原谅我呢？”他的声音里像夹杂着难耐的痛苦。

林琰琰不说话，默默地从他的怀里挣脱出来。

她擦了擦眼泪，硬气地抬头往前走。

“琰琰……”他唤她，她却没有回头。

陆莘透的心，顿时像被无数把刀插入了一样，血淋淋的满是窟窿。他沉默着机械地跟在她的身后。

一段距离后，林琰琰停下脚步，淡漠地说：“我想静一静，你为什么一定要跟着我呢？”

“我只是想陪着你……”

“我不需要你陪！我根本不需要你来爱我，因为我不会原谅你！”她捂着脸，闷声哭泣。她不能接受陆莘透，她没法原谅他。

她甚至想，为什么是陆莘透呢？为什么是他来拯救她！

「 第六章 」
他一伸手，就可以把她揽在怀里，这大概是两人这几年来离得最近的一次。

一般来说，新闻的时效性是七天。不论多么大的事件，在沸沸扬扬炒作了七天之后，总会慢慢回落，甚至淡化。林琰琰几乎浑浑噩噩度过了七天，等大家不再那么关注钱江跳楼事件了，她才开始出动，为自己寻找证据。

她先到钱江家里拜访，毕竟钱江是当事人之一，总有突破口让她依迹可寻。她在A市待拆迁的一个老旧小区里，几经路人指点，找到了钱江的家。她不知道家属有没有人见过她的照片，所以戴着墨镜，买了一些礼物才上门。

林琰琰敲门，开门的是一个穿着居家服，头发松散地绾着的女人。女人三十多岁了，面容很憔悴，像是刚刚生过一场大病似的。

林琰琰一看到女人，就知道是钱江的老婆许如月了。

许如月只把门缝开了一点点，她疑惑地打量着林琰琰问：“你是？”

林琰琰朝她微笑：“您好，我是看了新闻之后过来探望你们的，我姓关，我给你们带了些礼物，不知道家里的老人，身体可有好转？”

开门见面的第一句就关心家里的老人。许如月大概被她打动了，就说：“哦，关小姐，你先进来吧，谢谢你！”

林琰琰走进他们家里，才发现是一套小小的房子，不到80平方米，而且还是上世纪80年代建造的房子，很老旧，家中杂物很多。她看到她们家这个样子，忽然很能理解钱江母亲闹到公司去的心情了，儿子就是他们唯一的支柱。

林琰琰把礼物拿出来，许如月看到她拿出这么多东西，连忙推辞：“关小姐，您太客气了，我们感激您，但是不能收！”

“没事，这是你们应得的。还有这些……是我年底领到的奖金，花了一些，剩下的全都给你们，希望能帮到你们。”她把钱强塞给许如月，许如月激动又无奈地收下了。

林琰琰又询问了一些她家里的事情，才知道她的婆婆还在医院住院，她待会儿去探望婆婆，她自己身体也不太好，可家里如今也只能靠她来支撑了。

林琰琰问：“我听说您的丈夫之前有抑郁症，是吗？”

许如月擦了下眼泪说：“他一直有抑郁症，而且近段时间已经很严重了。”

“他难道不是轻度抑郁症吗？”

许如月摇摇头，说钱江的抑郁症在几个月前已经被确定为重度了，然而他不肯告诉公司，怕公司开除他。她婆婆患有羊痫风，整天打他辱骂他，他就经常把自己关在房间里不吃不喝，后来他拿不到奖金，婆婆又骂他没出息，他受不了了，就离家出走，没想到第二天，就发生了那样的事。

许如月大概是真的没怎么接触过社会，防范心不强，加上林琰琰送了这么多礼物，就真的当她是不相干的好心人，一股脑儿都说了。她哭着说：“如果婆婆那天晚上没有那么骂他，也许他就不会跳楼自杀了，我们家也不会这样了……”

“这些话，你们对媒体说过吗？”

许如月摇头：“没有，婆婆不让我们说。”

林琰琰皱眉：“那你们有没有想过，你们不把实情说出来，可能会连累到另外一个可怜的人呢？”

“我……我不是很明白关小姐说的话。”许如月脸色一白，为难地站起来说，“关小姐，我厨房里给婆婆熬的鸡汤好了，我先去取下来。”

林琰琰叹息一声，点头，许如月就去了。

她一个人坐在客厅里，想着要怎么说服许如月作证。忽然发现玻璃桌下，搁着一个贴有景辉集团标志的文件盒子。

难道是钱江的旧物？她把盒子拿出来翻了翻，在钱江的一堆旧资料中，赫然发现了一份醒目的文件。那份文件居然是她寻找已久的钱江的处罚文件！

这种文件一般一式三份，这份应该是钱江自己保留的那一份！

林琰琰颤抖着把那份文件从头到尾迅速翻看了一遍，确认这是原件，而非复印件。上面很清楚地写着处罚说明，最重要的是，末尾还有钱江的签字及手印。

如果能得到这份文件，她就可以证明自己的清白了！林琰琰几乎想抱着文件就逃走，但是她不能这么狼狈。她掏出手机，准备拍照。可这时许如月回来了，并且看到她正用手机拍照。

许如月下意识地把刚刚端出来的鸡汤扔了，扑过来抢走了文件，很激动地喊："不，不，你不能动钱江的东西！"

林琰琰当时按了快门，但是不知道拍到了没有，她站起来看着许如月。许如月整个人像长满刺的刺猬，不再对她友善了。

"你是谁，为什么要动钱江的东西？"

林琰琰刚想解释，许如月就大喊："我不管你是谁了，你出去，这里不欢迎你！"

她把林琰琰赶出去，还把她带来的礼品以及钱都扔了出去，很激动地说："我们家不要你的东西，都拿走，以后别假惺惺地上门探望了，这里不欢迎你！"然后就"砰"地关上了门，完全不给林琰琰说话的余地。

林琰琰看了一眼被扔出来的礼品和钱，叹息一声，把它们都整理好了，放在他们家门口，然后对里面的人说："钱夫人，我是真心期盼你们家能好转起来的，你可能误会我了……"

她等了一会儿，见门内的人没回应，只好说："钱夫人，我带来的东西我不会拿走的，都放在门口了，希望你们能好起来，我走了！"

林琰琰走出小区时，心情很低落，她想许如月这么激动，到底是有意识地隐瞒了真相呢？还是被她婆婆唆使的呢？

林琰琰思前想后，最后认为单纯的许如月不会想到这么多，应该是她婆婆告诉她，不能让外人动这份文件吧。如果这份文件外传了，说明钱江也有错，那么IV就不用承担这么多责任。

看来这件案子的关键，还在这份文件上。她拿出自己的手机看了看刚才紧急拍的相片，可相片很模糊，估计呈到法院也说明不了什么。她叹息一声，又庆幸还好文件还在，她还有证据证明自己的清白。只是她得想办法拿到，不能让钱家销毁了它。

她想了一阵子，最后决定找陆莘透帮忙。毕竟这案子也事关整个IV集团的声誉。

她给陆莘透打电话。

“琰琰？有什么事？”

“是这样子的，钱江的事情我找到了一些线索，可是需要你帮一下忙，所以我想和你当面谈谈。”

陆莘透嘴角微挑：“可以，我现在在家，你到我家里来吧。”

林琰琰凭记忆找到陆莘透家。陆莘透给她开门时，刚洗好了澡，穿着条纹居家服，头发湿湿的，还没来得及吹。他笑道：“你是路痴吗？怎么这么慢。”

“你们这里，我又不是经常来。”

她进门后，陆莘透招待她：“要喝点儿什么？”

“咖啡。”

“冯嫂出去买菜了，我不会弄咖啡，只能给你倒一杯茶。”

无语，那他还问！

可最后，陆莘透只给她上了一杯白开水，她瞧了一眼，心想他难道连茶都不会泡吗？

“你有什么事情？”陆莘透坐下来。

她整理了一下思路，对他说道：“今天早上我去拜访钱家人，他的妻子很信任我，与我说了很多外界所不知道的事。比如钱江在几个月前就被确诊为重度抑郁症了，而他母亲对他不怎么好，跳楼前一天，他还因领不到奖金被他母亲狠狠地羞辱过。”

陆莘透凝眉思索：“可这不能说明什么，他还是因为薪资问题跳楼自杀的，责任仍在我们身上。”

“那如果我取到了当初景辉风投对钱江过错的处罚文件，而且钱江也在上面签字了呢？”

陆莘透心里一动：“你找到那份文件了？”

她拿出手机，找出照片，递过来对陆莘透说：“这是我早上拍到的，可惜被许如月发现并阻止了，所以拍得很模糊。”她坐到他身旁，把相片放大，指了一块红红的手印说，“喏，这里有钱江的签名。”

她离得很近，凑过来的时候，陆莘透闻到了她头发散发出来的香气。他喜欢她的味道，淡淡的，似百花的香气。

他抬头一打量，才发觉她离他这么近，只要他一伸手，就可以完全把她揽在怀里了，这大概是两人这几年来离得最近的一次。

林琰琰一直在跟他解释：“还有，你看这里……”她抬头望向陆莘透，却发现他看着她，眼神很奇怪。她连忙离他远一些，低声说，“抱歉。”

他轻咳一声，把纷乱的思绪抛开，有些尴尬地低头看着照片说：“太模糊了，看不出什么。这张照片即便呈给法院也没有说服力。”

“是的，所以我想请你帮忙，看看能不能从钱家人手里拿到这份文件。”

“好，这件事你不用管了，我会命专门的人去调查取证。”

林琰琰惊讶地看着他，完全傻眼了。她没想到他会这么爽快地答应。

“你、你不是说让我自己解决吗？”

他挑眉：“你找到这份文件，就已经证明你的清白了，剩下的是我的工作。”

她低下头，内心有些复杂，沉默了一会儿，又问：“你打算怎么跟钱江的家属交涉？”

“我会让律师和警察处理，必要的时候，也会借助媒体的力量曝光你所说的内幕。”

林琰琰讶异，连忙说：“他们家很可怜的，你若动用媒体对他们施加压力，他们可能活不了了！”

“我不是慈善家。”陆莘透冷笑，“他们给IV造成的可是几千万上亿的损失，难道就没人给IV一个交代？”

“陆莘透，你明明可以用更温和的方式解决这件事的，你不可以这么冷漠！”

他盯着她，发现她表情严肃，一副要与他拼到底的模样，心中有些无奈。

这就是林琰琰啊，让他心动的林琰琰。十几年前他刚认识她时，就觉得她很傻。可这么多年，她经历了这么多事，即使性格变了，但本质依旧那么善良，那么傻。

他扬唇一笑，看不到底的黑眸里星光点点。他说："虽然我不是慈善家，但是我也有基本的同情心，钱江一案，我会以温和的方式与他的家属协商解决。"

林琰琰蒙了，她伶牙俐齿的架势冲击到一半，被他陡然温柔的话语这么一说，反而无处可摆了。陆莘透今天怎么这么好说话?

两人又商量了一下具体细节，不久后，冯嫂回来了。

林琰琰起身，准备告辞。陆莘透看了看手表说："都到这个点儿了，不吃了晚饭再走吗？"

"不了，我还是回家去吧。"

陆莘透也不强留，起身送她。然而，两人刚要出大门时，门外就有人进来了，是一位老奶奶，身后还有一个中年仆人。老人一见陆莘透，立即惊讶道："呀，透儿，你怎么知道奶奶过来，还专门给奶奶开门？"

门外是一位年逾七旬的老者，老者虽然头发全部花白，可皮肤保养得体，除了细细的皱纹，没有一点儿老年斑。她的穿着很潮，藏蓝色长款羊毛呢外套，里头隐约露出蓝花白底的打底裙。她的外套上扣着白金镶钻的胸针，脖子上缠着三圈珍珠项链，一看就是富贵人家。

陆莘透也蒙了。

"奶奶，您怎么过来了？"

"怎么，我来看我的孙子还得提前告诉你啊？难得我做了酱肉特地给你送过来。"奶奶嗔了他一眼，然后看到了他身边的林琰琰。她不由得打量了几眼，问，"这位是？"

陆莘透看了林琰琰一眼，正想着怎么解释。林琰琰却主动朝奶奶鞠躬说："奶奶您好，我是陆总的下属，今天过来跟陆总请示工作问题，现在准备离开了，打扰您了！"

陆莘透听她这么自我介绍，皱了皱眉。奶奶瞥见陆莘透皱眉，仿佛不赞同女孩子说的话，心中一喜，看林琰琰的眼神也有点儿不一样了。

也是，如果只是普通的上下级，干吗请到家里来。就算请到家里，她的孙子怎么会穿个居家服就迎接人家？可见，他们两人除了上下级关系，应该还有别的关系！

奶奶再看林琰琰，身材相貌都不错，言行举止有大家闺秀的风范，就是不知道家世怎么样。不过，经历了陆莘透妈妈的死之后，她的观念就改变了，如果女方品性靠谱又孝顺，哪里还需要门当户对呢？

如今，她最大的心愿就是希望孙子能过得幸福。

奶奶笑着说："既然来了，就一起吃顿饭再走吧。"

林琰琰愣怔，随即客气地说："不用了，奶奶，我就不打扰了。"

"没事没事，一起吃吧，这么大的桌子只有我和透儿，哪里吃得过来？你就当陪奶奶热闹热闹吧！"

林琰琰求助地看向陆莘透，陆莘透却作壁上观，根本没有要帮她的意思。

奶奶还在热情地招呼着，林琰琰没法推了，只好遂了老人的愿，跟她一起走进屋里。

陆莘透跟在两人后面，偷偷抿嘴笑了。其实他心里还是挺希望林琰琰留下来的，可是他说不出口，没想到奶奶突然到访，反倒帮了他一把。

冯嫂和陪同奶奶前来的周妈一起到厨房里去忙了。客厅里就剩下祖孙两人和林琰琰。林琰琰在老人家面前挺尴尬的，她没见过陆奶奶，所以不知道要怎么与她相处。而奶奶又一直暗含深意地笑着打量她，简直让她无所适从。

奶奶笑着问："林小姐，你在我孙子手下是做什么工作的呀？"

她很谨慎地说："奶奶，我在陆总底下做普通文员的工作。"

"今年多大了？"

"今年26了。"

"哦，属兔啊，那跟我孙子……"奶奶说了一半，连忙止住话，呵呵地笑。

林琰琰意识到老人的想法不对劲了，刚准备解释，冯嫂就端着酱肉上桌了。

陆莘透先夹了一口酱肉，然后皱眉说：“奶奶，这次酱肉咸了。”

“是吗，我尝尝？”老人也尝了一口，“还好啊，不咸。”

林琰琰见祖孙俩持不同的意见，也跟着夹了一口酱肉试试。谁知奶奶忽然问她：“林小姐觉得怎么样，咸吗？”

她看了陆莘透一眼，笑着对奶奶说：“挺好吃的，奶奶。不咸，刚刚合适。可能……陆总最近口味太清淡了吧。”

陆莘透质疑地问她：“你不觉得咸吗？”

“难道你觉得很咸吗？”她以牙还牙。

两人无意间就有点儿小斗嘴了。这可让陆奶奶心里乐开了花。

第一次啊，第一次有人敢给他孙子脸色看，而且还是个年轻漂亮的女孩子！

奶奶在一旁偷着乐，两人还浑然不觉，依然斗嘴。

“你真的不觉得很咸？你明明也不喜欢太咸的东西。”

“这种酱菜本来就是靠盐和各种酱料腌制的，不咸怎么可以使其发酵？”

奶奶在一旁乐着说：“林小姐懂行啊！你应该会下厨吧？或者平时也经常自己腌制蔬菜？”

“我……只会些小炒家常菜。”

“哦？那林小姐最擅长的是哪一道菜？”

陆莘透在一旁插话：“奶奶，你别看到个能说的，就以为对方很会做菜了，她做的菜最多就是熟的，跟好吃联系不上。”

“你吃过了？”奶奶惊喜地看着陆莘透。

林琰琰在一旁轻咳。陆莘透被她的咳嗽声提醒，转移话题：“奶奶，你身体不太好，还是少吃一些酱菜吧。”

这时，冯嫂又把鸡肉端上来，黄脆的皮，浓郁的鸡汤，让林琰琰看着就挺想吃的，然而她才吃一口就觉得不太对劲了。这道菜看着很好吃，可吃起来没什么味道啊。难道她真的比较重口味？

她看了看，发现陆莘透面前有酱碟，便朝他面前的酱碟点了一下。

陆莘透十分惊讶，道：“你喜欢这个酱？”

“不……不可以吗？”

“没什么，这个酱冯嫂一般只为我准备，如果你也喜欢，那就吃吧。”

林琰琰觉得他奇怪，但是也没有多想，她把鸡肉往嘴里送，才咬了一口就中枪了！

那是芥末酱！

她的眼泪唰唰地往下流，整张脸都皱在一起了。陆莘透见她这样，赶紧给她抽纸巾：“我已经提醒你了，你怎么不听。”

“你又没说是芥末酱！”

奶奶在一旁看着陆莘透关心女孩儿的模样，心想自己的孙子绝对没有把女孩儿当下属看待，那眼神简直对女孩儿心疼得不得了！

陆莘透还在不住地问林琰琰：“你怎么样，感觉好些了吗？”

林琰琰闭眼缓了一会儿，总算好些了，可也流了不少眼泪。她斜着眼睛看向陆莘透，眼里满是责怪。陆莘透却忍不住笑起来，因为林琰琰刚才的样子实在太狼狈了。

林琰琰瞪了他一眼，想起奶奶还在旁边，赶紧收拾自己的仪容，说：“奶奶，对不起，我失仪了。”

“没关系，没关系！”奶奶发现了自己孙子的秘密，心里早就乐开了花，哪里还计较那么多呢?

林琰琰吃过饭后，也不敢多留，对奶奶再三道谢后，就告辞了。

奶奶见状，对陆莘透说：“你送送人家。”

陆莘透连忙爽快地拿起钥匙：“走吧，我送你回家！”

林琰琰见推脱不了，叹息一声，只能任由陆莘透送自己回去。回去的路上，她问陆莘透：“你奶奶是不是对我误会了，不会以为……我是你的女朋友吧？”

陆莘透语出惊人：“她就是这么认为的。”

“你看出来了？”林琰琰激动了，“那你怎么不跟她解释？”

“我解释有何用，她已经这么认为了，我多说只会是掩饰。”

“真不应该在你们家吃饭，以后都不知道怎么解释。”她小声抱怨道。

过了一会儿，车开到了小区门口。

林琰琰下车时，很难得地对陆莘透说："谢谢。"

陆莘透微微一笑，却没有说话。他望着林琰琰走向小区门口的光亮之处，她高挑的背影总是惹人遐想，让他一望总想要看到她的正脸。

可惜，这是一种奢想，事实上，她走回去的路上，头也不曾回。她对他没有半点儿留恋。

陆莘透点燃了一根烟，在车上慢慢吸着，不打算离去。夜还很长，与其回去，他更想留在这里，看着她家的灯亮起来。

「　第七章　」

无关好坏，至关爱情。
陆莘透，我不可能忘了他。

除夕，转眼即至。大家争先恐后买年货，不论走到哪儿都能看见喜庆的红色，而林琰琰落寞地待在家里。往年过节她还有林巍巍陪着，今年就只有她一个人了。

她把家里打扫了一遍，当她整理到景辰送给她的东西时，终于狠狠心，把它们都扔到楼下的垃圾桶里。她扔垃圾的时候，恰巧碰到过来看望她的陆莘透。

陆莘透手里提着一堆打包的东西，说："外面好冷啊！我能去你家坐坐吗？"

她看了他一眼，点点头。

两人进屋后，陆莘透手忙脚乱地把他带来的东西搁到客厅的玻璃桌上。除了瓜子、饼干、薯条等七七八八的零食外，还有红酒和用精致食盒打包好的饭菜。

林琰琰歪着头问他："你今天怎么过来了？"

他笑道："今天是除夕，怎么样都得来，不然你就一个人过除夕了……我不想你一个人过节。"

林琰琰沉默了。其实她知道陆莘透这几天都有来看她，只是一般都坐在车里，守在她家楼下。他小心翼翼关心她的举动，每天都在悄无声息地触碰她心里最柔弱的点，可她却不想承认。

陆莘透招呼她："来来来，我专门去酒店买了一桌子的菜打包过来，还热着呢，赶快吃。"

"我吃过了。"

“那你陪我吃吧。”他当即坐下，动着筷子夹菜，看上去吃得很香。

林琰琰见他毫不客气的样子，叹息一声，也坐下来与他一起吃了，因为她这阵子确实也没怎么吃好。她打开电视机，两人一边吃饭一边看电视，末了，还一起碰杯喝红酒，不知不觉，就到了午夜零点。

窗外的烟花再一次升腾起来，楼下传来的欢闹声，让她有些神思恍惚，她居然和陆莘透一起守岁过年了。这是，陆莘透第一次给了她心灵上的温暖。

林琰琰有些醉了，打了一个嗝，靠在陆莘透肩头上睡着了。

陆莘透小心翼翼地把她抱到怀里，他闻着她的发香，注视她安然的睡颜，心想如果他们是一对小夫妻该多好啊!

他低头亲了亲她的额头，然后与她十指紧扣，内心感受到了前所未有的安然与满足。

也许，他再努力一点，林琰琰就能接受他了。

过年的时间总是过得很快，转眼就到了年后第一天上班的日子。

林琰琰照常早起，梳妆打扮，准备去公司。虽然她之前申请离职了，可因为钱江的事情还没有处理完，她的离职日期也被拖延了。

今日她去公司，除了钱江的案件有进展外，她本人也有一件重要的事情要做。

大年初五那天，陆莘透还来找过她一次，说过年这段时间，他一直派人上门慰问钱江的家属，然后顺利拿到了文件，并用文件与钱江的家属谈判。最终，钱家同意和解了。

林琰琰问他：“如果钱江的家属同意和解，你们打算怎么向网民们交代？”

“届时将召开记者大会，IV集团的相关人员和钱江的家属一同出席，彼此向对方道歉。钱江的家属也会说明部分真相。”他顿了一下，深情地望着她说，“到时候也会还你清白。”

“看来还是要公开那份文件了。”

陆莘透点头：“只是用比较温和的方式公开，网络暴力会减少一些。”

林琰琰想了一下说：“李经理知道这件事了吗？”

他浅尝了一口红酒，说："还不知道。怎么，你有什么打算？"

"身为当事人之一，我想我有权利拿到那份文件的复印件。我必须和李经理有个了断。"她看向他，"我不会影响公事，可我的履历已经被李经理抹黑了，我不能一直背着这个黑锅！"

"你还是打算辞职吗？"

她冷淡地回应："辞职报告已经递了，而且出了钱江这样的事，我没有理由留下来。"

她依然没有为他做出任何改变。他失落地垂下眼帘，沉吟片刻后，说："我希望你……不要离开A市，不要换号码，不要搬家，我希望……我还能再见到你。"

她静静地看着他，没有给他任何回复。

林琰琰回公司上班了，同事们见了她都很惊讶，毕竟她们都以为林琰琰会沉陷在钱江的事件中，很失落，很憔悴，可她并没有。

她今天特地穿了一身刚买的职业套装，头发也弄过了，加上精致妆容和首饰，看起来格外干净利落。她远远走来，大家都能感受到她的气场，简直像女王回归一般。

李经理见她来上班了，愣了一下，几乎是下意识地盯着她。

林琰琰坦然自若地同她打招呼："经理，早啊！"

李经理那表情瞬间跟见了鬼一样，但嘴上还是若无其事地说："早啊，今天回来上班了？"

"对，不过今天，我是回来交接的。"林琰琰犀利地看着她。

李经理疑惑了，钱江的案子还没有解决，林琰琰怎么就有把握离职了？

她走回办公室，在里面观察了林琰琰差不多一个小时，终是抵挡不住心中的疑虑，主动约林琰琰谈谈。

两人到了安全通道口，李经理确认周围没人后，才问："你今天回来交接？"

林琰琰胸前抱着笔和笔记本，坦然地说："对啊。"

"钱江的案子解决了吗？"李经理质问她。

她笑了一下："说到这个事情，我正要找经理呢，休假的这段时间，我跟钱江的家人接触过了，通过他的家人，我拿回了经理您遗失的文件。”

她从笔记本里，把夹着的文件复印件给李经理看。李经理立刻拿过去，上上下下打量一遍，然后说：“这是钱江的那一份？”

“当然了，经理把公司的那一份搞丢了，我只能通过钱江的家人，把钱江那一份找出来了。”

“你别口口声声说我丢了公司的文件！”

“难道不是吗？”

李经理沉默了一会儿，冷冷盯着她说：“既然证据找到了，我今天就把这事报告给陆总，争取早点儿把这件事情解决了！”

林琰琰冷笑：“那经理解决这件事之前，可有想过还我的清白吗？”

“我还你什么清白？”李经理打死不承认。

“经理不想承认自己的过错，我能理解。不过，我已经找到了雯雯的借阅记录，上面有你借阅文件的签字，却没有归还的日期和签名……”

李经理咬牙打断道：“工作中借阅东西，归还时因为忙乱而少了登记的事情太多，你那一纸文件，根本说明不了什么！”

“看来李经理真的是不打算还我清白了。”

李经理得意地挑眉道：“就算我把文件搞丢了，栽赃给你又怎样？我不还你清白，不给你道歉，你能把我吃了吗？就凭一纸借阅记录你就想让我认罪？你真是太天真了！这件事你就当吃一堑长一智吧，以后就聪明了。”

李经理离开了安全通道口，而林琰琰依旧站在原地。她若有所思地望着对方离去的背影，嘴角扬起淡淡的笑。然后，她抽出笔记本上的笔，找到开关按了一下，心道：李经理，我已经给你机会了，既然你不要，就别怪我把你推入这样的局面了！

下午两点钟，公司准时开会。例会很顺利，陆莘透给大家拜完年后，就直入主题，摆出证据，清楚地跟大家说清楚了钱江的事。

当陆莘透说到律师从钱江家里找出文件时，李经理怀疑地朝林琰琰的方向看了一眼，陆总是怎么知道的？这份文件难道不是林琰琰找回来的吗？

她有些坐立不安了，林琰琰却镇定自若。

陆莘透把召开记者大会的计划交给行政部处理之后，面向所有人问："那其他人还有意见吗？"

"我有话要说。"林琰琰举手了。她举手时，李经理立即向她投来怨毒的目光，那目光里的恨意，即便在众目睽睽之下也掩饰不住。

全公司的人都奇怪地看着林琰琰。林琰琰无惧众人的目光，站起来说："身为当事人之一，这件事已经解决了，我想我也应该出面解释一下了。"

"你有什么话想说？"

林琰琰立即看向李经理，众人的目光也都追随着她，向李经理看去。这让李经理很紧张，甚至不知道要摆出什么表情。

"年前，我计算钱江的奖金时，并不知道钱江被处罚了，所以当时没有扣除钱江的奖金，是李经理提醒了我……"

林琰琰面带冷漠的笑意，把事情从头到尾说了一遍，包括李经理怎么瞒天过海骗取领导的信任，然后压着她扣除奖金的事。

李经理的手一直在抖，她失态地指责道："林琰琰，你有什么证据？谁知道你那些话，是不是自己捏造的！"

林琰琰沉默地望着她那一副小人跳脚的嘴脸，讥笑道："李经理，我当然还有别的证据，现在我们就一起听听吧！"她把录音笔拿到话筒边，按动了开关。接着，李经理和她在楼道里的对话瞬间侵袭全公司领导和职员的耳膜。

李经理几乎要崩溃了。她发了疯一样冲向林琰琰，大喊着："假的！她诬陷我！"

可大伙儿听着录音，看着李经理疯狂的模样，又有谁会相信她呢？

林琰琰打了一个漂亮的翻身仗。而她智斗李经理，挽回自己清白的事迹，也在IV内部成了一个传奇。

两天后，林琰琰离职了。她休息到元宵节，才打起精神，开始找工作。只可惜，她面试了几个Offer都不太满意。

这天，她刚从一家公司面试出来，就发现陆莘透停着车在路边等她。她愣怔了一下，走上前："你怎么知道我在这里？"

他只是笑笑，不解释。其实，林琰琰离职以后，他一直通过各种方式关注她的动态，而且晚上也经常开车到她家楼下，远远地望着她家的灯，在夜里"陪伴"她一两个小时才离开。

陆莘透邀请她："一起吃个中饭吧。"

林琰琰看了一下手表，也没拒绝，上了车。

"你今天早上没有去公司？"

"昨晚应酬到很晚，所以早上没有去。我昨晚的应酬景家也出席了，但是很奇怪，代表人是景逸。"

林琰琰听到任何跟景辰有关的东西都异常敏感，她内心突然一阵窒息，冷淡道："我不想听到关于他的话题。"

陆莘透见她如此，也只能沉默了，可这会儿林琰琰的电话却响了。林琰琰看了一眼，是沈鹏的号码，她迟疑了一下，还是接通了。

沈鹏很激动，招呼都没打就说："林小姐，我有辰儿的消息了！"

林琰琰心里咯噔一下，而沈鹏不待她反应，就一股脑儿地说："你走后我就找了宋嘉诚、Joe、景心等人问话，景心最可疑，支支吾吾的好像有什么事瞒着我，可她又不肯说，后来Joe说景辰在美国，但是被隔离起来了，外人根本接触不到他。"

林琰琰听着他说的话，如同一潭死水的内心，开始逐渐复苏。

景辰被隔离了？到底发生了什么事？

她握着手机的双手有些颤抖："那景辰他现在怎么样了？"

"我也不知道他怎么了！不过我听说景家人前阵子都过去了，最近几天才陆陆续续回来，不知道在搞什么鬼！"

林琰琰敏感地问："难道……景辰生病了吗？"

沈鹏蒙了。他之前没想到这个情况，被林琰琰一提点，他觉得也有点儿可能了。

林琰琰激动地问他："沈先生，你现在在哪儿，我能过去找你吗？"

"我在星辉国际大酒店。"

“好！我马上过去！”

陆莘透注意到她慌张的神态，深深地叹了一口气。他好不容易才与她有一点点独处的空间，可她一听到景辰的消息，就立马慌了神，这让他很挫败。他无奈地说：“我送你吧！”他虽然伤心，但也想看看景辰到底出了什么事。

林琰琰坐着陆莘透的车来到了星辉国际大酒店，找到了沈鹏。沈鹏没想到她身后还跟着一个面容冷峻的男人，就问：“你朋友？”

“……算是吧。”

陆莘透听闻这个答案，皱了一下眉头。

沈鹏大大咧咧，倒也没怎么在意，他把两人请到会客室。

“是这样的，刚刚你提到景辰有可能生病了，我就打电话问了一下Joe，Joe说可以托美国的朋友帮我们打听一下。”

林琰琰沉吟片刻，说：“沈鹏，我想直接到美国找景辰。”

沈鹏蒙了。林琰琰望着他，双眸闪烁出强烈的愿望。

“景辰已经失联一个多月了，我们在国内没法确切知道他的消息，还不如直接到美国找找他！”

沈鹏叹息说：“可是我们现在……不知道他的地址啊，就算去了美国，又去哪里找他？所以先等等吧，看看Joe怎么说。”

林琰琰已经焦急得心都快滴血了，她握住沈鹏的手，说：“沈鹏，你是景辰的好朋友，而现在，我和他的爱情只能靠你来拯救了，请你一定要帮我，可以吗？”

沈鹏郑重地说：“你这几天先去把护照办了，我有消息立即联系你！”

窗外的风景纷纷后退，两人回去的路上，林琰琰不说话，只是眼泪一直流个不停，这让开车的陆莘透心情越加糟糕。同样是伤害，她却只给景辰机会，而没法原谅自己。

“你对景辰真够宽容的！明明之前已经绝望了，现在又对他死心塌地。而且你知道他不是因为家族原因才不联系你的？万一是因为他的家人，你找过去不是自取其辱吗？”

“景辰他不是这样子的人！”她回头瞪着他。那模样再次刺痛陆莘透焦躁不已的心。他烦躁地一拍方向盘，靠边停车，咬牙问她：“到底要怎么样，你才能给我一次机会，忘了景辰？你不相信我能做得比景辰好吗？”

“无关好坏，至关爱情。”她说，“陆莘透，我不可能忘了景辰，也不可能给你机会。所以你趁早死了这条心吧！”

她看出他难受了，但是她无能为力，只能让他尽快知难而退。可是他却忽然发火了：“可我该死的就爱上你了！我想得到你，想让你成为我的女人，不再属于别的男人！你如此冷漠地拒绝我，我该怎么办？”

他一把抓住她的手，即便她怎么抠他的手指，他也不拿开！

她从未见过如此偏执疯狂的陆梓透，像个吓坏的木偶一样，一边挣扎一边大喊：“你捏疼我了，放开！”

然而，陆莘透怎么可能放开，他甚至慌张地抱住她，低声在她耳边哀求：“琰琰，陪我一会儿，我心里好难受，只求你陪我一会儿！”

他像小孩儿一样，可怜兮兮地乞求大人施舍糖果。她完全捉摸不透他的心理，只能努力使自己平静，用商量的语气说：“你先放开我，好吗？”

他以为她乖了，就放开了。谁知她忽然打开车门，跑了。

“琰琰！”他大喊，可她却没有回头。

沈鹏从Joe那儿得到了景辰住院的确切地址。当他知道景辰的现状时，整个人震惊得一屁股坐在沙发上。如果林琰琰知道景辰出了严重的车祸，至今都没醒，会不会崩溃？

他纠结了好久，最后还是拿起手机准备给林琰琰打电话，可这时景万山出现了，而且还是专门来找他的。

沈鹏收了手机，亲自迎接景万山。他让服务员上茶，问景万山前来有何事。景万山沉吟片刻说：“沈鹏啊，我听说景心把景辰的近况都告诉你们了，叔叔来，是想求你一件事。”

沈鹏马上就猜到景万山前来的目的了。

“叔叔，您有啥事尽管说！”他先装傻充愣。

景万山摇头叹息：“你与景辰是多年的好兄弟，叔叔是看着你们长大的，知道你的所作所为都是为了景辰好，可叔叔也一样是为了景辰好呀！”

“叔叔，侄儿愚钝，不明白您说的话。”

“你在帮林小姐打听景辰的消息是吗？”景万山半慈祥半犀利地问他。沈鹏也不好再装傻了，笑说：“叔叔，他们是男女朋友，景辰没有一点儿消息，林小姐怪急的。”

“可你知道，叔叔为什么瞒着你们吗？”

沈鹏疑惑地看着他。

景万山又摇头叹气：“唉，本来这是自己家的家事，不打算外传的，可叔叔眼见着侄儿所做下的事……都有损景家的安危了，实在着急，也不能不说了。”

“啊？”沈鹏惊讶了，这会不会太夸张了？

景万山把景家目前管理层的状况以及市长好不容易拉来的项目说了一遍。沈鹏听后，眉头都纠结在一起了，看来景家逼着景辰娶市长千金，是真的关系到景家的生死存亡了。

景万山说得真情恳恳，声泪俱下。

“叔叔知道你是为了景辰好，可景辉集团的命运在这关键的一举啊，你一定要清醒，不能一味地帮着景辰犯傻，算叔叔求你了！”

景万山双手握着沈鹏的手恳求，沈鹏心都乱了，最终服软了：“好了，叔叔我知道该怎么做了，您再这么求我，真的折煞我了。”

“那你答应了？”

沈鹏叹一口气说：“唉，我答应了，这次算我对不起辰儿了！”

“你哪能对不起他呢，你是为了他好啊！”景万山再次对他洗脑，再三道谢后，才告辞离去。而沈鹏头一回对不起朋友，内心都纠结死了。

他把好不容易得来的消息和地址都扔了，他没法告诉林琰琰了。

「 第八章 」
她在堕落，她在沉醉，她在放弃自己的理想和爱情。

林琰琰等了好多天，护照都办下来了，沈鹏还是没有给她电话。她焦急得决定主动去找沈鹏。林琰琰出现时，沈鹏很意外，支支吾吾地说："弟妹啊，我还没拿到辰儿的消息。"

林琰琰瞧着他的神色，看出了端倪，就问："沈鹏，你是不是有什么瞒着我，你是不是不想帮我了？"

沈鹏眼神闪烁："没有啊！我是真的没有辰儿的消息。"

林琰琰拳头暗暗握紧了，她心里很感伤。她好不容易才从沈鹏这儿得到一丝线索，怎么又断了呢。就好像当初景心在机场还与她好好说话的，可是隔天打电话，景心的语气立马变了一样。她说："你是不是遇到什么困难了？如果你真的不想帮我，也请对我说实话吧，我天天都期盼着，心里也……"

沈鹏看了她一眼，终是于心不忍，低下头叹气说："林小姐，你还是放弃景辰吧！"

林琰琰惊讶。沈鹏继续道："这话虽然残忍，但是我也是真心为你们好才这么说的，你们不合适，不管你们多么相爱，你们都不合适。"

她惊得后退两步，不可置信地看着沈鹏。这个爽朗的大男孩儿，当初那么尽心尽力地帮助她，如今怎么变成了这样？

沈鹏愧疚得不敢看她的眼睛。来自景万山的阻力太大了，他真的不看好这两人在一起！得不到支持的爱情，怎么样都是残缺的，也很难幸福。

林琰琰难过地问："是谁改变了你的想法？"

沈鹏沉默了。她用力握紧拳头，说："是景辰的家人，还是景辰自己？"

沈鹏抬头看了她一下。他从她的眼里看出她很痛苦，她快要经受不住这长达一个月的离间和质疑了。但如果可以让她死心，他不介意狠心一次。

"是景辰告诉我的，他不让你找他！"

"我不信！"她大喊道，"那你让我见景辰，我当面问他！"

"他不见你。"沈鹏沉默了一下说，"对不起，林小姐，你回去吧，别再想着这件事了，最好还是忘了辰儿吧！"

沈鹏摇摇头告辞了。

林琰琰望着他离去的背影，忽然宣誓般地大喊："就算你不带我去找他，我也能找到他！我会当面向他问清楚！"

沈鹏停住了脚步，但又狠狠心，头也不回地走了。

林琰琰伤心地离开了沈鹏的酒店，但是她真的不甘心，所以她自己四处打听景辰的消息。她每天到景辉集团楼下守候，几天后，她发现景心居然回国了！

之前几天景家人陆陆续续都回国了，她把景家人都跟踪了一遍，发现就剩景心还在国外，如果景心也回国了，这是否说明景辰已经被转移回国了。

她着重跟踪景心，发现景心回国后，常常进出国内的某家大医院。

这家医院并不是公立医院，而是外国商人和国内富商合资建造的私立医院，能出入医院的皆是非富即贵之人，她想进去非常困难。

为了确定景辰是否在医院里，林琰琰又在医院守了两天，才发现景辰所在的病房是类似四合院的独立院落。就在她想法子靠近病房时，她看到景心和护士从四合院里走出来了。

景心说："我哥哥现在怎么样，能正常吃东西吗？"

护士说："景先生状况不错，我们按时提供的营养餐他都能全部进食了。"

"他身体机能没有什么问题吧？最近有没有什么后遗症表现出来？"

“没有。”

林琰琰躲在角落里听着，一颗心都要跳出来了！景辰真的生病了！真的回国了！

她看着那四合院的门，恨不得冲上去，可惜她不能，如果她太莽撞了，一定会被赶出去的。她不知道景辰到底得了什么病，但她一个多月都对他不闻不问，景辰会不会很伤心？

景心与护士说完话后离去，林琰琰跟上去，找了个合适的机会，在四合院外的无人游廊里冒了出来。

“景心！”

景心回头，看到林琰琰站在身后不远处，吃惊不已。

林琰琰微微一笑：“景心，好久不见！”

景心却皱着眉头道：“你怎么会在这里？”

她坦白：“抱歉，我已经跟了你好多天了，然后看到你经常进出这里，我想问问你，景辰是不是在里面，他怎么了，得了什么病，现在还好吗？”

景心怒了：“谁说我哥哥在里面的？”

“我听见你和护士的对话了。”

景心不满被她洞悉一切，生气起来：“我哥不在里面，就算在里面，你也见不到他！”

景心此时已经被景家人洗脑了，加上这阵子乔诗卉天天陪伴在景辰身边，她也觉得林琰琰配不上自己的堂哥了。

林琰琰的心窒息了一下，她着急地上前，抓住景心的手解释：“景心，是不是我哪里做得不好，惹你不高兴了？我真的很担心景辰，我已经一个多月没见到他了，你让我见一见他……”

景心猛然甩开她的手，尖叫着：“你干什么啊！”

两人的谈话声惊动了四合院的其他人。原来景辰的病房里不止景心在守着，还有景家人和乔诗卉。乔诗卉从四合院走出来，双手抱臂讽刺地说：“我道是谁在外面缠着咱们家景心，原来是林小姐来了！”

景心一见家人出来了，立即向他们走去，而林琰琰一时不知如何是好。

林琰琰故作镇定，端庄地朝他们打招呼："景先生、景夫人，你们好。"

景夫人点了一下头。景万山却不为所动，嘴角甚至挂起一丝意味不明的笑容："林小姐，我们又见面了。"

林琰琰很恭敬地说："景先生，我今天是来探望景辰的，可能我与景心交流的方式不太对，惹她不高兴了，也打扰到你们了，对不起！"

景万山笑眯眯道："林小姐，上次在机场见面时，我说过请你不要再来打扰他了。"

林琰琰紧紧抠着手中的包，说："景先生，我知道您反对我与景辰在一起，您希望他过得更好，可您有没有想过，这未必是他想要的呢？"

"林小姐这是在教训我吗？"

"不敢。"

林琰琰真是不知道要怎么与这位威严固执的长者交流。

"我想，我已经明确地跟林小姐说过了，不管景辰多爱你，你都不可能进景家的门！如果你们为了爱情私奔，那我宁可不认景辰这个儿子，也不会让你拿着子孙威胁我进景家的门，我说得够明白了吧？"

景万山的话犹如一道霹雳，不仅劈碎了林琰琰的心，也震得其余的景家人转头看着他。景夫人甚至不相信自己的丈夫能说出这番狠绝的话来。

林琰琰几乎站不稳了，她望着站在四合院门口的这些人，觉得他们像形成了一个强大的阵营，阻断了她见景辰的路。而她连景万山都对付不了，怎么对付得了这么多人？

可她不甘心就这样被击倒。她握紧拳头，说："景先生，我与景辰相爱，我只在乎景辰对我的感受，而且，他曾经明确地对我表过态度，不管家里的人怎么反对，他都不会放弃我！"

"你就对我儿子那么有信心？"景万山笑眯眯地说，"景辰是我的儿子，他是以大局为重的人，绝不会迁就个人情感，哪怕他再爱你，在家族责任以及公司利益面前，他也不会为了你做出失去理智的举动！"

"我不信！景辰已经告诉我了，景辉集团内部有问题，但是他有解决的办法！"

景万山看到她在风中颤抖的模样，知道自己的话奏效了。他嘲弄地说：“我实话告诉你吧！我儿子的确为了你，与我做过抗争。他为了证明自己的观点，拿着方案信心满满地去了美国，不过很可惜，他失败了。这次失败给了他惨痛的教训，他因此而病倒，甚至质疑自己的能力。所以，你知道你给我儿子造成多大的麻烦吗？你将毁了他的人生！”

景万山像杀死一只渺小的蚂蚁一样，蹂躏林琰琰脆弱的心：“他在家人的陪伴下，认识到了错误，决定与你分手。他不好意思面对你，所以选择了冷处理。他认为你是个明事理的女孩儿，却没想到你是个死缠烂打，为了爱情不顾尊严的女孩儿！”

林琰琰流泪了，她伸手扶住游廊上的朱红柱子，她怕她不抓着东西，就会摔倒。

她的内心开始崩溃了，但还是抓着最后一根救命稻草说：“我不信！我要见景辰，要他亲口对我说，而不是通过你们转达！景辰！景辰！”

林琰琰说着就想往里闯。景万山看不下去地了，喝令保镖：“把她给我拦住，怎么会有这样没羞没臊的女人！”

乔诗卉听见景万山不留情面了，也不装淑女了：“就是，怎么会有这样不要脸的女人？人家已经说得很明白了，不要你了，分手了，你怎么还在这里闹事？你这样的人真够给我们女人丢脸的！”

林琰琰不理会乔诗卉的谩骂，隔开保镖的手想要冲上去。

“景辰！景辰！你在里面吗？景辰，你快出来啊！”她的喊声惊动了周围住院的病人，他们纷纷出来围观，还有八卦好事者拿出手机准备拍照。

景万山是好面子的人，当即脸都气得绿了，对保镖下令：“把她赶出去！如果五分钟内，你们还没有把她拖出去，明天就不用来报到了！”

保镖卖力地拖着林琰琰往外走。她拧开保镖的手，双手抱着柱子，死死地赖着。保镖抠开她的手指往外拖，她又抠着游廊下的台阶，指甲都抠进石缝里，甚至断裂了。

“景辰！你快出来！我只想听你一句话，我求求你了，我真的只要你一句话啊……”

林琰琰泣不成声。景夫人不忍心地摇摇头，劝道：“林小姐，你还是走吧，我们家真的不适合你。”

林琰琰如抓住浮木一般抵死挣扎，终于不再奏效了。她被保镖拖出去，心中最坚硬的那一点信念被击得粉碎。也许真如景万山所说，他早打算和她分手了，只是无法面对她，才采取了冷处理方式。

角落里，景心背过身去，默默地擦了擦眼泪，然后，走进病房了。病房里空荡荡的，根本没有景辰的身影，早在景万山出门去见林琰琰时，景辰就已经被护士从别的通道偷偷转移走了。

林琰琰今天所做的一切，从一开始就没有意义……

林琰琰被拖出了医院大门之后，反而安静了。她一个人目光呆滞，毫无目的地在街上游荡，不哭不闹不说话，也不理会周围往来的车辆和行人。她感觉自己就像一个已经死掉的人，对任何事物都没有了知觉。

天空下起了小雨。周围的行人匆匆来往，都想着避寒躲雨，只有林琰琰还是慢悠悠地，没有知觉般地在雨中前进。直到有一个人，撑着一把伞出现在她的面前，完全挡住了她的去路。

她目光呆滞地抬起头，看着来人。她的眼神那么空洞、那么无辜，把来人的心都看碎了。

陆莘透没说话，沉默地把她揽到自己怀里，他一手撑着伞，一手拉开自己的风衣包裹着她，温暖着她，丝毫不嫌弃浑身湿嗒嗒的她。他说：“如果想哭就哭吧，在我怀里，没人能看到，我也不会再让别人看到你丢脸的样子。”

林琰琰本来不想哭了，可是因为这句话，她的眼泪再次流了出来，她不甘心地喃喃自语：“为什么总是你？”

“因为只有我，才这么在乎你，不想让你难过！所以，只有我！”

她哽咽出声，虽然难过，不甘心，但是这一次她没有拒绝他，缓缓地抱住了他。

她睫毛一抖，流下两行眼泪。

私立医院的四合院病房内，四周才有一点儿朦胧亮的早晨，景辰醒来了。他从一场漫长的噩梦中逃脱，精疲力竭。他看着四周的环境，到处一片苍白，摆设着很多仪器。他手上插着输液管，还在打点滴。

这究竟是梦境还是现实?

景辰神情恍惚地想要爬起来，可是他实在躺得太久了，稍微一动，身上的伤被牵扯，痛得他浑身直冒冷汗。他滚落到床下，牵扯了仪器，仪器发出扰人心神的声响。

他的动静引来了护士。

“景先生，您醒过来了！”

护士叫着同伴，把他扶到病床上，又叫来医生通知他的家人。景辰这才知道他现在在医院里，只是他觉得脑袋里空空的，仍然搞不清楚状况。

景心是第一个赶来的人，她出现在他面前时，还穿着粉色兔子居家服，头发没有梳，显然是听到消息就直接跑来的。

景心一直哭，跟他说他住院的情况。从景心口中，景辰才得知车祸发生后，被救起的他昏迷不醒，在美国治疗了一个多月，才转回国，如今在国内一家知名的私立医院里养病。

原来他已经昏迷不醒一个多月了，这一个多月里他经历了生死，让身边所有的人都操碎了心。

景辰看着景心趴在他身上大哭，伸手摸了摸她的头发，低声说：“对不起。”

之后他的父母，还有其他亲人，以及乔诗卉也过来了。乔诗卉对他很热情，甜甜地对他呼唤：“辰哥哥，你终于醒来了。”

他微微皱了皱眉头，不明所以。

母亲一出现就哭，抱着他不舍得分离，父亲的表情严肃，始终在旁边站着，沉默了好久才叹息说：“醒来了就好！”

景辰很累，没办法思考太多，然而他心里始终惦记着一件事……

他问景心：“琰琰呢，我想见见她，你能帮哥哥把她叫来吗？”

景心哭到一半，忽然止住声音了，她转头看向景万山他们。

景万山发话了：“你昏迷的时候，我们已经通知过林小姐了。”

“是吗，那她来看过我吗？”

景万山没有回答，只说：“你先好好休息吧，养好伤再想别的。”

母亲也在一旁劝道：“对啊，辰儿，你先把自己的伤养好了要紧啊。”

景辰刚想说什么又止住了，他心中十分惦记林琰琰，但眼下也不好问。他决定私底下问问景心。

过了一会儿，景夫人、景万山和其他亲戚因为公司的事情先回去了，只有景心和赶不走的乔诗卉在一旁照料。

乔诗卉觍着脸上来，娇俏地说：“辰哥哥，看到你醒来了，我好高兴，希望你的身体能快点儿恢复，我好担心……”

“诗卉。”景辰温和地打断她，“我忽然想吃点儿水果，这个季节，不知道外面卖什么水果呢。”

“你想吃水果啊，我亲自给你买去，一定买到最新鲜的水果！”

景辰笑了：“好，谢谢你。”

乔诗卉高兴极了，满心欢喜地出去了。

景辰看着剩下的景心，忙问：“景心，你跟哥哥说实话吧，在我昏迷的这段时间，家里都对琰琰做了什么？”

景心一惊，还想隐瞒：“哥，我们没对林小姐做什么呀，是她一直没有联系你呢。”

“心儿，你不善于撒谎，你一撒谎哥哥就看出来了，所以，不要瞒着哥哥。”

景心委屈地嘟嘴，顿了一会儿才说：“哥，林小姐有什么好的，你怎么那么喜欢她，还不惜与大伯作对？如果你没有与大伯作对，也许你就无须去美国，也不会发生那么大的车祸了。反倒是诗卉，她一直守着你不放弃，可见她真的很喜欢你啊……”

景辰皱眉道：“心儿，你怎么了？你之前可不是这样子的。”

“哥，我这阵子想通了，你就不应该跟林小姐在一起！”

“心儿，你是个单纯的姑娘，哥哥真不希望你受到我父母的影响。”景辰的语气严肃起来了，“把你的电话拿来。”

他要亲自给林琰琰打电话问清楚。

景心本来想反驳，但是一看到哥哥的表情她就不说话了。哥哥这么疼她，从来不对她摆脸色，如今居然为了林琰琰对她露出这种失望的表情！

她也赌气了，把电话给了他说："好，你打吧，不打你就不死心，她绝对不会理你！"

景辰觉得心惊，他皱着眉拨号过去，然而对面响了几声，就挂断了。她果然没接电话。景辰的心又沉了半截儿，他最担心的事情还是来了。

"你看吧，她不接你电话，我一点儿都没骗你！"

景辰无奈苦笑，也许这个妹妹真的被他宠坏了。

"景心，我累了，你出去吧，我想好好休息。"

他和林琰琰之间本来没嫌隙，如今却被他们硬生生整出一条鸿沟来。他心急，甚至心焦，可身体这状态，他连下床都难，怎么能去找她，亲自给她解释？

他扶住额头，万分心痛，却无能为力！

林琰琰这几天都住在陆莘透家里，许是那一夜淋了雨，第二天她就发高烧了。为此，陆莘透不仅请了医生过来照顾，自己第二天也没去公司上班，全天陪着她打点滴。

接下来几天，陆莘透对她都异常温柔，仿佛换了一个人，让她适应不良。她睡觉时，他在她床边看书，或者去书房处理工作；她要是醒了，他立即过来陪她聊天，时而抱着她，亲着她，不论她怎么拒绝，他依然"为所欲为"。

在他的照顾下，她的高烧终于退去了。她开始想要回家，也开始思考她与他之间的关系，到底算什么？

这几天里，陆莘透的一些暧昧举动，虽然让她很排斥，但也有一些行为感动到她了，比如他无微不至的照顾。她感受到了他的转变，还有他对她的疼爱。

如果没有景辰，没有之前的仇恨，也许她会接受他吧，可是她不想轻易转变，她觉得她还是应该回去了。

"陆莘透，我该回家了。"

陆莘透也不生气，牵着她的手，替她捋了捋头发，低声说："你不用着急，等感冒完全好了，我就送你回去。今天晚上，陪我出席一个宴会吧，我缺少一位女伴。"

林琰琰不解地望着他。他说："帮帮我！"

宴会是一个比较隆重的商业联谊晚宴，大伙儿都带着女伴，他希望她陪着他去，也不需要她做什么。林琰琰想了想这段时间他对她的照顾，就答应了。

陆莘透带着林琰琰出门买衣服，不仅买礼服，还买她平时穿的。林琰琰不怎么乐意，他却还是一件件给她买。他给她挑了一件黑色V领包臀晚礼服，大腿以下的裙摆如鱼尾般展开，她试穿了衣服走出来后，他顿时被惊艳了。

陆莘透走上前来亲了亲她，笑笑说："你果然比较适合黑色，景辰一点儿都不了解你。"

林琰琰望着他，他又说："上次年会，他给你挑选了一件礼服，把你装扮得跟公主一样，他把你当公主疼爱，却不知你更想当女王，你说是吗？"

林琰琰微微蹙眉，她不喜欢陆莘透的犀利，轻易地看出她和景辰之间的问题。

他牵着她的手："走吧，就这一件了，但你还缺一套珠宝首饰。"

陆莘透带她去逛珠宝店，可到了珠宝店门口，林琰琰却止步了。

他见她停住脚步，问她："怎么了？"

"你随便给我租一套珠宝首饰就可以了，不用买。"

他无奈一笑："我堂堂IV总裁的女伴，怎么可以用租来的首饰？"

她有些迟疑，他硬牵着她的手说："走吧！"然后，牵着她进了一家珠宝店，给她挑选了一套镶钻的项链。

林琰琰立即惊了，她一看就知道那是她打工几辈子也不可能买下的东西。

她赶紧拦住："别……别，你还是别买了，太贵了！"

他按住她的手说："今晚的场合很重要，你安心陪我就可以了，其他的交给我处理，无须操心。"说完拿开她的手，还是让导购结账了。

她懊恼地闭了闭眼，有点儿后悔答应他的邀请了，这样重要的宴会，他与她出席了，更加牵扯不清了吧？

当导购戴着白手套，小心翼翼地给林琰琰佩戴昂贵的珠宝首饰时，林琰琰却沉默发呆。她的目光无焦距地盯着一个方向，那方向正摆着店里的镇店之物——一枚鸽子蛋粉钻戒指。

陆莘透发现了，笑着打趣："如果我拿它跟你求婚，你会答应我吗？"

她愣愣地回神："什么？"

他主动上前，接过导购的工作，替她整理项链。

"你觉得那颗粉钻漂亮吗？如果我拿着它求婚，你会答应吗？"

她这才注意到那颗粉钻，尴尬一笑："你别开玩笑了。"

他的确在开玩笑，但是这不代表他心里没有这样的想法。她是他最离不开的女人，他一定会得到她，只不过需要一点儿时间慢慢引导她爱上他而已。

两人扫购结束，才开车往宴会场地去。陆莘透把车开到一个像民国时期修建的酒店，一开始，林琰琰还觉得那地方不怎么起眼，然而等进到酒店里面，她顿时有种进入了皇宫一般的感觉。

宴会厅从石雕的柱子、房顶璀璨繁复的水晶吊灯到四周墙壁的壁画，以及各式图纹的地板，都让她觉得仿佛置身中世纪欧洲皇宫，太过金碧辉煌。

她走入这个地方，才知道刚才想让陆莘透租珠宝的想法多么可笑。

陆莘透看她傻了眼，笑说："我带你去见见这里的名流吧。"

林琰琰也没有拒绝，她很好奇能进入这个会所的都是些什么人。她很乖巧很大方地挽着他的手，带着淡淡的笑与他一起去见识嘉宾。

陆莘透带林琰琰认识了一些国内知名的企业家，这些企业家所掌管的公司，或者培养起来的品牌都如雷贯耳，享誉海内外。

王先生打趣陆莘透："陆总，今年你可是第一次带女伴出席呀，难道是……你的女朋友吗？"

陆莘透笑答："是啊，我的女朋友。"

林琰琰惊讶，正想着该怎么反驳，就听到不远处有人说："哎，景董，刚刚过来的吗？"

林琰琰心中一震，闻声望去，就见景辰的父亲景万山带着景夫人，手上端着红酒杯，朝打招呼的人呵呵笑着："是啊，李董，好久不见啊！"

两人高兴地握手，攀谈开来。

她死死地盯着那个方向，心很乱。景万山给她的阴影犹在，她只想逃离这里。

陆莘透关心地抚摸了一下林琰琰的额头，故作不知地问："怎么了？"

她苦笑摇头："没什么，这个宴会要多久才结束呢？"

"时间不长，等吃过饭就该回去了，怎么，你想回去了吗？"

"嗯……有点儿累。"

陆莘透知道她是因为遇见了景万山，所以心情不好。然而他今天带她出来，就是要让她见景万山的，他必须让她在景万山面前挽回尊严！

他故作神秘道："另一位我想见的贵客来了，我带你去见见他。"

她点点头，想尽快离开这里，却发现陆莘透带着她往景万山的方向走去。

她挽着他的手忍不住握紧了，她低声问："你要带我去见谁？"

他拍拍她的手以示安抚，然后走到景万山的身后，笑着打招呼："景董，您也来了！"

林琰琰顿时心里咯噔一下。

景万山和景夫人一同回头，见到陆莘透身旁光鲜亮丽的林琰琰时，都愣住了。景万山甚至僵硬得好几秒都没反应过来，之前在他眼里毫不起眼的女人，此时却高贵得宛若王妃。

眼见着景万山惊讶，陆莘透脸上的笑容更舒心了。他轻揽着林琰琰的腰大方介绍："哦，给景董介绍一下，这是我的女朋友，姓林，林琰琰。"

陆莘透这么一说，景万山的笑容更加难看了，连景夫人都沉默地站在一旁，匪夷所思地看着。

林琰琰不知道陆莘透的用意，她在见到景万山时还是很紧张，但是随着陆莘透的一步步推进，景万山的表情一点点变化，她反而坦然了，甚至能痛快面对景万山了。

景万山当初羞辱她，说她苦苦追求景辰是为了嫁入豪门，如今，陆莘透给她机会报仇，她一点儿也不想拒绝。她主动伸出手对景万山说："景先生，您好！"

她的手已伸至半空，可景万山依然死死地盯着她，不肯伸手。

他心想林琰琰算什么身份，凭什么与他握手？可他要是不握手，那就不给陆莘透面子，这会所里的名流们该怎么看？

景万山心里千回百转，酝酿了好久，他终于向林琰琰低头了。他不甘心地伸出手来与她握了握，佯装客气地说："你好！"

林琰琰笑了，她终于出了一口恶气。陆莘透在一旁看着，也笑了。

陆莘透与景万山没什么好聊的，他的目的达到了，就寻了个借口带林琰琰离开去跳舞了。

两人跳舞时，林琰琰因为内心的忧虑得到排解，心情开朗了一些，也愿意配合陆莘透跳舞，她低声对他说："谢谢。"

陆莘透笑着说："谢什么呢，能讨你开心是我乐意做的。"

"你今天带我来……早就预料到他也会来，所以才演了这么一出戏来帮我吗？"

他低头与她对视，痞痞地笑道："那你有没有很感动，瞬间觉得我是世界上最好的男人，然后想嫁给我呢？"

她平静自若："你总是这么爱开玩笑。不过说实话，真的谢谢你！"

"既然感激，总要拿出一点实际行动，才能显出你的诚意吧？"

她咬着下唇想了一会儿，说："除了无厘头的要求，其他都可以，你想让我做什么呢？"

他垂眸望着她，忽然变得深情款款："从今天起，做我的女朋友吧？我除了这个要求，没有别的想要的了。"

她低下头来。对她而言，他这个要求算是无厘头的要求了，然而他的表情又那么认真，显然不是开玩笑的。

"今晚你也看到了，我能给你景辰所不能给的一切，所以……"

"你别逼我。"

陆莘透苦笑："我曾经不逼你，可是你没有给我结果，让我一直傻等，我不想再犯这样的错误了，所以，琰琰你今天一定要给我答案！"

林琰琰机械地随着他的舞步滑动，仍是不肯回应。陆莘透太霸道了，她就像一只无路可走的羔羊，误入虎穴，就无法再轻易逃脱。

“你不说话，我就当你同意了！”

“你别逼我！”她轻轻地说。可是陆莘透已不理会她无力的反抗了。他趁着舞步放慢的机会，忽然低头亲吻她的唇。

景万山和景夫人也在舞池中跳舞，景万山见陆莘透低头亲吻林琰琰，立即皱起眉头。

景夫人低叹：“看来他们是真的了。”

景万山不由得哼一声，别过头去。

这天晚上，林琰琰喝了很多酒，自从陆莘透当她默认，她也无从反抗以后，她的心情就极差，寻到机会就喝。陆莘透几次拦她，都没有拦住。

她只是想把自己灌醉，借以忘记今晚的事。

她在堕落，她在沉醉，她在放弃自己的理想和爱情。

林琰琰第二天睡到天色大亮才起来。她醒来时发现自己躺在陆莘透的大床上，惊讶了一下，赶紧坐起来，却因为宿醉，头痛不已。她抚摸自己的额头，只记得昨晚她陪陆莘透参加酒会，自己喝醉了，然后陆莘透带她回来，之后……她就睡着了吧，她真的没有太多印象了。

可是她为什么会在陆莘透的床上？

林琰琰连忙检查了一下自己的身体，发现除了换了件衣服，没有任何问题。她舒了口气，幸好陆莘透算是正人君子，看到她喝醉了，也没有把她怎么样。

她爬起来寻找衣服穿。可这是陆莘透的房间，她没法找到她贯穿的衣服，只好抽了一件陆莘透的衬衫穿上。就在她扣扣子的时候，陆莘透忽然开门走了进来。

林琰琰一惊，赶紧双手挡住自己，惊慌地看着他。

陆莘透刚刚运动回来，他见她爬起来了，也愣了一下，随即痞痞一笑：“你醒了？头还疼吗？”

“有点儿疼。”

“所以我叫你不要喝你偏喝，现在难受了吧。”

林琰琰想了一下，忽然问：“昨天谁帮我换的衣服？”

陆莘透似笑非笑地说："你不记得了？是冯嫂帮你换的。"

陆莘透心里暗爽，他没想到她喝醉酒居然会忘事，看来以后可以多骗她喝点儿酒。

林琰琰有些疑惑，但也没说什么。她到外边的浴室洗澡，回客房时发现陆莘透昨天给她买的衣服鞋子搁置在她的衣柜里，首饰也在柜台上，心里五味陈杂。

林琰琰穿了Dior的衣服下楼，这衣服也是高冷的黑色调，她不得不承认，这衣服比她自己买的还要符合她的身材气质。

她走下楼梯时，冯嫂已经做好了早餐，陆莘透也坐在桌边等候了。他抬头打量了一下，满意地点头微笑："快下来吃早餐吧，冯嫂专门给你做了解酒汤。"

林琰琰默不作声。

早餐过后，陆莘透说："待会儿我去公司，你今天打算做什么呢？"

他真怕他一离开，她就走了，所以他得先盘问清楚。

她若无其事地说："我昨晚没休息好，打算再睡一会儿。"

"下午呢？"

林琰琰疑惑地望着他。陆莘透意识到自己太心急了，于是改口道："好吧，那你好好休息，我争取早点儿回来，晚上带你出去走走？"

她低头吃吐司，漫不经心地说："你先把公司的事情处理完吧。"

陆莘透满意地笑了。他没想到她今天会留下来，看来他们的关系又进一步了。可他不知道，他刚离开家门去公司。林琰琰就收拾行李，准备回家去了。

她收拾东西时，陆莘透买给她的晚礼服，还有名贵的珠宝首饰她都没有带走。

她躲过冯嫂，悄悄下楼。出门时，数一数日子，发现她居然在陆家待了将近一个星期。她深吸了一口气，这个月发生的事情太多了，她需要静下心来想一想她与陆莘透的关系。

她走在回家的路上，想着这些复杂的事情，丝毫没有预料到，有人已经在她家附近等她了。

「 第九章 」

有些东西，一旦破坏了，就永远没法愈合。

林琰琰带着简单的行李默默地往小区走去，心里也不知道在想些什么。

“琰琰。”

林琰琰停住了脚步，她都快把这曾经令她念念不忘的声音忘掉了，没想到，如今它又如此清晰地响在耳际。她有些难以置信，大约两三秒后，才回过头来，然后真的见到了记忆中的人！

景辰醒来后，找机会询问了景心，可他没想到景心居然站到了乔诗卉那边。他知道林琰琰一定受了不少委屈，可他拿不到手机联系林琰琰。最终，他在沈鹏的陪同下，从医院跑出来了。

他穿着医院的条纹病服，头发也成了短短的板寸，面容消瘦，嘴唇苍白。他一瘸一拐地向她走来，柔声呼唤：“琰琰。”

“景辰……”她的心颤抖了。她想要靠近他，可是理智又拉着她。她不能，她已经和他分手了。

她眼神复杂，看得他心里绞痛：“对不起，这段时间让你受委屈了，但是琰琰，我回来了！”

他希望她能给他机会解释，可林琰琰却后退了一步。

她双眼濡湿，甚至有些怨恨地看着他：“你为什么现在才出现？难道你在抛弃了我之后，觉得我有利用价值，又回头了吗？你以为我会再一次傻傻地跟着你吗！”

她是被他的父亲和他联手逼迫分手的，而他怎么还有脸深情款款地呼唤着她的名字一步步走来？

景辰很心痛：“琰琰，你怎么能这么说自己，又怎么能这么说我呢？”

“我怎么不可以这么说呢？”她流着泪，“景辰，我们谈恋爱的时候你就没有把我放在与你平等的位置，你总是希望我信任你，可当我无条件信任你，把一切都告诉你的时候，你可有把你的事情告诉过我吗？”

“琰琰，我只是怜惜你，才不愿意让你分担我的困扰！我不知道我的行为会给你造成这么大的困惑！”景辰解释道。

“是，一开始我也这么安慰自己的。然而我清楚地知道李茗兰是能与你同进同退的女人。你明明曾经和这样的女人交往过，为何不能允许我成为这样的女人呢？”

她想起这一个多月的煎熬，说：“你出差的时候临时改变行程，不告诉我。到了美国，一个月都不理我。”她面如死灰，绝望地说，“一开始你就没有尊重过我，所以后面你抛弃我，也成了必然吧！”

景辰控制不住地抓住了林琰琰的手，万分心痛地说：“琰琰，你真的误会我了，我去美国之前，因与父亲谈公事，手机不在我身边，没法给你通知。在飞机上，我一直想着下飞机后给你解释，可是下了飞机……”

景辰顿了一下，最后将一切坦白地说出来：“我就出车祸了，一直昏迷不醒。直到前几天，我真正地清醒了，才听说了这些事。”

林琰琰震惊了：“你出车祸了？一直昏迷不醒？”

沈鹏也走过来，帮忙解释：“是的，辰儿出车祸了，之前一直在美国抢救，病情稳定了才转移回国，前几天才醒过来。他很惦记你，今天他还是冒着病痛的危险，偷偷跑出医院来找你的。”

“你骗人，如果是这样，你当初为什么没有告诉我？”

沈鹏看了景辰一眼，愧疚地摇头叹息。

景辰说：“琰琰，大鹏是因为我父亲才……但是我真的没有辜负你……”

林琰琰还是没法彻底相信景辰的话。毕竟她之前受到了那么大的伤害，忽然间他们的解释就让她受到的委屈都成了过眼烟云。她推开景辰，难过地质疑道：“我当初到医院喊你的时候，你为什么没有出来见我？”

沈鹏道：“他那时候都没有醒过来，怎么出来见你？”

“可你知道那天你父亲和乔诗卉是怎么对我的吗？”林琰琰说到这里依然心痛，甚至都要窒息了。

她知道她不能怪景辰，可她觉得他们的爱情已经变味了。她和景辰在一起，所面临的困难太巨大了，而她已经经受不住再一次被摧残!

“琰琰……”景辰看到她质疑的眼神，害怕她再一次离开。他想抓住她的手解释，然而她拒绝了。

“对不起，我想静一静。”她低声说，“你的伤还没好，还是回医院休息吧，免得伤了身体，我不想……你再一次因为我，而遭到你父亲的非难。”

景辰的手颓然地放下了，他不知还有什么理由握住她的手了。他原本以为她知道他的伤势会担心，会难过，会不顾一切地抱住他，可如今却是这样一副冷淡的表情……

景辰低声说：“琰琰，你还爱我吗？”

林琰琰低头默默垂泪：“景辰，你先回去吧，我……”

景辰却固执地问：“琰琰，你还爱我吗？”

就在林琰琰不知如何应答时，不远处街道上响起了鸣笛声。她回头一看，才发现有一辆车停在路边，陆莘透下车，甩上车门风风火火地赶来了!

陆莘透看了景辰一眼，却没有打招呼的意思，而是冷声质问林琰琰：“为什么不告诉我一声就回家了？”

她皱着眉头问：“你来这里做什么？”

“我已经是你的男朋友，你说我有没有权利过问你的事？”

林琰琰睁大眼睛盯着他，景辰和沈鹏同样震惊了。

沈鹏比较急躁，立马走上去嚷嚷：“陆总，虽然咱们是第二次见面，但我想说，这是林小姐和辰儿之间的事，你一个外人能不能先别急着插手？”

陆莘透义正词严地对他说：“沈先生，虽然咱们是第二次见面，但我也不介意告诉你，在昨天晚上的酒会上，琰琰已经答应做我的女朋友了！”他说着，搂上林琰琰的腰，对景辰正色道，“景总，在你消失的这段时间里，琰琰的伤痛都是我抚慰的。你们虽然曾经是男女朋友，但她最需要你的时候你不在。她重新选择了我，我虽然很抱歉，但我没有对不起你，琰琰也没有！希望你能理解！”

“理解个屁啊！”沈鹏很激动，挽着袖管就要上来。他觉得陆莘透这是赤裸裸地横刀夺爱！

可景辰听陆莘透这么宣示，一时悲愤攻心，本来不怎么好的身体又受到了重创，他踉跄一步，几乎要跌倒。

沈鹏赶紧扶住他：“辰儿，你还好吗？”

景辰推开沈鹏，忍着病痛顽强地站在她面前：“琰琰，我想听你解释，你还爱着我吗？”

“景辰……”林琰琰在景辰痛苦的眼神召唤下，下意识地走向他，然而她才刚刚走出一步，就被陆莘透拦住了。

景辰立即盯向陆莘透，咬牙道：“陆总，你不能因为自己的自私，就阻挡她选择幸福的自由！”

“她已经选择了我，我凭什么要配合你，再让她重新选择？”

“可是她真的选择你了吗？”

“景总，你最好先处理好你家里的事，再来管我们！”

“够了！”眼见两人剑拔弩张，林琰琰终于忍耐不住了。她流着泪看着他们道，“我只是想静一静，你们别逼我好吗！”

景辰叹了口气，沉默了一会儿，走到她面前道：“琰琰，我尊重你的选择，给你时间好好考虑。在此期间，我会努力处理好家里的事，希望你也能等等我，而不要那么匆忙做出决定。”

景辰依依不舍地望着她。他今天费劲各种办法逃出来，可结果并没有他期待的那么理想。她还是远离他了。

快上车时，沈鹏不放心地问景辰：“你就这么走了？你不警告一下陆莘透吗，那小子横刀夺爱啊！”

“不必了，这样就够了。”景辰觉得不论是林琰琰还是陆莘透，还是他，眼下都需要时间考虑吧。

景辰走了之后，就剩下陆莘透和林琰琰了。林琰琰说：“你也走吧，我想静一静。”

陆莘透知道她是怪他的，他拉起她的手说：“如果我用最原始的方式追求你，没有逼迫也没有投机取巧，你会不会接受我？”

林琰琰沉默。

“就像当初景辰追求你一样。”

“……看情况吧！”

她终于开口了，他也终于松手了。

接下来几天，林琰琰确实比较清静，景辰说到做到，没有再来找她，然而他也没有放弃争取的机会，经常给她发一些短信。他说：“医生说我的腿恢复得很好，只要多加锻炼就能正常走路了。这几天我很努力配合医生的治疗，想尽快出院回公司处理事务。”

“琰琰，我多想一天之内就能处理好家里的问题，让你没有压力，重新回到我的身边。”

过了几天，景辰的身体好一些了，他把工作搬到了病房里，跟她发短信说：“之前，我去美国出差是为了寻找投资。我提出的方案遭到了家人的反对，所以我希望美国人能欣赏我的方案，进而取代乔市长的项目。”

“虽然上次因为意外，没能洽谈成功，但是前几天宋嘉诚托人帮我办了这件事。今天，美国的客户给我发来回复，说会考虑这个项目。如果真的能成功合作，我就可以劝说我父亲放弃乔市长的项目了。”

“琰琰，这个点儿你在做什么呢？有没有想我呢？”

林琰琰的眼泪吧嗒吧嗒地往下掉，她很清楚地知道景辰为了她所付出的努力，但在她没想清楚之前，她不敢给他空白的希望，所以她从来没有回应过。

对比景辰，陆莘透就直接多了。他下班或者休息日总是来找她，有时候带她去吃饭，有时候约她去看电影，或者一起出去走走。他像个普通的男生一样，用最普通也最直接的方式追求她，刻意收敛了自己的霸道和戾气，可她早已没了当初的心动。

如果八年前，他们也这么好，也许就不会走到这一步了……

景辰向医生提出申请，提前一晚出院了。他偷偷开车回家，想趁着家人睡着之际拿点儿资料，去宋嘉诚那儿和美国客户谈方案，谁知母亲还没睡，孤零零地坐在客厅里。

他等不起，只能走进去打招呼说："妈，怎么还没睡呢，我从医院里回来拿点儿东西。"

母亲幽怨地望着他说："辰儿，我在等你。你今晚提前出院了吧，要去哪儿？"

景万山也从二楼的房间里出来了。他居高临下地看着景辰。

景辰看了父亲一眼，又看看母亲，倍觉尴尬。他解释："妈，今晚我有很重要的工作要做，所以提前出来了，我……"

景夫人又说："你别瞒着我了，这件事我和你爸爸早就知道了。你在住院的时候就让嘉诚给你安排房子了吧，你打算出院了就搬出去住？"

这件事他确实是做了，因为他要是一直住在家里，就无法施展自己的才华。父亲钳制了他的自由，导致他和林琰琰的感情破裂，导致他计划10年的管理方案无法实施。父亲的强势已经让他喘不过气来，他觉得是时候该反抗了。

景辰望了景万山一眼，转头非常坚定地对母亲说："妈，既然你们都知道了，我也不隐瞒了。我……是打算搬出去，你放心，我以后会经常回来吃饭的。"

景夫人哭了，可仍是拦不住景辰，只能无力地任由他上楼拿东西，然后离去。

而整个过程中，景辰就和景万山说了两句话，第一句唤他爸，第二句说："我告辞了，您早点儿休息！"

景万山最终也就冲他点了两次头，没有说任何一句话。

景辰走后，景夫人随景万山回房间休息，她坐在床上忧郁地说："我不知道这是不是你想要的结果，但这一点儿都不是我想要的结果。家，不成家了。"

景万山望着她，忽然冰冷地开口："你当初把他带回来，我就说过，我能收容他，目的就是培养成对景家有用的人，必要时他必须为景家做出牺牲！"

景夫人失望地说："可当初我们也说好了，他就是我们的亲生儿子！"

"景逸才是我的亲骨肉！"

"所以你对景辰差别对待了？"景夫人非常心痛地道，"景万山，你别忘了，他不仅仅是我们收养的儿子，他的父母更是你们景家的恩人！"

景万山震惊地回头看着她，愣了许久，才厉声道："三十年前我们就约好了，不许轻易提这件事！"

"是你逼我的，我们叶家待你景家不薄！"景夫人气得发抖。

景万山愤恨地盯了她一阵，恶狠狠地说："今晚真是没法睡了！"然后甩门走出房间。景夫人捂着嘴巴哭了。

景辰离开景家后，就搬到了宋嘉诚给他安排的住处，里面的家具一应俱全，稍作收拾，他就能入住了。可他根本没空收拾房子，刚到客厅就打开电脑办公了。

宋嘉诚和沈鹏过来给他帮忙，宋嘉诚给他泡了一杯牛奶果汁，景辰皱眉说："怎么不给我咖啡？"

"你这身体，还是老老实实养着吧，咖啡红酒什么的都别喝了！医生说你不能熬夜的，我简直是在帮你犯罪！"

景辰不理会他的唠叨，专注办公。因为时间紧迫，他一刻也不敢放松。

沈鹏有点儿担心，景辰在这么高强度的工作状态下会撑不住？可他对管理一点儿也不懂，什么忙也帮不上，只好转身去厨房做夜宵了。

景辰这一忙，就忙到了凌晨三点。当他好不容易将修改后的方案发过去，并打电话给对方简单陈述完自己的方案后，才松了一口气。

宋嘉诚等人关切询问："电话聊得怎么样，对方满意吗？"

景辰对这几个友人笑说："还不错，对方很欣赏，但他们还要开会表决，说明天给我答复。我觉得……我有80%的希望。"

"什么80%的希望，我觉得100%都可以了！"沈鹏激动地说，"太好了，总算没白忙活！"

宋嘉诚也高兴地拍手："辰儿，你先过来吃点儿东西吧，我想你一定饿了！"

景辰点头，他深吸了一口气借以缓解心中长久的压力，可在他起身的一刹那，他忽然眼前一黑，倒了下去……

林琰琰没想到张宵会再一次联系她，而且又是邀请她参加聚会。只是这次，林琰琰下定决心，不管他怎么邀请她都推脱说不在A市不打算过去了。

张宵终于死心了，然而在聚会的当晚，他不断地在微信里刷图，林琰琰才知道陆莘透也参加了聚会。但是，她现在并不在乎这些，她只想尽快找到工作。她已经离职快两个月了，再这样下去就艰难了。

她一个人在家里抱着电脑浏览招聘信息，这时，电话忽然响了，是沈鹏。

她盯着号码，迟疑着要不要接，然而对方一直是个心急的人，没多久就挂断了，转而给她发了一条很长的短信。

“林小姐，我是沈鹏。景辰昨天工作到半夜，忽然累倒了，我们瞒着他的父母，叫救护车把他送到医院里，可他今天早上醒来后强行出院，又工作了一个晚上以至于病情复发。我们都劝他去医院，可是他不听，他为了你，简直在拿命工作，所以我求你了，亲自来一趟劝一劝他吧！”

沈鹏在最后附上了地址，而林琰琰却震惊得一时间不知道该不该相信。

她的心在抖，手也在发抖了，她迅速地给沈鹏打了个电话。沈鹏接到她的电话真是万分激动：“喂，林小姐吗！景辰现在身体不舒服，我们都劝他赶紧去医院。可他担心去了又得住院，不肯上医院。”

“他怎么拿自己的生命开玩笑！”

“所以你赶紧过来劝劝他吧！”

林琰琰答应了，挂了电话之后，披头散发地直奔小区门口，拦车去景辰所住的地方。

她到了景辰暂住的小区，可惜小区的大门很难进去，她刚准备给沈鹏打电话，忽然一个西装革履的年轻人走过来说：“林小姐，您在打电话吗，您跟我来吧！”

“是沈先生让你来接我的吗？”

“是的，您跟我来吧。”

林琰琰虽然觉得奇怪，但也顾不上想那么多，就跟着年轻人走了。她跟在年轻人身后走了几分钟，发现路况越来越偏僻，觉得有些不对，立即停下脚步说：“对不起，我还是打电话让沈鹏来接我吧！”

她转身就走，年轻人有些着急了。而这时，她身后又响起一个熟悉的声音：“林小姐，请稍等，是我派他来接你到我面前的，我有很重要的话对你说。”

林琰琰听到这个声音，身体都在颤抖，她回头，果然看到了景万山。

景万山身后还有三四个保镖，他挥了挥手，立即有两个保镖走到林琰琰身后，死死堵住了她的退路，让她无处可逃。

林琰琰下意识地后退，紧张地问：“你想做什么？”

景万山嘴角扬起冷笑：“想必林小姐已经知道景辰与美国客户合作的消息了吧，你是不是以为这样他就不用娶乔小姐了？但我实话告诉你，不管他与美国客户谈得多么融洽，我都会中途就让美国客户知难而退，不再与他合作！”

“你为什么要这么做？景辰做这些努力是为了你们的家族啊！”林琰琰简直不能理解景万山的思维。

“我的儿子，只能按我规划的路来走，如果他胆敢反抗，那他就不是我的儿子！”

他居然可以说出这样的话，林琰琰非常震惊。

景万山继续道：“你越是想找回你们的爱情，他就越是努力。但他不可能成功，长此以往，你得到的将是一个失意颓废的景辰。”

她的手握得更紧了，在冷风里，她簌簌发抖，眼泪直溢眼角。

景万山逆着光，冷酷地看着她。

“你可以认为我威胁你，但我景万山的态度和警告也摆在此了。”

这时，她的身后忽然响起鸣笛声。她错愕地看着救护车把景辰接出来带走，而沈鹏和宋嘉诚紧张地跟随着，她终于承受不住压力跪倒在地，捂着脸哭了。

这些天，他的留言确实让她的心隐隐有些悸动，但此时此刻，她与他真的没有希望了。她不能因为爱情，毁了他的前途。这一次，是她知难而退了。

林琰琰回到家里，她没有开灯，只想在黑暗里静一静。

然而，她的手机却亮得夺目，上面有沈鹏的无数条短信，从关心到质问，这些短信她都看到了，然而她没有回。

后来沈鹏似乎气急了，说她是一个没有良心的狠毒女人，景辰都为她这样了，她还不闻不问，到底要把景辰逼到什么境地。

沈鹏的话一句句都跟刀锥似的插到林琰琰的心里，刺得她血肉模糊。她靠着墙慢慢滑落在地，抱着膝盖哭了。

黑暗里她不能辨物，因为是在家里，她哭得很放纵。直到一个醉醺醺的男人的声音从客厅里传来。

“你回来了……”

她惊了一下，浑身的汗毛都立起来了：“谁？”

她第一反应是家里进贼了。那人动了一下，翻身下沙发的时候，手刮到了桌上的水果盘，发出很大的声响。她惊叫一声，双手撑着身后的门，浑身警惕。她把灯打开，终于看清楚了那人的模样，居然是陆莘透！

“你怎么进来我家里的？”

林琰琰不知在她生病时，陆莘透曾经来过她家里，本来想给她捎几件衣服，后来起了坏心眼，没拿衣服，反而把她家的钥匙给备份了。

此时陆莘透脱了西装外套，头发凌乱，脸颊通红，显然喝多了酒。他踉踉跄跄地走到她面前，双手搭到她的肩膀上，说：“林琰琰，你这个狠心的女人！”然后一下子把她压到门上，捏着她的下巴，逼迫她抬头与他对视。

“呵呵，从高中的时候你就暗恋我了，那会儿天天追着我，巴不得我接受你，这会儿怎么把我推给别人了？两个嫩模就想打发我？可能吗！我陆莘透身边的女人怎么可能……在我没允许的状态下……换人了！”

他靠得很近，酒气都喷到她脸色，熏得她很难受。林琰琰推他：“那是张宵给你找的，关我什么事？你让开，你到我家里发什么酒疯！”

陆莘透看到她如此排斥，越加生气，怒斥道：“林琰琰，在你心里，景辰是天，我是地。我被你踩着，被你践踏尊严，被你唾弃爱情。我讨好你，可我怎么做都不如他，对不对？”他双眼猩红地质问她，“你有没有想过我的感受！”

陆莘透的大喊把林琰琰震住了，她有些恐慌了。

“陆莘透，我家不欢迎发酒疯的人，你赶紧出去，不然我报警了！”她一边说，一边摸包里的手机。不过她不是报警，而是想叫张宵过来。她想一定是张宵把陆莘透带来的，否则陆莘透酒醉至此，怎么可能开车来她家？

陆莘透见状，忽然从后面抱住了她。林琰琰惊呼，手机就被他夺走了。

她惊恐地回头，见他眼神阴鸷猩红，恨不得吃了她似的，身子都抖起来了。

“你要给谁打电话！”

“没有……我只是……”

“是不是给景辰打电话！”他恨恨地打断她，然后直接把手机甩了出去。那可怜的手机，直接报废了。

“为什么？我喜欢你啊！”陆莘透说着就吻上了她。

“你放开我！”

陆莘透依然固执地吻她，甚至把她扔在了沙发上，将她压在身下。

林琰琰被摔得头昏脑涨，手挣扎着在桌上摸索，忽然摸到了玻璃杯。她想都没想，拿起玻璃杯就狠狠往陆莘透头上砸去！

“啊！”陆莘透痛哼一声，捂住头放开了她。林琰琰趁这个空当立即从他身下逃离，开门逃了出去。

此时已经深夜零点了，小区里都无人走动了。林琰琰逃出小区，最后在附近小公园的长椅子上坐下，痛哭不已。

她原先已经不那么恨陆莘透了，可是如今，他却让她畏惧！她越哭越害怕，她放弃了景辰，本来就失去了依靠的人了，如今连家也回不了了！

陆莘透被砸破了额头，终于意识到自己干了什么，然而环顾四周，林琰琰已经跑远，只剩下空荡荡的大门。陆莘透彻底慌了，他顾不上额头上的疼痛，就冲了出去。

“琰琰！琰琰！”陆莘透发疯了一样在小区和街上寻找着她，最后，终于在小区附近的公园里发现了她。她坐在长椅上，抱着膝盖埋头痛哭。

看到林琰琰这般，他的心里像被插了万把刀一样。他小心翼翼地走向她，低声说：“琰琰，对不起。”

林琰琰听到他的声音连连后退：“你别过来！”

陆莘透眼见她如此，越加自责和难过。他觉得自己真不应该跟张宵喝酒，而且还在他的怂恿下跑到她家来发酒疯。

“琰琰，我已经清醒了。你看，我能正常跟你说话。”陆莘透小心翼翼地对她说道。

林琰琰双眼噙着泪，绝望地说：“陆莘透，你每一次靠近都让我恐慌，我现在真的很不想看到你，你能离开这里吗？”

“那你能不能原谅我这一次？”

“不能！”

陆莘透沉默了，他的衬衫领口已经染红了鲜血，触目惊心。可他并没有在意，只是眼神异常复杂地望着她。

林琰琰见他不动，自己起身走了。

陆莘透默默跟在她身后，与她隔开五米远，就怕她出事。而林琰琰到家后，狠狠地关上门，把他隔绝在门外，从头到尾没有对他说一句话。

陆莘透伸手撑在门上，又慢慢转身背靠着门，颓废地闭上了眼。

酒精发酵，以及额头上的痛，让他渐渐体力不支。他坐在她家门口，像个颓废的失意者，完全找不到前进的动力。他不知道今晚之后，她会怎么对他，也许真的彻底不给他机会了吧?

而在家门内，林琰琰同样倚靠着门闭眼冥想，她的眼泪流下来，最终决然地走开了。

第二天一大早，林琰琰下楼扔垃圾，就看到陆莘透朝她走过来。他额头上的伤已经包扎好了，神情疲惫地说：“我们谈谈。”

“没什么好谈的。”她的反应很冷淡。

陆莘透真的快被她折磨疯了：“琰琰，对不起，我真的错了，你可以打我，骂我，但不要不理我，行吗？”

“陆莘透，我现在是以很冷静的态度和你说话，没有赌气的成分，也希望你能听进去。昨晚的事情，我可以不怪你，你没有恶意，只是种种情绪交织在一起，爆发出来了才如此，你本意也不想伤害我，是不是？”

陆莘透愣了一下，他没想到能得到她的理解，那是否说明他还有希望？

可林琰琰又说：“但是昨天晚上我也想了很多。在我和景辰因误会而分手后，我想过是否能够接受你，可惜我至多只能放下之前的仇恨，把你当成朋友，我已经没法爱上你了。”

“有些东西，一旦破坏了，就永远没法愈合。也许你试着放手，过一段时间，就没有那么想要得到我了。试着放手，也许你能够得到更好的。”她最后一次劝他，用尽了她最诚恳的话语。而他似乎累了，慢慢地松开了她。

她深深望了他一眼说：“就是这样了，再见。”然后转身离去了。

她想自己大概要像八年前一样，寻找一个城市重新生活了。

「 第十章 」

他可以容忍一切，唯独没法容忍她彻底消失在他的世界。

林琰琰收到一家大公司的Offer，这家公司很好，几乎各方面都符合她的期望，不过这家公司希望她到B市就职。林琰琰没想到她前两天刚刚萌生离开A市的念头，今天就收到了大公司的入职通知书，她觉得这是老天爷冥冥中给她做的决定。

她看过邮件之后叹息，关了电脑收拾东西出门，她要去接林巍巍回来。

今天，林巍巍刑满释放了。

她到警局接林巍巍，看到林巍巍后，她觉得他瘦了，没有以前那么白了。

姐弟俩相见，林巍巍主动抱住她，低声哽咽道："姐姐……"

她拍拍他的背，也不想过多提往事。有些事情过去了，就让它过去吧。

两人一同走出警局，林巍巍双手规规矩矩地摆着，脚步都比以前沉稳了不少。

姐弟俩沉默着回家，中途没有聊天，各自想心事。吃过饭之后，林琰琰让林巍巍去睡个午觉。他睡着时，林琰琰轻手轻脚地进去给他掖被角，忽然发现他后腰上有一道瘀青，当即就愣住了。

林巍巍很敏感，有人靠近他，他就醒了。他翻过身来说："姐，你怎么进来了？"

"你的伤口怎么回事？"

林巍巍愣了，似乎有点儿紧张，他紧抓着被角，而后听到敲门声，立即爬起来。

"有人来了，我去开门！"他跑出去了，没一会儿在客厅喊，"姐，景先生来了！”

林琰琰还沉浸在林巍巍身上的伤口带给她的震撼中，满脑子胡思乱想。这时听到他喊景先生来了，不由得愣住了。

她起身走出去，很意外地看到景辰站在门口。景辰剪了板寸头，穿着格子衬衫，外套皮衣，气质变化很大，她甚至有一点点不适应。

景辰直直地望着她走进来：“琰琰。”

林琰琰有一瞬间不知所措，而后想起林巍巍还在场，就说：“我们出去走走吧。”

景辰看到她这么淡然地接受他的出现，心里很高兴，笑着点头同意了。他满心欢喜地以为他和林琰琰会有一个美好的开始，却没想到等来的是咖啡厅里的一场心碎。

咖啡厅里，两人各自点了杯咖啡。在等咖啡的时候，景辰问她：“巍巍什么时候回来的？”

“今天早上刚接回来的。”

“巍巍瘦了一些，你让他多休息吧。只是离高考还有不到两个月的时间了，你打算怎么做？”

林琰琰低着头，没有说话。景辰忽然伸手过来，握住她的手，柔声道：“需要帮忙吗？”

她的手颤抖了一下，缩回去了。景辰眼帘微垂，看着那只缩回去的手，心中失落。

这时候，侍者把两人的咖啡端上来了。

景辰安静地望着那飘着袅袅水汽的咖啡，好一会儿才说：“我听大鹏说，前两天你打算找我，琰琰……我们还能和好吗？”

林琰琰的心脏一阵阵紧缩，她要花很大的力气才能隐忍自己的心痛和难受，表现得淡定自若地坐在他的面前。

她深呼吸之后，对景辰说：“景辰，我觉得我现在这样过得挺好的。”

景辰心生失望，急忙问道：“你想回到以前……没有我的生活？”

“是的。”

“为什么？”

林琰琰双眼泛红，她咬唇撇头看向窗外，说：“不为什么，我对我们的爱情失望了，就这么简单。”

“是不是我爸又……”

景辰刚刚开口，林琰琰忽然大声道：“不是！你为什么要纠缠不清？我已经说得很清楚了，想分手，想恢复单身，你听不明白吗？”

她偏激的反应给了景辰很大的震撼，他不理解，他心爱的女人怎么忽然变得如此让他痛心？

林琰琰拿起包就想走。景辰把钱留在桌上，追着她出来。他拉住她的手说：“既然要分手，也给我一个恰当的理由吧。琰琰，恋爱不是你一个人的事！”

林琰琰一根一根地掰开景辰的手指，强忍着泪说：“因为我已经不爱你了，我有别的选择了！我们必须分手。”

“是陆莘透吗？”景辰盯着她的眼睛问。

林琰琰很害怕直视他这样的眼神，遂别过头去。但这个问题她没有承认，也没有否认。

景辰终于放手了。

“你不后悔？”

“这就是我的选择！”

景辰见她话已至此，难过地松开了手。他低下头沉默片刻，再抬起头时，眼里满是深深的失望。

“我虽然不能接受。但这如果是你深思熟虑后的结果……我尊重你的选择。”他望着她，仿佛要把她最后的面容定格在脑海里，“希望你和他过得好，保重。”

他走了，那脚步不似来时的从容，走得很快，背影落寞。

林琰琰泪如雨下，视线渐渐模糊，直到看不清他的背影。

景辰，对不起，我只是比任何人都希望你过得好。

林琰琰回到家，就进房间去了。她关上门哭了一阵子，下定决心回复新公司的入职邮件。回复完邮件，已经很晚了。她才想起没做饭，可是从房间出来，她却惊讶地发现林巍巍在厨房做饭。

林巍巍以前很懒，从来不会主动帮忙做家务，她说过他多少次，他都是充耳不闻，吃完就跑。

林巍巍说："我看你一直没出来，想着你心情不好，怕你饿了，就先把冰箱里的菜拿出来做饭了。"

他并不会做饭，林琰琰翻了一下电饭煲，发现水放多了，而他砧板上的肉也是切得薄一片厚一片的，乱七八糟。

她解下他身上的围裙系到自己身上："你去外面等着吧，我来做。"

林巍巍点头，虽然把工作让给了她，却站在她身后看她忙碌，见她不论切菜做菜都很熟练，忽然想到姐姐以前也是千金大小姐啊，怎么会做这些事呢?

这些年他在享福的同时，他的姐姐一直在面对生活，不论是痛苦的还是快乐的，她都默默承担了。他很愧疚，默默走出去了。

姐弟俩吃饭的时候，林琰琰故作淡然地说："明天早上我带你去一趟医院。"

林巍巍不解："姐，我为什么要上医院？"

林琰琰给他打了一碗汤，说："你身上的伤要检查一下，万一有什么内伤也要早早治好。"

林巍巍很尴尬，低声说："姐，对不起。"

"你以后还打架吗？"

林巍巍摇头。

"如果我要求你明年考一所本科院校，你可以考得上吗？"

林巍巍沉默了一会儿，轻轻点了一下头。

"好，这是你答应我的，我记着了，你要是做不到，我会找你算账的。"她的语气还是那么淡，"吃饭吧！"

第二天，林琰琰带林巍巍去医院，做了全身的检查。医生告诉她，林巍巍都是些皮外伤，只不过伤口有新有旧，好像一直受到不同程度的伤害。

林琰琰心里很生气，但她没有表现出来，只是让医生出具了所有检查报告，以备以后用得上。.

医生给林巍巍开了药之后，他们一同走出医院。

林巍巍说："医生说啥，我没事吧？"

"没什么事，都是皮外伤，好好擦药就能好了。"

"我就说嘛，不要紧的。"

林琰琰对他笑笑，忽然说："巍巍，你想换一个环境吗？姐姐申请了一份B市的工作，你跟姐姐搬到B市去怎么样？"

"如果姐姐走，我当然跟随你搬走了。"

"那就这么决定吧，这个周末，我们就搬走。"

几天后，林琰琰租下了B市邻近公司的一套小住房，把A市的房子退了，带林巍巍走了。他们准备打车去火车站。就在林琰琰把行李装到后备厢时，她忽然发现林巍巍望着一处发呆，她随他的目光看去，就看到一个熟悉的女孩子站在街口，是白玫。

白玫穿着校服，背着双肩包，规规矩矩地站着，神色落寞，那模样让人我见犹怜。

林琰琰看向林巍巍，低声问他："你要过去和她说说话吗？"

林巍巍别过头，把行李搬上车，冷酷地说："不了，咱们快点儿走吧，赶车呢。"

林琰琰点头，姐弟俩上车刚准备走，白玫忽然追过来，拍着林巍巍的车窗说："巍巍，可否留下来，我想和你说说话！"

白玫很焦急，神色痛苦，似乎很舍不得林巍巍走的样子。然而，林巍巍冷漠地对司机说："咱们快点儿走吧。"

司机迟疑着不敢开车，林巍巍就对司机喊："快走啊！"

司机只能不顾白玫，发动汽车走了。白玫在后面一路追，林琰琰见她口中似乎喊着："巍巍留下来！"然后摔倒了。

她摔得很重，林琰琰担心她摔伤了，就转头看林巍巍，然而林巍巍始终冷漠地坐着，并没有回头。

她遂叹息，也没有多说什么。白玫对林巍巍做出的那些伤害，换谁都无法原谅，就像陆莘透和她一样。

她拿出手机，翻看了里头的通讯录和聊天软件，她先把张宵的群退了，迟疑了一下，最终把陆莘透和景辰的账号都删除了。

也许她会在B市遇见真正合适她的人，然后淡忘曾经的这些人。

几天后，景辰接到了一个电话——美国的合作项目吹了，原因是景辉集团的管理审核有问题。

晚上，收到消息的宋嘉诚和沈鹏都来了，几人相互聊了意见之后，一致认为是景辰公司内部人员搞鬼，毕竟中国只有景辰在争取这个项目，别国的竞争对手，根本不能跨着这么远的距离把公司的情况打听得这么清楚。

沈鹏是直脾气，说："这也太过分了，辰儿这段时间不顾身体的努力都白费了！"

"他们不想让辰儿签下这个项目，继而签乔市长的项目吧。"宋嘉诚分析道，"而且，我担心明天辰儿回公司参加董事会，手中没有项目，怎么应战？"

景辰双手插入头发里，自始至终都不发表意见。

沈鹏拍拍他的肩："如果明天真的没办法了，就适当地服软……签乔市长的项目，也没什么不好的，毕竟那个让你折腾的人已经不在了，你何必执着呢？"

景辰苦笑："大鹏，你不懂，这不仅仅是一个人或者项目的问题，更关乎我的梦想。我觉得我必须跟父亲摊牌了。"

第二天，景辰参加景辉集团的董事会议。路上，景逸忽然从后面追上来，喊着："哥，哥，等等我！"

景辰停下脚步，对他笑笑说："你也一起参加会议？"

"是啊，爸叫我出席的。"景逸无所谓地耸耸肩，转头问他，"哥，你的伤怎么样了，最近都不打算回家里住吗？"

"我在外面有点儿事情，以后再说吧！"

两人一同走进大会议室。会议室里已经有一些董事来了，他们大腹便便地坐着，基本上都是40岁以上的中年人。

景辰在圆桌比较靠前的位置入座，景逸则坐得更远一些，不过好歹也上了圆桌。

不久后，景辰的父亲来了，会议开始。董事会依照规矩例行总结了公司的管理问题。话题聊得差不多了，景万山就说到了最近的项目上。

他让投标部展示了与政府合作的最新成果——一份中标合同。这代表他们确实拿下了这个项目，可以实施计划了。

董事会所有人都给予了热烈的掌声，只有景辰心里很不是滋味。

景万山扫了自己儿子一眼，开口说："我看这个项目，由景辰跟进比较合适，一来他有很丰富的经验了，二来由他与乔市长接洽很合适，大伙儿有什么意见吗？"

景万山明摆着还想让景辰与乔诗卉联姻，大伙儿哪有人反对，纷纷鼓掌赞成。可是，景辰却在这时说："我反对。"

大伙儿都停下来了，纷纷看向他，景万山也很惊讶。

景辰很淡定地说："我手头还有三个项目需要跟进，尤其是海山的项目，所以不好分身再管理其他项目。"

一位瘦瘦的高层靠着椅背，扬起眉毛挑衅地看着他说："景辰侄儿能力超群，常常担任力挽狂澜之重任，别说四个了，恐怕五六个都没问题啊！"

景辰依旧云淡风轻地道："何叔，海山的项目如果不涉及南区的工作，我还是能揽下五六个项目的，然而一旦涉及南区，我恐怕分身乏术了。何叔亲自管理南区的，应该知道南区是个什么状况。"

南区被何董事家族管理，却管理成了一堆乱账，景辰回国这几年一直处理南区的问题，找出了不少弊端，基本上何家搞什么鬼他都清楚。

果然，何董事听景辰这么说之后，不敢再挑衅了。其他董事各怀鬼胎，都揣测景辰今日公然与何董事呛声是什么意思。

因为景辰的推拒，景万山最终没能把政府的项目安排到他头上，散会之后，景万山生气地走了。

景辰看着他离去的背影，内心五味陈杂。

景逸追过来找他："哥。"

景辰回头，微微一笑："怎么不去上班？你要学一点儿东西，爸爸对你的期望很高。"

"不是还有你嘛，我不太喜欢坐办公室，我喜欢赛车，我想当赛车手！"景逸任性地说。

景辰望着自己的弟弟，打心眼儿里羡慕他。从小到大都自由自在的，即便现在二十五六岁了，依然可以很任性地说出这些话。他揉了揉景逸的头发："好好工作，我先走了，改天回家看望你和妈妈！"

"哥，妈妈让我把一样东西交给你。"

景逸给他一个首饰盒子。盒子是红缎面绣花硬纸盒，挺古老挺陈旧的。

景辰打开，看到里面是一个小孩子戴的金手镯。他问景逸："这是什么？"

景逸说："不知道，妈让我交给你，让你好好保管。"

景辰翻着手镯看了一下，忽然看到内侧刻着一个"景"字。难道是他小时候戴的东西吗？

他把盒子收下了，对景逸说："我知道了，改天我回去问问妈妈吧，你快回去上班吧！"

兄弟俩摆手，相互告别。

晚上，景辰应邀参加了一个慈善晚会。他和秘书去到晚会现场，因为伤还没有完全好，所以安静地坐在宴会厅里休息，顺便看看场中有没有熟识的老朋友。

景辰看了一会儿，忽然有人走上来与他打招呼："景总，好久不见了！"

景辰抬头，看到陆莘透，很意外，看到他身旁穿黑色晚礼服的女人，更意外。

陆莘透对景辰介绍道："景总，给你介绍一下，她是我的女朋友，荣达集团董事长千金赵影珂小姐。"

景辰站起来，看看那女孩儿，又看向陆莘透，眼神震惊而疑惑。

陆莘透居然有女朋友了，而且不是林琰琰！怎么回事？琰琰难道没有跟陆莘透在一起吗？

景辰下意识地开口问道：“你和琰琰怎么了？”

陆莘透定定地望了景辰几秒，眼神有些古怪，似乎察觉到不对劲，皱了皱眉头。

而这时，赵影珂拉住陆莘透的手说：“透，陪我去那边看看，那边好好玩的样子，可以吗？”

她不住地撒娇，陆莘透没法，只能对景辰说：“景总，抱歉，我先失陪一会儿！”

景辰盯着陆莘透的背影，皱了皱眉头，似乎是想到了什么，连晚会都顾不上，转身便离开了宴会厅。

景辰走后，陆莘透也觉得似乎有什么不对劲。景辰问她林琰琰怎么了？难道他们没在一起吗?

陆莘透的内心很纠结，以至于整个慈善晚会上，他都心不在焉的。最终，他还是没忍住，跟自己的小女友道歉后，起身离开会场，到角落里给景辰打电话。

景辰没接电话，陆莘透又给林琰琰打电话。可是电话居然提示停机了!

停机！为什么停机了？她怎么回事，想玩失踪吗?

陆莘透马上挂断电话，登录微信去看，果然也找不到林琰琰的账号了。他一想到林琰琰可能又像八年前一样玩失踪，让他彻底找不到她，心就慌了。

他可以容忍她拒绝与他交往，但是没法容忍她彻底消失在自己眼前啊。他果然离不开她!

陆莘透没法忍了，直接离开了会场，赶去林琰琰家，他必须清楚地知道她怎么了!

当陆莘透赶往林琰琰家时，景辰正愣愣地站在自己车旁。

景辰看到陆莘透的迈巴赫轿车开过来了，看到他似乎比自己还着急，车刚停下就立即下来，往林琰琰家里跑，只好唤道：“陆莘透！别找了，她已经搬家了，不知道去了哪里。”

陆莘透的心一下子沉到了海底，果然如他所料，林琰琰该死地又玩失踪了！他阴沉着脸对景辰说：“景辰，我之前确实想放弃了，因为林琰琰一直说爱你，可如今看来，你做得太差劲了，不配得到她！”

他说完，转身上了车，快速离开了，只留景辰一人在原地无奈地苦笑。

陆莘透一回家，就在会客厅里见到了奶奶。他心里清楚奶奶为什么来找他，因为赵影珂就是奶奶介绍给他的。

他走进会客厅，笑了一下："奶奶，你怎么来了？"

"来看看你啊，大忙人，到底有多忙！把女朋友都甩下了。"奶奶略显不满。

陆莘透含混不清地说："奶奶，你别怪我。我觉得我跟赵影珂不合适……"

奶奶古怪地笑了两声，盯着他说："是不是旧情复燃了？"

陆莘透惊讶。

奶奶又问他："是不是知道她搬走了，所以一颗死寂的心又躁动了，不安了，不甘心了？"

陆莘透头冒冷汗，直愣愣地盯着奶奶。

"奶奶，你怎么知道琰琰她……"

"你难得看上一个姑娘，奶奶怎么可能不操心？一个星期前，我就知道林小姐搬走了，我只是想看看你对自己到底有多狠心。你瞧瞧，你就是死心眼儿，非要这姑娘不可了！所以我早派人帮你查过她现居住的地址和新公司的地址了，要给你吗？"

陆莘透两眼放光，也不隐瞒了："你给我吧，我急着找她！"

老太太忽然调皮了："你想要啊，那这一周都给我回家去，伺候我和你爷爷，把我们伺候得舒服了，我才告诉你！"

陆莘透沉默了，有点儿埋怨地看着她。

老太太说："有奶奶这样的高人相助，这回你再不把姑娘追到手，奶奶都要鄙视你了！"

「第十一章」

原来她心中的爱情是这样的，可他却走了那么多弯路。

林琰琰来到新公司半个月了，工作一直很忙碌。她发觉新公司虽然是大集团，但内部管理还是乱七八糟的。来公司半个月，林琰琰发现公司里年轻人还真不少，尤其是年轻男子。所以，她一进入公司，立即受到了不少男同事的示好，而这其中数一个叫唐译天的人最积极。

唐译天是销售部一组的组长，也是未来部门领导人之一。他又瘦又高，长相秀气，追求女孩子很有手段，但是林琰琰总觉得这样的男人不靠谱，因此对唐译天不冷不热。

有一天晚上，她被销售部邀去参加庆功宴。吃完饭回到家里已经晚上十一点了，这个点小区里很安静了，可是她上楼却发现她对门的邻居在搬家。

“吴先生，你们这是要搬家？怎么连夜搬，这么着急？”

“对啊。因为新主人想要明天入住，我们商量好了，就今晚搬。”

林琰琰觉得有点儿奇怪，不过也没有多问。

她开门进家里，林巍巍闻声走出来：“姐，你回来了！”

“嗯，你今天去上课了吧？”

林琰琰考虑到林巍巍明年要复读，就给他报了一个补习班。

“上了，我正在做作业。我今天煮了面吃，还留一碗在冰箱里，你热一热就可以吃了。”

“不用了，姐在外面吃过了，你快做作业吧！”林琰琰应着，心里却挺高兴的。林巍巍懂事了，会关心姐姐了。

她换了鞋走进客厅，却看到客厅摆了一捧红玫瑰，顿时愣住了。这个星期，她每天都收到花，之前是在办公室里，她翻过那些玫瑰花，没有找到送花人的信息，也问过送花的小妹是谁送的，可小妹说不能说。

她一直以为是公司里的男同事送的，还悄悄拉着小妹说：“你帮我告诉送花的人，说我很不喜欢在办公室里收到花，这会影响我的工作，让他以后别送了。”

后来，她没在办公室里收到花了，然而消停了两天，她居然在家里收到了！

林琰琰走上去，拿起那捧玫瑰花看了看，那花包装得果然跟她在办公室里收到的一样。

林巍巍见她拿着花，解释道：“姐，今天有个短发的送花小妹把花送到门口，说有人送给你的，我就接了。”

看来送花的还是同一个人。可她来B市才半个月，同事们都不清楚她住哪里，这人是怎么知道的呢？

林琰琰正打算把花放到花瓶里，一张卡片就掉出来了。她捡起卡片，只见上头写着“加微信账号”，然后留了一个微信号码给她。

她皱眉，觉得对方是想引她上钩，但她好奇对方的身份，最后还是加了对方。

那人回应得很快，没一会儿就加上了。

林琰琰给那人打字：“你是谁？”

对方回应：“我是谁，你不必知道，你只要知道我是一个对你有用的人就可以了。”

什么鬼！搞得跟地下组织一样！

“那你为什么给我送花？”

“觉得有意思。”

这人是不是有病啊？

她再次问：“你是不是认识我？”

那人没有回答。

林琰琰顿时好上火，这种别人对她清清楚楚，她却对人家一无所知的感觉真的超级不好。那个人最好别让她揪出来，否则她一定好好教训他！

A市，陆家大宅。

陆莘透把消息又看了一遍，一边看一边哈哈大笑。林琰琰擅自玩失踪摆了他一道，如今他也算是报仇了。

奶奶过来敲他的门："笑得那么大声，我都听见了。"

陆莘透心情好，放下手机对奶奶说："奶奶，明天晚上我就去B市住，玩两天再回来。"

"你这样玩弄她真的好吗？万一她发现是你骗了她，到时候怎么收场？"

"短时间内她不会发现的，她把我骗得那么惨，我先骗她几天再说。"

"幼稚，到时候可别求我出谋划策收场啊！"奶奶懒懒的抛下话，转身走了。

陆莘透不以为意，躺在床上玩手机，想到明天他就可以通过比邻的阳台观察她在房间里做什么，他的心情就特别好。

林琰琰，我们很快又要见面了！

第二天林琰琰去上班，又收到了陌生人的礼物，是一份下午茶和点心。办公室里的女同事都很羡慕，她苦笑，把下午茶分给同事们吃了，偷偷上微信问那个人："是你送我下午茶吗？谢谢你。"

"你喜欢就好。"

林琰琰还是问他："你是谁，可以告诉我吗？"可那人又没有回复。

晚上，林琰琰加班后回到家，林巍巍告诉她："姐，今天又有人给你送花了。"

林琰琰想想都知道又是那个陌生人送的。她冷淡地说："好，我知道了。"就往房间里走去了。

她躺在床上，打开微信问那个人："你今天又给我送花了吗？你能不能告诉我你是谁，你这样玩弄我，我很不开心！"

"你很想知道我是谁吗？"

"当然！"

“那么，回答我三个问题，如果你表现不错，我就告诉你。”陆莘透此时已经悄悄入住隔壁，躺在与她仅一墙之隔的房间里回微信。

“什么问题？说说看。”

“第一个问题：你喜欢B市吗？来了一阵子了，开心吗？”

“喜欢，挺开心的。”

“说实话，不许敷衍我！”

林琰琰皱眉，心想这人难道在她旁边安装了监控器吗，她敷不敷衍他都知道？她只好改口说：“不太适应，这边的人都不认识，觉得孤单。”

“那你为什么来到B市？”

“厌倦了之前的环境，想换个地方。”

“为何厌倦了之前的环境？”

“之前的地方发生了一些不太愉快的事，我……”她犹豫了一下，想到对方是陌生人，便也不顾及了，“我之前有一段感情，因为种种原因被迫分手了，我很疲倦，所以想找一个简单的环境生活。”

陆莘透轻叹一声，他以为她是因为他对她做出那样的事，才打算离开A市的，没想到她的离开与他一点儿关系都没有。他很失落，隔了一会儿，他不甘心地问：“你心中理想的爱情是什么样的？”

他的这句话非常突兀。秉着怀疑，林琰琰试探地问：“你是不是认识我？”

陆莘透心惊了一下，道：“没，只是打你刚搬来这里，我就对你很好奇了。”

“你是住在附近的人？”

“秘密。”陆莘透笑笑，“你不想见我吗？你选择回答问题，就可以见我。”

这人简直就是捏着她的软肋逼她就范一样！但她的确想知道是个怎样的人骚扰了她一星期！

“理想的爱情，就是简单的爱情，不会被那么多因素打扰，可以平淡，但一定要温馨。”

陆莘透想了想说：“是不是你遇到一个可以给你安定的男子，就特别容易动心？”

“我真怀疑你问我这么多问题的目的！”

陆莘透笑了：“好吧，我问完了，我答应和你见面。我的确就住在你附近，你看看咱们什么时候在哪里见面合适？”

“如果可以，明天早上十点，在××咖啡厅见面怎么样？”××咖啡厅就在小区出门不远处。

陆莘透爽快地说：“可以。”

双方约定了见面的时间，林琰琰也不和他多聊了。

陆莘透放下手机后，却一直沉默发呆。

原来她心目中的爱情是这个样子的啊，简单就好，可他却走了那么多弯路。如今他和景辰处在同一起跑线，他不能再落后了。

第二天，陆莘透到了约定的咖啡厅附近，此时，林琰琰已经到了。

陆莘透远远地观察着。今天林琰琰穿着一件白色雪纺长袖衫，下身是黑白条纹蓬蓬短裙。她的头发长长的，去年她还是短头发，俏皮一些。不过不论她怎么打扮，他都喜欢。

陆莘透不着急过去，在旁边的冷饮室点了一杯茶，佯装看杂志。他今天的穿着很休闲，如果拿杂志挡脸，林琰琰应该瞧不出他来。

果然，林琰琰扫了几圈，没看到可疑的人，看了看时间，都九点五十三了，就在微信上问他：“你过来了吗？”

“过来了。”

她没办法，只能在门外的椅子上坐着，等他过来。

陆莘透在想，他要不要过去呢?

正在他纠结间，对面有人横穿马路，朝林琰琰走来。

林琰琰见到那个男人，皱着眉头道：“唐译天，你怎么到这里来了？”

“我来找你啊。”唐译天手中晃着车钥匙。

林琰琰蒙了一下，又猜测：“是你？”

“什么是我，就是我啊！”唐译天笑着回答，他根本不知道林琰琰所指什么，只是按着自己的理解回答了。

林琰琰立即冷脸了，抛了一句“无聊”，就走了。

唐译天傻眼了，快步跟上她：“喂，喂，怎么了，怎么才看到我就不高兴，你知不知道我今天一大早就从古城区开车过来找你。”

陆莘透见两人一路走远，直皱眉，心想那个人是谁，怎么纠缠上了林琰琰？

他很恼火，放下杂志跟上去。

唐译天一路追随着林琰琰，但是林琰琰把他当成微信里的人，已经气得不想搭理他了。

林琰琰拐过街角，打算回家去，唐译天想要跟上去，就被身后的陆莘透捂住嘴巴往后拖。陆莘透把他按到墙上，警告说：“你是谁？她是我的女人，你最好别打她的主意！”

唐译天生气了，臭着脸质问他：“你是谁啊？”

两个男人在角落里争执，林琰琰完全没有听到，已经走远了。

陆莘透搞清楚唐译天是林琰琰的同事后，就走了，根本没扔下自己的信息，也不管唐译天在背后谩骂。只是他有点儿庆幸自己没有那么早出现，如果她看到自己，大概也是那样的反应吧，还是等时机成熟了再出现吧。

景辰在家休息了半个月，才回公司上班。他刚刚进入办公室，秘书就敲门进来了：“景总，董事长请您先去他的办公室一趟。”

他点头说：“好的，我知道了。”然后出门，上到了最顶层的董事长办公室。

他进去时看到景万山在里头玩小型高尔夫球，他规规矩矩地朝景万山打招呼：“董事长，我来了，您有什么吩咐。”

景万山不说话，专注地盯着球洞，然后挥杆，可惜偏了一点点，那只球没进。

景万山叹息，放下球杆，走过来，往沙发上坐去，说：“坐吧！”

景辰跟着坐下。景万山开口说道：“从今天起，你暂时不用来公司上班了，你的工作交由你弟弟处理。”

景辰听到这样的安排，非常惊讶：“这是……您的要求？”

景万山的表情很平静："这是董事会的安排。董事会想让你好好养伤，这也是为了你好。"

"我不认为这个决策是合理的，董事会应该以经营决策为主导，怎么会……"

景万山有点儿不耐烦地说："这是董事会的安排，我有什么办法！"

景辰真的失望了。

"今天公司会下达一份你休长假的通告，至于你的工作，会有其他人指导你弟弟接手。他是总裁助理，也该学着管理了，难道你不想给你弟弟成长的机会？"

明明是排挤他，景万山还用弟弟来压他。景辰万分心痛，双手紧握在一起，他克制住自己的情绪点点头："好的，我知道了，我会听从董事会的命令。"

景辰站起来："董事长，若没什么事，我先告辞了！"

景辰出去了，回到自己的办公室，一动不动地坐着。他觉得眼前的工作对他毫无意义，他的努力会有人认可吗?

董事会的公告发到他的邮箱里，他拿了皮包离开了办公室。然后，他漫无目的地开车回去，他一边开车一边给宋嘉诚打电话："嘉诚，最近有没有什么好楼盘推荐，我想买一套房。"

宋嘉诚沉默了一会儿，说："我这里一直关注几个楼盘，觉得还不错，到时候给你参考一下，你想多久搬？"

"一个月之内。"

林琰琰周末陪林巍巍去了一趟补习班，她想监督他的学习状况。

昨天唐译天来找她，她很生气，然而晚上与那人通微信一问，那人说自己不是唐泽天。她质问那人为什么不出来见她，那人说时机不成熟，之后就不搭理她了。

林琰琰陪林巍巍上了半天课，见他挺认真的，她也就放心了。

中午，姐弟俩一起出来吃饭。林巍巍看到街边有炒花甲卖，点了一份来吃。林琰琰不怎么喜欢路边的东西，所以没有吃，谁知就是这一份花甲，搞得林巍巍差点儿出了大事。

姐弟俩一边沿街逛着一边走回家，林巍巍忽然捂着肚子说疼。

林琰琰扶着他，紧张地问："怎么回事，你是不是吃坏肚子了？"

林巍巍坐到地上，身体蜷缩，直冒冷汗："姐，我不行了，我真的好难受，好痛！"

这一连串反应，也不过几秒钟的时间，林琰琰傻眼了，直抓着他的手问："巍巍，巍巍，你怎么样？"

林巍巍虚弱地说："送我去医院……"

林琰琰反应过来，连忙起身，到路边拦出租车，可是这个路段这个时间很难拦到车。

林琰琰拦了几次之后，都快哭了，直喊："大家快帮帮忙啊，有人帮帮忙吗？我弟弟出事了，救命啊！"

路人们犹豫地看着，可林巍巍却快撑不下去了，林琰琰真的急哭了。这时，悄悄地跟了她半天的陆莘透忽然冲到路边，他强行拦下了一辆载客出租车。

出租车司机急刹车骂他："你这人不要命了？有病啊！"

陆莘透也不管，打开后座的门，把里面的乘客拉出来，说："对不起，小姐，街上有人病了，急需去医院，你能让一下车吗？"

那位小姐蒙了，陆莘透塞给她几百块钱，当她默认了，然后对司机说："师傅你等一下，马上送一位病人去医院！"

师傅探头朝他骂："你这人怎么回事啊？"

陆莘透折回去，把林巍巍抱起往汽车里送，然后把钱包里的钱都塞给那司机，彻底堵住了司机的牢骚。

林琰琰反应过来了，连忙追上去。她心急，根本来不及看帮助她的人，只关注林巍巍的情况。

林琰琰对司机说："师傅快送我弟弟去医院，他不行了！"

师傅很配合，发动汽车走人。

陆莘透松了一口气。他刚刚看到她孤独无助的样子，真的心疼死了，所以根本不顾身份暴露的危险，也不顾生命安危，跑到街上拦车。

林琰琰等车开后才反应过来，连忙探头回望那位帮助她的好心人。陆莘透立马背过身去。

她对他喊："先生，谢谢你。你叫什么名字？"

陆莘透压低帽子，低头走了。他就在她面前充当一回无名英雄吧，他想要慢慢感化她的心。

林琰琰送林巍巍到医院，经过急救之后，林巍巍的病情稳定下来。医生说他无大碍，只是急性肠胃炎。

林琰琰舒了一口气，心里对林巍巍又气又无奈。林巍巍身体无大碍，晚上就出院了。他怯怯地跟林琰琰道歉说："姐，对不起，害你担心了。"

林琰琰心疼地骂他："你什么时候不让我担心啊！还好今天有好心人救你，不然我真不知道该怎么办了！"

林巍巍哪里敢反驳，乖乖地跟她回家。

林琰琰忽然问："那位好心人，你看清楚他的模样了吗？"

林巍巍摇头："当时我痛得快晕过去了，哪里看清楚来人。"

"唉，你真是！"林琰琰都懒得说他了，关键时刻一点儿用处都没有。不过她当时也没想到要仔细看一看那位好心人，只记得那人几乎是不顾生命帮她拦车，那一幕看得她心惊肉跳。

后来她追到车里，余光隐约看见那人的面部轮廓，可惜他戴着墨镜，没法看到容貌。可是那样的脸形，她怎么总觉得在哪儿见过？

林琰琰想不起来了，又很困惑。她回房休息，看到微信上有消息，见到那个陌生人又来信息了。

"有宿疾、脾胃虚寒者不宜吃花甲，切记！"

她的手都僵硬了，心里千回百转。难道那个好心人，居然是微信里玩弄她的那家伙吗？

她给那人发语音："今天救我弟弟的人是你吗？"

那人没有回复。

她的心情很复杂，原本她很讨厌玩弄她的陌生人的，可如果他真的救了林巍巍，她又没法讨厌他了。

陆莘透在隔壁，来回播放林琰琰的声音，心情都舒畅了。以后他得多多吊她的胃口，然后在关键时刻如英雄一样出场，这样她一定会深刻地记住他，甚至因为崇拜和感激而爱慕他！

他放下手机伸伸懒腰，对着墙比画了一枪，仿佛打中的正是林琰琰的心，然后嘴角都忍不住扬起，心情格外美丽。

林琰琰，你等着吧，终有一天你会爱上我的！

「 第十二章 」

她一想到有人正悄悄陪着她，就没那么孤独了，甚至，还觉得有点儿浪漫。

周末总是过得很快，翌日一大清早，陆莘透就偷偷离开了。然而，他没忘记在林琰琰身边安插眼线，即使在A市，都会安排人给林琰琰送礼物，直接送到她的家里。

上周他救了林巍巍后，她这一周对他的态度都好上许多。

陆莘透通过眼线知道林琰琰工作上遇到了一点儿问题后，觉得这是绝佳机会，他可以指点她渡过难关，让她对他更崇拜，更信服，更无话不谈。他给她发微信："工作上遇到问题时，先想一想自己的立场，想一想自己最终为谁服务。"

林琰琰下班回来，收到微信，心想真是神了，难道那个人连她做什么的都知道吗？

林琰琰公司有一位销售人员，多次在与客户签单的过程中以权谋私，吞了巨额资金，现在被查出来了，此事通报到人事部。按照规定，此人应当立即扣除当季度所有奖金，并且做开除劝退处理。可惜那名销售人员是陈总助的亲戚，陈总助仗着自己是领导，偷偷吩咐林琰琰把此事压下来。

有了当初在IV集团的经历，林琰琰十分谨慎，这种事万一事发了，她吃不了可得兜着走。可是她不做就是跟陈总助对着干，她真的不知道该怎么办。

她问他："你知道我发生了什么事？"

"知道，所以我让你想想，你受雇于这家公司，最终为谁服务？"

"谁支付我工资，我就为谁服务呀。"

“那不就很清楚了。”

林琰琰虚心向他讨教：“你的意思是让我忠于总部？可我的成绩都是通过陈总助反馈的，我要是得罪他，我能有好果子吃吗？”

“你可以通过其他权力来制衡？办公室有办公室竞争，敌人的敌人就是你的朋友。你进入这家公司这么久，有没有发现一些派系，或者内部矛盾？”

“时间太短了，我不太清楚。”

“笨！”陆莘透忍不住摇头，“新人进入新公司，第一周便应该把公司的内部矛盾，部门与部门的利害关系搞清楚，这样不论对付谁你都可以游刃有余！”

林琰琰哑口无言，但还是低声回应：“我不喜欢处理复杂的人际关系，我只想着，只要我能力出众，终有一天会被人看到。”

“提炼自身能力当然重要，但是情商更重要。你没发现一个团队中，往往晋升的是滑头的人，而埋头做事的，往往一辈子都在为别人打工吗？”

林琰琰沉默了。

过了很长一段时间，她诚恳地对他说：“谢谢，我知道该怎么做了！”

林琰琰得了指导意见之后，当晚便想着怎么劝说陈总助。

第二天去到公司，她一早便与陈总助谈起了这件事。她从陈总助的立场出发，说的每一句话都为他本人考虑，让他感受到她身为下属，非常忠诚于他。可惜，陈总助还是坚持原来的做法，让她把此事压下去。

她很无奈，不得已启动第二招。她下午在楼道里“偶然巧遇”销售部的小杨。

小杨是销售部的五名女同志之一，她和销售部经理的绯闻一直流传着，而销售经理和陈总助平时有一点儿矛盾，这件事如果被销售经理知道，他一定会闹。

她“不经意”地与小杨聊起这件事之后，第二天，销售经理就来找陈总助谈话了，他们谈得不是很愉快，这件事最终闹到了总部那儿，演变成陈总助与销售经理的权力之争。最终，那名员工被总部下达命令处罚开除了。而她在这场闹剧里，很巧妙地明哲保身。

晚上，她很高兴地打开微信找那位陌生人聊天：“谢谢你，我按照你的意见完美地处理了此事！”

陆莘透早就通过暗线了解了此事，夸奖道：“干得漂亮！”

她万分高兴。她真把他当英雄崇拜了，如今得到他一句肯定，她竟然比获大奖还高兴。她说：“真的谢谢你，我想见一见你，可以吗？”

陆莘透不回话了。

她叹息，不得不放下手机。

这个人吊了她三周了，令她从最初的厌恶，到第二周的好奇，再到第三周的崇拜和感激，现在她甚至开始有了一点点好感了。

宋嘉诚帮景辰物色了一套住房。景辰看过之后，挺满意的，便买下了，可是他买房的动静还是引起了父母的注意。

这天，景夫人给他打电话唤景辰回家吃饭，景辰答应了，回家去了。

景辰给家人都买了礼物，家人们都很热情，只有景万山冷淡地坐着。

饭后，景万山对景辰说：“你跟我到书房一趟。”

景辰陪景万山进了书房，景万山开口说道：“昨天我们请招商局的领导和乔市长一家吃饭，你怎么没过去？”

“因为项目不是我接管的，所以我没有过去……”

景万山猛地拍了一下桌子：“你是要跟我作对到底啊！是不是以后你都不听我的安排，不听董事会的命令了？是不是觉得这个集团总裁都没必要当了？”

景辰却淡定地望着他：“父亲，如果董事会觉得我不再适合集团总裁的位置，那么我会尊重董事会的意见。”

“你什么意思？不想干了，是吗？”景万山又气又怒。

“我只是认为，董事会需要适合的人才，而我也需要适合我的位置。”

“你！公司培养你多年，你居然想要离开！你对得起景家的家族企业吗？”景万山因为太生气，居然引发了心脏病。

景辰见他捂住心口，几乎站不稳，连忙上去扶他。

可景万山根本不想让景辰碰，挥开了他的手。景辰连忙出去叫人，让管家拿药箱，并通知家庭医生过来。

经过一番忙活，景万山病情终于稳定了。景辰守护到他没事了，见天已经很晚了，才跟妈妈告辞。

景夫人拉过他的手说：“辰儿，你过来一下，妈妈有话对你说。”

她把景辰拉到客房，问他：“你决定离开景辉集团单干了是吗？”

“妈，我……”

“没事，我都听到了，这也不是什么不好的事。你爸爸把你逼得如此，妈妈不怪你，只是妈妈有一份东西要交给你。”她手中拿着一个精美的文件盒子。盒子有些陈旧了，但做工细致。她把盒子交给景辰说，“这是妈妈给你的，打开看看。”

景辰打开盒子，一看到里面的内容顿时惊呆了。

“遗嘱？”他吓得手都抖了，“妈，你怎么了，怎么忽然给我一份遗嘱？”

景夫人只是温婉地笑笑：“你不用担心妈妈，妈妈身体没事。这份遗嘱，是在很多年前就立下的，是妈妈的心意。”

他大致把遗嘱看了一下，又惊又慌，母亲居然把她娘家叶氏集团的股份，和她嫁入景家后，分到的股份全权转移给他了。而且这份遗嘱在五年前就立下了！

“妈，你怎么了，怎么忽然……把这份东西给我？”景辰的手依然在抖。

“这是你应得的。”景夫人万分温柔地说。

三十几年前，景夫人嫁入景家，五年都没有怀上孩子。景万山是景家的长子，未来是要继承家业的，所以她的压力很大，觉得对不起景家。一个偶然的机会，她接手了不到两岁、丧失父母的景辰，她萌生了收养景辰的想法，而景万山看过景辰之后也很喜欢，于是，景辰就这么成了他们的孩子。

那几年里，他们非常幸福。然而不久之后，她居然怀孕了。而她生下景逸后，景万山看景辰的眼神就变了，态度也不再亲昵，可对亲生儿子景逸却非常纵容。

有一天，她偶然听到景万山和心腹下属对话，景万山说了一句令她万分心寒的话：“将来，我的事业只能传给我的小儿子，大儿子什么都不是！”

她没想到景万山如此狠心！景辰是个多么孝顺优秀的孩子，更何况景辰的父母对景家有恩。她想着以后景万山利用景辰管理好家族企业之后，忽然把所有的财产传给景逸，而景辰却什么也不是，那境地得多凄惨。所以，她偷偷地立了遗嘱，并藏了起来。

景辰说：“妈，景逸是我的弟弟，他也应该继承您的财产，您怎么全都给了我呢？”

“你开公司需要大额的资金，这些可以帮助到你。”

景辰摇摇头：“妈，这些年我也有存款，即便存款不足，跟银行贷款也是可以的。这些是您的养老钱，对您多重要。我要是拿了，就对不起您了！”景辰很坚持。

景夫人见他意志坚定，叹息一声：“唉，好吧，我也不为难你。但是这笔钱留给你，律师已经公证过了，我藏在家里也不方便，你自个儿拿着吧。”

景辰真的不知道要说什么，最终与母亲拥抱，顺了她的心意收下遗嘱。

“妈，谢谢你！”千言万语，都汇聚于这一句话。

景夫人笑笑：“傻孩子，没事的，走吧。”

两天后，景辰收到了朋友的电话，朋友说帮他找到林琰琰了。他万分激动，第二天，他就踏上了去B市的路途。他是算好时间到林琰琰公司附近等她下班的。可他一直等到晚上七点多钟，才看到她的身影。

他下车朝她走过去。

那一瞬间，林琰琰整个表情都呆滞了。

“琰琰。”他的嗓音仍是那么温柔，温柔得能滴出水来。

林琰琰眸光闪烁，见到景辰的那一刻，她心中涌现出许多难以名状的情绪。

“你怎么过来了？”

他抿唇笑笑：“我一直在找你……”

“你不必找我的。”

他小声问：“那能一起吃个饭吗？”

他说得很可怜，林琰琰迟疑了一下，最终还是点了头。

两人到附近一家比较安静的西餐厅吃饭。景辰点了牛排，她点了鸡排，可是食物都上来了，两人却没有动手。

景辰久久望着她，忽然叹息一声问："最近过得好吗？"

"挺好的，你呢？"

"我过得不好。"

林琰琰抬眼望着他，既意外又有点儿担心。

"美国的项目失败了，董事会要求我接受乔市长的项目，我拒绝了，于是他们给我放了长假，让我弟弟暂时接手我的工作。"他说得云淡风轻，但每一个字都敲击在她的心上，令她窒息。

"我跟父亲闹得很不愉快，所以买了房子，打算搬出来住。前两天，我回家吃饭，跟我爸提辞职了，我可能会离开集团自立公司。"

她惊讶地望着他："你要辞职？"

景辰点头。

"为什么辞职？你们公司既然签了乔市长的项目，你们父子应该没有矛盾了。"

他苦笑："我辞职，当然不是因为与我爸有矛盾这么简单。"

他深情地望着她。她不想自己沦陷，悄悄别开目光。

他仍是专注地望着她，说："我心中理想的事业、美好的爱情，被我父亲亲手摧毁。他并没有尊重我、疼爱我，而我也不应该像个机器人一样任由父亲掌控。我要追求我想要的，我希望还为时不晚。"

林琰琰浅酌红酒，没有回应。

"八年前我以为我遇到了对的人，但是错失了，我很心痛，但后来我想明白了，什么样的人才最适合我。所以，八年后我重新找到了自己的爱情。"景辰的眉头郁结了一下，"琰琰，不是我们不合适，而是我们不够了解对方，如果……"

"别说了！"她排斥地打断，"那只是你的错觉！我同样不适合你！"

她的眼眶已经湿润了。

因为她爱他，所以听他说起这些事，她的内心动摇又自责。

爱一个人，便是这番纠结的状态吧。

她偷偷擦眼泪说："我得走了，天晚了。"

景辰跨过桌子轻轻扣住她的手："再陪我坐一会儿吧。"

她真怕再坐下去会沦陷，于是狠下心，拧开他的手说："对不起。"

她走了，而且走得很快。他只能叹息。

林琰琰回到家里，林巍巍还在等她。林巍巍说："姐，你有一份快递。"

林琰琰皱眉，她最近没买东西呀。她从林巍巍手中接过快递，是一个包裹严实的小盒子。她找剪刀来拆开，看到里头的东西时，两人都惊愣了，里头是个精致的小盒子，看着像是首饰盒，而且价格不菲。

她把它打开。

林巍巍立即惊呼："哇，真的是首饰啊！"

盒子里头躺着一只铂金嵌黑珍珠手镯。

那颗黑珍珠很大，质地柔和，是绝佳珍品。

林巍巍对姐姐说："这东西……谁送的？难道有人想追求姐姐？"

林琰琰上上下下看了看包装盒，没法看出送礼物的人是谁，不过她猜到可能是谁送的了。她把礼物收了，对林巍巍说："你早点儿休息吧，别八卦了。"

然后，她进入自己的房间，打开微信问那个人："你送我的手镯？"

那人回她："喜欢吗？"

"你为什么送我这么贵重的东西？"她皱眉问。

"因为你值得。"

林琰琰皱眉，她觉得他的话越来越暧昧了。

"你难道……想追求我？"

陆莘透觉得是时候表露心意了，就坦白承认："是的。"

林琰琰沉默了。如果这个人以前追求她，她估计会把他臭骂一顿，但这会儿，她竟然没有那么排斥他了。

陆莘透见她久久不回话，问她："不发表点儿声明？"

"我没什么好说的。"

陆莘透觉得这不像林琰琰平时的反应。如果是平时，她一定会跳起来骂他有病，但这会儿她只是一句没什么好说的，有点儿稀奇呀。他再接再厉：“你的意思是我可以追求你了吗？”

“别开玩笑了，我连你是谁都不知道！”

“但你心里并不排斥我追你，是吧？”

林琰琰被他追问得无路可退，就说：“你别这样，今天我遇到我前男友了，心情很复杂。”

“什么？”

林琰琰一股脑儿地说出来：“我前男友来找我了，他想要复合，我不知道该怎么办。”

去你的复合！你要和景辰复合我不就都白忙活了！于是，陆莘透开始捣乱：“好马不吃回头草！”

“你在吃醋？”

陆莘透心中一抖，又故作深沉道：“我是以非常客观的态度来劝你。你想一想你和他分手的原因吧，有第一次就有第二次，天下又不是只有他一个男人，何必吃回头草呢？”

“但我和他不是因为性格不合而分手的，而是因为外界因素。如今他为了我，放下了对他而言非常重要的东西，我……”

陆莘透心里咬牙切齿。这个女人，他追了她一个月，又是装陌生人又是装英雄的，对她百般用心，她能不能不要总是想着景辰！

“你别忘了当初他的家人怎么对你的，那种丢弃尊严的狼狈，你还想再尝试一次？”

林琰琰敏锐地问：“你怎么知道我和前男友分手的原因，我从来没有告诉过你！”

陆莘透连忙掩饰说：“你虽然不说，但我从你刚才的字里行间感受得到，我是何等聪明的人。”

林琰琰对他半信半疑：“是吗？我觉得你今晚有点儿反常。我还是不打扰你了，晚安。”林琰琰下微信了。

陆莘透却焦虑了，睡不着了！

“真是难搞的女人！”

周末，陆莘透赶到B市。他见林琰琰姐弟俩出门了，立即悄悄跟上。

他以为姐弟俩一起出门要去补习班，但他发现姐弟俩却往火车站走，然后，林琰琰居然买了回A市的动车票。

陆莘透措手不及，心想林琰琰为何今天突然回去？难道她回去见景辰？

他吃味，也买了动车票跟着她走。

林琰琰到了A市后，和林巍巍上了计程车，往城郊方向去了。陆莘透跟踪了一会儿，否认了她去见景辰的想法，因为这个路径根本不对。最后到达北山的墓地时，他终于明白了，今天是林琰琰母亲的忌日。

姐弟俩捧着花与母亲生前最爱吃的糕点来到墓地，除此之外，林琰琰还拿着一封信。

每年写一封信，烧给母亲是林琰琰多年来的习惯。

林琰琰到墓地时，看到在母亲墓地所在的方向站着一个西装革履、身材高大的中年男人。他向一块墓碑低头默哀，他旁边的两个小伙子，一个手提公文包，一个帮他打伞，显然是他的下属。

林琰琰也没多想，就跟林巍巍一起上了台阶，找到了母亲的坟墓。意外的是，他们发现母亲墓碑前放着一捧蓝玫瑰。

蓝玫瑰是母亲生前最钟爱的花，他们此次前来祭拜母亲，手中拿着的也是蓝玫瑰。那捧蓝玫瑰很新鲜，上头还有露珠，显然是别人刚刚送的。

林巍巍摸着下巴说：“姐，你说这花是谁放的呢，谁会来探望咱们的妈妈？”

林行远是不可能的，因为这么多年，他都没有来探望过。然而如果不是林行远，还有谁认识他们的母亲？

林琰琰直觉是她刚才看到的举止不凡的中年男人送的，她立即四下张望起来。

林巍巍问她：“姐，你在找什么？难道刚刚你看到有人给妈妈送花？”

“是的吧，只是现在找不到人了。”

不过之前那一瞥，她依稀记得男人左耳下方有一颗痣。

她把蓝玫瑰放下，蹲下来给母亲烧信，林巍巍顺便烧了一点儿纸钱。

姐弟俩默哀了一阵子，就离开了。今年离母亲去世已经整整九年了，她的悲伤已经不那么强烈，只是心结始终存在。

姐弟俩回到B市的家已经是下午五点多了。陆莘透跟了林琰琰一天了，回想当年那件事，他知道她一定很难过。所以，今天他想给她一些不一样的东西。

他晚上七点钟时给她发微信："晚上有空吗？我带你去一个地方。"

林琰琰试探性地问："你想露脸吗？"

"目前我们还没到见面的最佳时机，但你到了那个地方，我保证你不会失望。"

可她今天不想出去，就说："我很累了，改天吧。"

"改天就不合时宜了。"

"为什么今天比较合适？"

"我知道今天是你一位亲人的忌日，你很伤心，但是我想带给你一些不一样的感受。"

"你怎么对我什么事情都清楚？"她再度皱眉。

他说："抱歉，我今天跟踪你了。"

林琰琰很意外，她很不喜欢他这么做，但这个人什么时候按常理出过牌呢。她也不说他了，只是问他："去哪里？"

"湖滨公园。"

湖滨公园离林琰琰住的地方很近，林琰琰看看时间不晚，就答应了。

她去到湖滨公园。

此时正是晚上散步的高峰期，公园里人很多。她一看这么多人，真不明白那个人想干什么，她今天一点儿也不喜欢热闹。她正郁闷的时候，忽然有个小女孩儿走过来，送了她三只氢气球，然后跑开了。

她看了看气球，发现气球下居然挂着一把钥匙。这时，陌生人的微信又发来了："现在，你拿着钥匙，走到你左手边的亭子里。"

林琰琰走到亭子里，因为她手中拿着三只氢气球，大伙儿都看着她。她觉得很尴尬，忽然有个老奶奶起身走到她面前说：“姑娘，有人叫我把这个东西交给你。”

老奶奶给了她一个小盒子，盒子上还有锁头。林琰琰明白了，她接过盒子对老奶奶说谢谢，用钥匙打开锁，盒子里只有一张票，是一张湖滨公园的水幕电影票。

陌生人发来短信：“电影快开场了，能陪我一起看电影吗？”

湖滨公园里有一座大酒店，要看水幕电影必须经过那座酒店。林琰琰出示门票，进入场地，看到场中基本上都是大人带着小朋友。

她依着票号找到自己的位置，发现座位还是挺好的，能看到最佳效果。

十分钟后，电影放映了。

看着水幕上闪现的画面，林琰琰超级无语，因为居然是动画片！

陌生人发来微信说：“我在陪你。”

她立即四处张望，可黑压压的人群，她确实没法辨认他在哪儿的，忙问：“你在哪里？”

“在一个可以看得见你的地方。”他说，“看电影吧。”

林琰琰无奈，只能把注意力转移到电影上。

动画片只有三十分钟，剧情很简单，林琰琰并不怎么感兴趣，她的注意力一直集中在那个人可能在她身边这个点上。她一开始有些拘谨，可一想到有人在乎她的一举一动，正悄悄陪着她，她就没那么孤独了。甚至，还觉得有一点儿浪漫。

她对那人说：“谢谢。”

动画片结束后，林琰琰再一次回望，依然看不到任何可疑的身影。她也不急于寻找他了，只是慢慢走在路上，心想在这座公园里，每一寸空气里可能都有他的味道，他虽然不出现，但一直以一种无形的力量在陪着她。

那人说：“你回到之前的亭子吧。”

“还有什么事情吗？”

“你回去就知道了。”

她只好回去。此时，亭子里已经没人了，她站在亭子中央。那个人说：“现在，闭上眼睛许一个心愿，默数十下之后睁开眼睛。”

她按照那个人的要求双手合十闭上眼睛，心中默数十下之后睁开眼睛，立即被眼前的景象惊呆了。

原本黑漆漆的树林里，居然挂满了彩灯，红红黄黄绿绿，一闪一闪像璀璨的圣诞树。这一大片树林里，至少有十棵树上都盘满彩灯。

原本在树林里约会的情侣也惊呆了，不住地发出“哇哇”的感慨，并纷纷好奇是谁挂上去的。

林琰琰看着这满天的“繁星”，心里涌出莫名的感动。他正以他能做到的方式努力陪着她，给她快乐。

他说：“你喜欢吗？”

她眼角濡湿了：“喜欢，谢谢你！”

“你开心就好。”他顿了一下，“如果你愿意，在你需要的时候，我都可以用这种方式陪着你。”

“你不打算露脸吗？”

“如果你爱上我，并且愿意接受我，我会考虑露脸。”

林琰琰没有说话。

她现在还不能给他承诺，但今晚，他的确进到了她的心里。

她迟疑了一会儿，勇敢地说：“我想我现在是有点儿喜欢你的。”

陆莘透很意外，她真的对他感兴趣了。

他心中窃喜，说：“那么，我们很快会见面的。”

“真的吗？”

“真的。”他终于可以跟她见面了。

「 第十三章 」
你明明对我有感觉的，林琰琰。

景万山因为心脏病复发病倒了。景辰在新公司与景辉集团之间，几番痛苦抉择，最终还是决定先回景辉集团帮忙。

他在A市忙活了近一个月才有空去B市探望林琰琰。

周末，他一大早就赶到B市，按照住址找到林琰琰家里，原本他打算打电话约她出来的，然而他才拿出手机，就看到林琰琰从楼道里走出来了。

林琰琰戴着墨镜，打扮得很整齐，显然是要外出的。景辰刚准备下车与她打招呼，就看到她身后不远处还跟着一个男人。

那个男人穿着休闲服，戴着帽子和墨镜，个子很高，举止不凡，最要紧的是他一直跟着林琰琰。

那个男人有几分眼熟，景辰原先看不出，可无意间看到那人的手表，才惊觉这人居然是陆莘透。

陆莘透怎么会在这里？怎么打扮成这番模样，还跟踪林琰琰？

景辰十分惊讶，决定先悄悄观察他们。他坐在车里，等他们走远了，才悄悄开车跟上。

林琰琰去到了小区附近的咖啡厅里，在那里，唐译天已经早早等候她了。

这段时间，唐译天天天追着她，她苦不堪言，后来，在陌生人的建议下，她终于打算跟唐译天摊牌了。

唐译天见林琰琰应约而来，非常高兴，连忙要点咖啡，但林琰琰却冷淡地说：

“不了，你不用点了，今天我来只有两句话想对你说，说完就走。”

唐译天笑笑：“干吗这么着急，难得出来一趟，就多聊聊吧！”

“也许你听完我的话，大概就觉得我们不需要聊聊了吧。”林琰琰自顾自地说，“唐先生，本来咱们都是同事，我也不想弄得那么尴尬，但是我觉得我得跟您说清楚。第一，我对你真的没有感觉；第二，我有男朋友了，希望唐先生以后不要再纠缠我了。”

“什么？”唐译天傻眼了，“你……你有男朋友了，是谁？是曾经在半路上拦过我的戴帽子的男人？”

她不解：“谁拦过你？”

唐译天追问：“他是你男朋友吗？”

林琰琰见他不答，也不再多问了，冷淡地说：“我没必要跟你解释，小唐。”

她出了咖啡厅，想到唐译天刚刚说的话，就问微信陌生人：“唐译天说见过你，是不是真的。”

陆莘透故作冷静地说：“什么意思？”

林琰琰见他躲躲闪闪，笑了。迟早有一天她会知道他是谁！

景辰全程把两人的聊天看在眼里，虽然他不清楚他们在聊什么，但从林琰琰微笑的表情里，他还是猜测得出，两人聊天很愉快。这于他而言，是个不太好的信号。

景辰斟酌了一会儿，最终从车里走出去，站在林琰琰的前面。

林琰琰本来正聊微信的，忽然看到前方有个人，立即停住脚步。

她与景辰已经有将近一个月没见面了，上次景辰过来，给了她很大的心理压力，她一直很纠结。而这一个月里，她与微信陌生人接触多了，反而忘记了景辰，她的世界慢慢被陌生人占据。

林琰琰错愕地看着景辰。陆莘透回头偷看，发现景辰的身影，也非常震惊。

景辰淡定自若地笑笑：“琰琰，好久不见。”

林琰琰小声地说：“景辰，好久不见。”

“咱们能……一起走走吗？”

林琰琰沉默了一会儿，偷偷看了一眼手机，发现陌生人没有回复，就点了点头。

景辰对她细微的举止皱了皱眉。

琰琰的心里原本只有他，何时入驻了一个陆莘透?

“走吧，我的车停在那边了。”景辰邀请。

林琰琰跟着他上了车，上车之前她回头望了望，她知道陌生人一直跟着她，却不知道陌生人看到她的前男友来找她是什么感想?

林琰琰跟景辰走了，陆莘透才从墙角走出来，拦车悄悄跟上他们。

车上，景辰问林琰琰：“最近忙吗？工作是否适应了？”

“还好。”

“今天，B市艺术展览馆有一个国际画展，吃完饭，你可以陪我去逛逛吗？”景辰邀请她。

林琰琰犹豫了一下，想拒绝：“我……其实……”

“如果没什么事……陪陪我吧，琰琰，我想和你聊一聊。”景辰望着她，双目深情。

林琰琰没法拒绝他这样的表情，只好点头答应了。

景辰把车开到展览馆附近的西餐厅。

两人入座后没多久，景辰看到陆莘透在他们附近比较隐秘的地方落座，并且压低帽子，拿菜单挡住脸。

林琰琰低着头，双手紧握着手机，时不时看下微信。景辰看出了她的心思，试探着问：“琰琰，最近你和陆总还有联系吗？”

林琰琰不解地问：“我怎么……还会与陆莘透联系？”

景辰偷偷瞥向不远处的陆莘透，看来林琰琰还不知道手机对面的是陆莘透。他也不急于揭穿，只是掩下话题说：“年前我们种的栀子花开花了，很香很漂亮，一共有十三朵，我把它们剪下来弄成了干花。”他把一只盒子推过来。

林琰琰把盒子打开，便看到里头整齐地躺着十三朵栀子花，那花儿已经变成焦黄色了，可香味依然很浓。

她与景辰刚开始谈恋爱时，曾经一起到公园种栀子花，当时她还说过再过十年一起回头看看栀子花长成了什么样子，没想到没过多久他们就分手了。

林琰琰的手有点儿颤抖，看到他们交往的证物她总想到以前的承诺，不知如何自处。她迟疑了一下，把花退还给景辰："你留着吧，谢谢你还记得那一株栀子花。"

她觉得她不能与景辰纠缠不清了，就说："景辰，以后你别再来找我了，我们都有了全新的生活，彼此都能过得很好……"

就在此时，林琰琰的手机响了一下，她收到了陌生人的微信。陆莘透看到景辰给她送栀子干花，怕她动摇，忙给她发微信。

"好马不吃回头草，别再和你的前男友纠缠不清了，否则你一辈子都会困在这段痛苦的感情里！"

陌生人的短信给了林琰琰信心，她抬头对景辰说："我累了，想要尝试一段全新的生活。"

景辰把她的一系列动作看在眼里，说："我不在的这段时间里，你似乎很依赖微信，为什么呢？"

林琰琰惊奇。

景辰皱眉，说："琰琰，如果你知道他是谁，你还会那么相信他吗？"

她疑惑地看着景辰："你……什么意思？难道你知道跟我聊天的人是谁？"

景辰苦笑："在你身边，能够接触到你的人，你觉得除了我还有谁？你心里没有一点点猜测？"

陆莘透在远处听着，开始坐立不安了，他怀疑景辰已经知道了他的存在，否则怎么可能这么犀利，字字句句都直指他一般？

林琰琰沉默了。她之前怀疑过那个人，可每当她有一点点怀疑的苗头，陌生人便很机敏地掐掉了。

"你说的是陆莘透吗？"她终于把心中的质疑问出来了。

景辰没有说话，倒是远处的陆莘透着急了。陆莘透马上起身离开，可惜他走得太急，撞到了经过的服务员。

那服务员泼了他一身咖啡，连忙鞠躬道歉，还把前台的经理引来了。

前台经理和服务员围着陆莘透道歉，陆莘透心里既恼火又着急，而这时林琰琰已经转头看到他了。

陆莘透哪里还顾得上太多，赶紧扒开那些人大步流星地离去。

林琰琰喊：“站住！”

陆莘透没停，甩了门就要跑，林琰琰终究快一步，在他快出门时揪住他的后衣领，扒开他的墨镜，这时，他完全暴露在阳光底下了。

“是你！”她震惊地看着他，虽然已经有过猜测，但她还是不敢相信。

陆莘透见躲不过，连忙解释：“琰琰，你听我解释，我不是有意要瞒着你的……”

“你为什么欺骗我？”林琰琰浑身颤抖，她怎么能想到她依恋了两个月的人，居然是她最讨厌的陆莘透呢？

陆莘透心里也很苦，她之前不是说有点儿喜欢他了吗？如今怎么是这样的表情？

“琰琰，我对你没有恶意，我只是……不知道要怎么打开你的心结，才……”

“啪！”

林琰琰甩了他一巴掌，愤怒地盯着他：“我最讨厌别人欺骗我，而偏偏你又玩弄了我的感情，我以后都不想见到你！”

陆莘透拉住她的手：“琰琰，你听我解释！”

林琰琰挣扎，景辰看不下去了，上去拦开陆莘透，说：“你让她静一静！你不能总是通过你的方式逼迫她，她会难过！”

“如果你没拆穿我，她根本不会这么难过！”

“你想瞒着她一辈子吗？”景辰反问。

“不会瞒着她一辈子，但我会用我的方式告诉她，而不是通过你来拆穿，这是两种结果！”陆莘透指着他，言语凌厉。

看他们吵得激烈，林琰琰夺门而出，自顾自地到街边拦车。

陆莘透见状，又跑出去拉住她的手：“琰琰，你别听他乱说，这段时间你对我怎么样，你听听自己的内心感受。”

“但我不喜欢被欺骗，请你松开我的手！”

景辰趁机把车开过来对林琰琰说："琰琰，上车吧，我送你。"

林琰琰大概急于摆脱陆莘透，想都没想，就上了景辰的车。

景辰把车开走了。陆莘透咬牙追了两步，见他们的车越走越远，火气一大，直接把手中的墨镜摔烂了。

景辰对B市不熟，为了逃离现场，只能漫无目的地开车，他知道林琰琰心情不好，也不问她想去哪儿，只是随意地开着。

林琰琰低声说："我想回家了。"

景辰觉得她回家不合适，因为她心情不好，容易胡思乱想。他劝说："今天还有画展，这次画展很难得，咱们一起看看吧？也当散散心。"

林琰琰想摇头，但景辰捋了捋她额前的头发，柔声说："我不吵你，但你陪陪我就好。"

于是，林琰琰又没法拒绝了。

两人开车到艺术展览馆。对于画展，林琰琰只保留初级的欣赏水平，但景辰见多识广，有些画他一看，就能看出来意思了，然后再介绍给她。

林琰琰听着听着，渐渐地忘记了悲伤。她似乎明白她一开始把景辰当男神，忍不住崇拜他的缘由了，因为景辰的确在很多方面都可以当她的导师。

这一点，陆莘透在假扮陌生人时也曾给过她惊喜，可惜在感情上，陆莘透太不成熟了。

两人走走停停两个多小时，把画展看完了，出门时，林琰琰才发觉他们的手牵在一起。景辰看看时间，这个时间点不早不晚的，就问："我们找个地方喝咖啡，休息一会儿？"

林琰琰点头，于是两人又找了家咖啡厅坐了一会儿。

在咖啡厅里，景辰与她闲聊起当初在美国读书的趣事，说他以前帮朋友办过画展，托朋友的福，他对各大派系的画作也有些了解。

林琰琰听着听着，也主动跟他聊天了。她问他："你在美国待了那么久，回国有什么不适应的吗？"

“刚回国有点儿不适应，但我毕竟是中国人，我的根在这里，我终究是要回来的。”顿了一下，他说，“而且现在，我有了特别牵挂的人，怎么会不适应呢？”

他意有所指，她低头喝咖啡。

“你应该……会特别想念美国的同学和朋友吧。”

景辰点头：“我们现在还保持联系。”他忽然牵住她的手，“如果可以，以后我带你去见见他们，他们会很乐意见到我中国的女朋友的。”

“景辰，你别……”

景辰松开了手，很坦然地说：“我会给你时间思考的，我不逼你，但是我希望你别再折磨我了，琰琰。”

林琰琰又低头默默地喝咖啡。

两人在咖啡厅里坐到傍晚，景辰本来想约她吃晚饭的，可她说林巍巍等着她回去，她不想丢下他不管。景辰只好说接上林巍巍一起吃晚饭。可是回到家，林巍巍见到林琰琰第一眼就低声说：“姐，你高中的学长陆先生找你。”

林琰琰皱眉，看到客厅的沙发上坐着个人，正是陆莘透。

陆莘透走向她，面容冷峻，他现在已经平静很多了，只不过眼神带着几分坚毅，似乎有什么事下定决心一定要去做。他走到林琰琰的面前，说：“我想和你谈谈！”

她冷淡地说：“我与你没什么好说的！”

“在这两个月里，你敢说你对我没有一点儿感觉？”

他的话字字犀利，戳到她心里。

她皱了皱眉头，最终走向书房，对陆莘透说：“进来吧。”

书房里，林琰琰依然不敢面对陆莘透，只是侧着身子面向窗户，冷淡地说：“说吧，你有什么话想谈？”

“你今天下午都和景辰在一起？”

“是的。”

陆莘透觉得她对自己真是不客气啊。

“这两个月里你对我并非全然没感觉！为什么这么冷漠？”他抓起她的手，质问她，“如果我没记错，自从我送给你后，你就一直戴着它了吧！”

他指的是她手腕的铂金黑珍珠手镯。

“如果你很介意的话，我也可以不戴！”林琰琰把手镯摘下来，扔到书桌上，又恶狠狠地盯着他，“当初我要知道是你送的，绝不会收下。我没法接受你！”

“为什么没法接受我呢？你明明对我心动了！”他忽然拉过她，面向书柜的玻璃门，然后从后面抱住她。

“你干什么？”

他戴上墨镜，指着玻璃门上两人的倒影：“你看看，当我不是陆莘透，而是一直和你聊天的陌生人，你是不是没有那么讨厌我？”

陆莘透今天穿着他救助林巍巍时的那身装扮，这个形象一直在她的脑海里徘徊不去，也成为她遇到困难时心中的信念。她躁动的心忽然软化了。

陆莘透恶狠狠地在她耳边说：“你明明对我有感觉的，林琰琰！”

她清醒了，立马推开他：“那只是虚幻的你！”

“虚幻的我难道就不是我吗？你为何要对我生出这么大的偏见？”

她咬牙不理会。

陆莘透咬牙切齿：“你没办法反驳的！你也没办法和景辰在一起！”

陆莘透就这样对她乱撒一通脾气之后，摔门离去了。

景辰从外面走进来，低声问她：“琰琰，怎么了？”

林琰琰强忍情绪摇摇头：“没事。”

景辰看到桌上放着她今天一直戴着的手镯，若有所思。他上前轻搂着她的肩膀，低声说：“别生气了，咱们一起出去找个地方吃晚饭，巍巍还在等着咱们呢。”

陆莘透与林琰琰大闹一场之后就回到了A市。他闷闷不乐地工作了两天之后，奶奶打电话来问他了。

“臭小子，听说你提早从B市回来了？以前可都是巴不得赖在B市不回来了，怎么回事？”

“奶奶，我正在上班呢，忙得很，待会儿再回你吧！”他匆忙挂了电话，他不想让奶奶知道他自以为聪明的恶作剧失败了。

他皱着眉头工作，直到下班，却没想到他回到家，奶奶已经坐在他家等着他了。

奶奶得意地笑："你以为不跟我交代就完事儿了？小样儿，我就说了你那方法不行，都多大岁数了还这么幼稚。"

奶奶自顾自地分析："追女孩子吧，你真不是景辰的对手，你手段太差了。但是，你又恰巧赢在碰上了景辰，我敢说短时间内景辉集团将会有大变动，景辰没有精力应付私人感情，这是你的机会。"

陆莘透转头问她："奶奶，你什么意思？"

奶奶高深莫测地说："听说景董事长病了，现在是景辰全权管理景辉集团，说不定会有大动作呢。你奶奶虽然没进过公司，可一辈子耳濡目染，商界的预兆，你奶奶一清二楚。"

奶奶笑得得意："你等着看吧，不过这回可要听奶奶的话了，奶奶还想抱曾孙子呢！"顿了一下，她叹息，"只可怜了景辰，多优秀的孩子，生错了家庭！"

「 第十四章 」
果然，命中注定的东西，即便她再挡也挡不掉！

周五，景辰到北京出差。因为海山的项目出了问题，他必须亲自处理。

自从他接了父亲手中的大权当上代理董事长以来，便大张旗鼓地在公司内开展管理变革。改革的主要内容是裁员，不计祖辈功绩，裁掉大批蛀虫，使真正有能力之人得到提升。可这受到董事会的极大抵触，因为这样完全损害了他们的利益，因此，他们联合起来反抗景辰。

海山的项目因此被搞砸了，客户要求景辰上门解决并当面道歉。而如此情况，这段时间已经发生不少次了。景辰非常疲惫，渐感力不从心，但是他绝不会低头！

到北京解决了海山项目的问题后，他看看手表，晚上十一点多了。他靠在椅背上给林琰琰打电话，林琰琰还没睡，很快接上了。

他温柔地问她："琰琰，睡了吗？"

"没，今天加班。你呢，你现在在哪儿？"

"我在北京，这会儿正在回去的路上，明天去看你。"景辰越说越慵懒，疲惫也不自觉地释放出来，林琰琰都察觉到了。

"如果太晚了就明天再回来吧。"

"不行呢，今晚回去……"景辰说着说着，就睡着了。

"景辰？"

林琰琰等了一会儿，听到电话那端景辰的助理说："对不起，林小姐，景先生已经睡着了。”

林琰琰叹息，又难过又心疼。她挂了电话，躺到床上，望着天花板想了一会儿，然后翻开手机，看着那个她还没有删除的微信账号。

微信里有他们很多美好的对话，她都铭记在心，可一想到那人的真身是陆莘透，她又无法接受。她对着微信号迟疑了一下，最终选择删除，可在她即将删除的一刹那，陆莘透的头像忽然换成了一张学生照。

这张学生照是他高中时的照片，很青涩也很帅气。当初她就是被他这副模样给迷住了，以至于苦追他三年。

他是一道不可磨灭的伤痛，但是在追逐的过程中，她也曾经美好过。

最终，她叹息一声，没有删除他的微信号。

第二天，林琰琰早起。这一周她和她的下属都在忙销售部培训的工作，她得提早去酒店迎接从广州请来的培训老师周老师。

培训在早上九点钟举行，所以林琰琰和培训专员八点钟就在酒店门口守着了，可到了八点四十多，老师的身影还没见着。她对培训专员吩咐：“你打个电话问问周老师在哪儿。”

女孩子打完电话告诉她：“琰姐，周老师说他已经到了。”

话音刚落，有辆白色宝马轿车就绕过喷泉开过来了。

林琰琰直觉那辆车就是老师的车，果然车到门口后，有一男一女快速走下来了。男子圆头圆脑，但是笑起来很和蔼可亲，他就是她们联系的周老师。而另一名女子很是潇洒，笑道：“老周，我说八点四十五到就绝对八点四十五到！”

老周呵呵地笑：“我服了你了！”

林琰琰和培训专员赶紧上前迎接他们，不知道为什么，林琰琰觉得周老师身旁的女人特有气场。她留着波浪鬈发，穿着西式套裙，显得很干练，腕上与脖子上的金属饰品很精致很低调，却恰到好处地凸显出她的高贵典雅。

周老师给她们介绍说：“这是我大学的同学李茗兰，她送我过来的，你们可以称她为李小姐！”

李茗兰！林琰琰本来准备与女人握手的，可一听到这个名字，顿时手都僵住了。

周老师又给女人介绍："这是丰达公司的人事经理林小姐，这是他们的培训专员小郑。"

李茗兰露出灿烂的笑脸，主动跟他们握手，林琰琰却呆若木鸡。

小郑反应很快："周老师，咱们先到前台办理入住手续，然后再到会议厅培训吧！"

林琰琰一直心不在焉地注视着李茗兰的背影，越看越觉得她优雅漂亮，很有气质。

这位真的是景辰的初恋女友吗？还是只是同名同姓？林琰琰变得心事重重。

小郑带周老师到入住的房间，等候周老师稍微收拾，拿上课件之后，就带往会议厅去了。

李茗兰没有离开，而是选择在会议厅的角落坐下来，拿出笔记本认真听讲。

中场散会，大伙儿都准备去吃饭，林琰琰看到李茗兰收拾笔记本起身走了，连忙起身追去。她觉得她可以与李茗兰偶遇一下，因为她对李茗兰的身份太好奇了。

林琰琰追上她的时候，她已经乘电梯下楼了，林琰琰没法，只能走楼梯。

幸好会议厅只是在三楼，她跑一会儿就跟上了，她在李茗兰上车前拦住了对方。

"李小姐！"

李茗兰疑惑地看着她。

林琰琰找了个借口："周先生已经到宴会厅吃饭了，您也一起吧！"

李茗兰笑道："不了，我还有事情，先走了，谢谢你们。"

林琰琰舍不得她走，就笑着说："李小姐也是跟周老师一样做培训工作的吗？"

李茗兰见林琰琰有意攀谈，就不急着上车了。她礼貌地说："我有一家培训公司，但它不是我的本职工作。"她掏出一张名片给林琰琰，"这是我的名片，我的本职是大学老师，希望以后有机会合作。"

"好的，希望以后有机会合作！"

两人客套两句，李茗兰就告辞驾车离去了。林琰琰打量她的名片。

这是李茗兰培训机构的名片，上面写了她的职务是发展总监，但下面又有一小行字介绍她是A大管理学院的副教授。

林琰琰肯定她就是景辰的初恋李茗兰了，因为连身份特征都如此相似。

她回到宴会厅吃饭，趁吃饭的空当跟周老师打听李茗兰。她说：“李小姐年纪轻轻就如此优秀，真是不容易。”

“她一向都十分优秀，大学那会儿参加各种比赛，斩获各种奖项，我们全班都十分佩服她！”

“那李小姐……有没有对象？”

周老师怪异地看了林琰琰一眼，含混不清地说：“她是结过婚的。”然后就没有继续下去了。

林琰琰看得出周老师不太想回答这个问题，就适可而止了。

“结过婚”而不是“结婚”，她没想到李茗兰的婚姻不太顺利。

可即便离过婚，李茗兰依然完全可以碾压她。她突然很害怕景辰见到李茗兰，同时，也体会到自己依然深爱着景辰。因为深爱，所以患得患失。

中午吃过午饭，景辰来短信说他已经到B市了。

林琰琰忙完，回到家寻了一番，才发现景辰在林巍巍房间教林巍巍打游戏。

林琰琰斥责：“林巍巍，你今天看书了吗？”

林巍巍吓得都不敢动了，求助般看向景辰。景辰只好上前说：“巍巍也要放松一下的，不能压得他太紧。”

林琰琰拧着脾气没回答。林巍巍见状赶紧拿着教材跑了。景辰放出大招，低头亲吻了一下她的脸蛋，柔柔地说：“生气了？”

林琰琰没想到他突然会这样，心里扑通扑通乱跳。景辰低低地笑着，忽然变魔术一样从身后摸出一个礼盒递到她面前：“今天是你的生日，你忘了吗？”

林琰琰这才想起来了。而景辰还记得，的确给了她很大的惊喜。

她拿过礼物，刚才的气都烟消云散了，低声道：“你还记得我的生日啊？”

“当然。”景辰从后面搂着她的腰道，“打开看看，看喜欢吗？”

两人突然变得很亲昵，但她心里暖暖的，没有排斥他的靠近。她打开礼盒，见里头躺着一支名贵的钢笔。

景辰说："希望你步步高升。"

"谢谢。"

景辰在她耳边磨蹭，又对她说："还有一份礼物。"

然后，他牵着她的手走出房间。

客厅的灯都被关了，但桌子上点着蜡烛。红蜡烛摆成了爱心形，在爱心的中央摆上生日蛋糕。林巍巍站在蛋糕后面高兴地对她说："姐，生日快乐！"

景辰也从背后捧上一束花来，深情地对她说："生日快乐。"

林琰琰接过花，瞬间感动得流下眼泪。她低声说："谢谢你们！"

她心里很暖，只是同时脑海里又想起了李茗兰。

景辰见她走神，低声问："怎么了？"

"没……没什么。"

"别哭了，在这么浪漫的氛围里，许个心愿吧。"

林琰琰听从了他的话，闭眼许了一个心愿。她许愿她爱的人一直爱她，不要变心，同时也许愿林巍巍能顺利进入一所好的学校。

林琰琰许完愿之后，大家一起唱生日歌，吃蛋糕，过了一个温馨浪漫的生日。

吃过蛋糕之后，林琰琰和景辰出门走走，可她一开门差点儿被门口的东西给绊倒了。她一低头，才发现是个礼盒。

景辰帮她把礼盒拿起来，然后把夹在蝴蝶结上的卡片递给她。

她打开，只见上头写了一句："生日快乐！"

她低头打开礼盒，发现里头装着一件黑色连衣裙，衣服的材质和设计都十分出彩。她说："我知道是谁送的了。"

景辰也看出来了，因为只有陆莘透才喜欢送林琰琰黑色的东西。

她皱着眉头说："我拿到楼下扔了吧。"

景辰拦住她："别，这也是他的心意，就收下吧。"

林琰琰叹息一声，最后还是听了景辰的话，把衣服拿回家里，但她不知道，陆莘透就在隔壁的房子里，他将一切听得清清楚楚。

林琰琰和景辰步行到湖滨公园，这会儿已经很晚了，公园里人潮散去，此刻十分安静，又带着一点儿浪漫。

景辰忽然牵住林琰琰的手。林琰琰察觉到了，羞涩一笑，没有拒绝。她抬头问他："景辰，你生日是什么时候呢？"

景辰笑笑说："10月13日。"

"那只有不到三个月的时间了。你想要什么样的生日礼物？"

景辰站定脚步，撩起她的头发，轻声道："我想要你全心全意地陪我一天。"

"那你的家人、你的朋友呢？"

"我每一年都陪他们过，今年随性一回，又怎么样呢？主要看你答不答应。"他轻捏她的下巴。

林琰琰想了想，点点头。

景辰拉着她的右手抬起来："陪我跳一支舞吧，忽然怀念年会上与你跳舞的情景。"

林琰琰看看这条大道上没什么人，便随着景辰起舞了。她很享受与景辰跳舞的过程，似乎可以忘掉所有的杂念。景辰亦是如此。

他低声道："琰琰，你知道……我一开始怎么爱上你的吗？"

这个问题她也一直致力于寻找答案。

景辰说："你刚来公司的时候，为了适应新的工作岗位一直加班，加班累了就在办公室里跳舞。而我办公室的落地窗可以看到销售部的情况，你做什么我都看得见。你总是给我惊喜，但又很有自己的原则，不论周围环境怎么样，你都能沿着心中的路走。你跟周围的人不一样，越来越吸引我。我观察着你，然后也发现了你的小秘密。"

林琰琰被他说得脸红心跳，好奇他发现了她的什么小秘密。

景辰低头说道："你暗恋我。每一次与我碰面你都要特别强调'景总，我是销售部的林琰琰'，当我点头回应你的时候你又高兴又失落。"

“哎呀！”林琰琰捶了景辰一下，脸都红了，“你怎么这样，都知道，还故意看我闹笑话……”

景辰也不躲，看着她笑了。林琰琰从来没想过男人的眼睛也可以这么动人心魄，让她看了心跳加速，迷失自我。

她甜甜地笑了一下，问他：“你在帮林巍巍打官司的时候，就已经喜欢我了，是吗？”

“是的。”景辰把头埋到她的肩上，嗅着她的味道。

“咱们在电梯里独处的那一次，你就已经喜欢我了是吗？”

“是的。”景辰在她的侧脸、耳垂，时不时地偷吻一下。

“哎呀……你别……别这样……”

她咯咯大笑，又羞又痒，赶紧挣脱他的手逃跑了。

景辰小步地追着，两人像小情侣一样在公园里躲躲藏藏。后来追得累了，他们手牵手走到湖边看了会儿夜景。

景辰把她拥到怀里，抱着她说些体己话。

林琰琰娇嗔：“你腻不腻？”

景辰笑道：“怎么会腻，我喜欢和你在一起的时光。你喜欢和我在一起吗？”

林琰琰抱住他，也坦诚地承认自己的心思：“我也喜欢。”

“那以后……不要再离开我了，好吗？”

“嗯……”林琰琰倚在他怀里满足地笑了。

景辰送林琰琰到楼下，等她在楼道的窗口朝他摆摆手后，他才离开。

林琰琰哼着歌儿爬上楼梯，忽然看到楼道上站着一个高大的人，她仔细一打量，不可置信道：“陆莘透？”

陆莘透语气平淡地对她说：“生日快乐。”

他一直在等她，所以当看到她和景辰依依不舍地分别了，顿时怒火中烧，但是也知道此时他没办法拆散他们。

林琰琰稳了稳心跳，问他：“你怎么出现在这里？”

他不打算掩饰了："我住在隔壁。"

"……你住在隔壁？"

"是的。以后别太晚回来，听说B市的治安不太好。"他说完，就回去了。

林琰琰追上去想拦住他，但他已经关门了，她拍着他的家门："喂……喂喂！"

她想不通，陆莘透怎么就成了她的邻居？

林琰琰第二天去酒店主持培训，又看到李茗兰坐在后排的座位上。

今天李茗兰穿着红色的套装裙，把头发盘起来了，项链与手镯也与昨天的不同，显得更张扬大气一些。

早上的课程很快结束，今天周老师跟着李茗兰一起外出吃饭。

林琰琰准备去自助餐厅。路上，手机忽然响了，是景辰。

景辰很高兴地说："琰琰，下课了吗？我就在你酒店的楼下，咱们一起去吃个饭吧！"

"你在我酒店楼下？"林琰琰惊讶，她想到李茗兰和周老师刚刚走出去，心情格外紧张。

"你等一下啊，我马上下去！"她来到楼下，看到景辰的车停在酒店广场的边儿上等她。她看了看四周，没看到李茗兰的身影，才松了口气，上了景辰的车。

"怎么忽然过来了呢？"

景辰抱歉地说："因为明天公司有点儿事情，我必须提前回去处理。"

他抚摸着她的脸，柔柔地说："我会找空来看你的。"

林琰琰点点头。

"去哪儿吃饭，有什么推荐吗？"景辰问她。

"这里有两家餐厅网上推荐率还挺高的，你想吃西餐吗？"

景辰无奈笑了笑："我虽然喜欢吃西餐，但如果一直吃也腻得慌，你来定餐厅吧。"

"好的，那咱们去吃川菜吧！"林琰琰立即高兴地决定。

两人到了附近的购物商场，准备上五楼的饮食区。在两人乘电梯的空当，林琰琰拍拍脑袋道："哎呀，我忘了，你好像不怎么吃辣。"

景辰笑笑："没关系，我可以吃一点儿。你吃得开心就好！"

林琰琰心里暖暖的，把头靠到他的肩上，可等着电梯快要到顶时，她忽然看到了一抹熟悉的红色身影。

是李茗兰！她和周老师乘着扶梯上五楼了！林琰琰的心"咯噔"了一下，把头从景辰肩上抬起来。

景辰转头问她："怎么了？"

还好，电梯停了，景辰转头的一刹那没看到李茗兰，林琰琰立即拉着景辰的手走了出去。

"怎么了，琰琰？"景辰关切地问。

林琰琰无法想象景辰看到李茗兰的场景，说："景辰，我不想在这里吃饭了！"

景辰看了下时间，轻轻皱眉："可是你中午只有一个半小时的时间，再换地方恐怕来不及了呢。"

林琰琰咬牙，最后还是听了景辰的劝。

林琰琰偷偷张望，确认没有李茗兰的身影，才带着景辰到她选定的川菜餐厅。他们找了一个隐蔽的角落坐下来，直到服务员上菜了，林琰琰才深吸一口气。因为她已经确认李茗兰不在这里了，这个餐厅是安全的。

她与景辰吃饭，闲聊两句，心情逐渐放松，但还是不放过试探景辰的机会。

"景辰，你有参加过同学聚会吗？"

"刚出国前几年，每一年都回国参加的，直到大四那一年，因为特别忙，就没有回来了，断了两年之后，我就再也没有回来了。"

"从大四开始……"林琰琰默默地数了一下，"整整八年你都没有回来参加同学聚会？"

景辰不知道她对他的旧事怎么这么感兴趣，但还是耐心地说："两年前我回国之后，他们有主持一次同学聚会，我去了，也就去了那一次。"

林琰琰稍作迟疑之后，小声问他："景辰，你去参加聚会的时候……有遇见过李茗兰吗？”

景辰愣了。其实不久前沈鹏才告诉他，李茗兰结婚了，又离婚了，如今在A大任教。可他没有去看过，对他来说，李茗兰已经成为过去时了，不论曾经多么深爱，他已经努力放下了。

景辰很坦然地告诉林琰琰：“两年前，她没去，所以我没有碰到她。”

“你会想过，再次碰到她的心情吗？”

景辰无奈地摊手：“琰琰，我们分手已经将近九年了，你觉得我对她还能有什么感觉？”

林琰琰知道自己任性了，赶紧撒娇：“好了，好了，我错了。”

“你啊，你要对我们的感情充满自信才可以啊！”景辰点醒她，然后与她一起开心地吃饭。

经过景辰的开解，林琰琰不那么紧张了。

饭后，他们去买鞋，景辰给她买了一款暖色的，和她今天穿的衣服正好可以搭配。林琰琰高兴得直接穿了新鞋去上班。景辰呵呵笑开来，开车送她回酒店。

两人亲密告别时，林琰琰忽然听到身后有高跟鞋的声音，那声音异常清响，似不安的旋律，惹得她心跳加速。

林琰琰有种不安的预感，而且她察觉到景辰忽然不再关注她了，而是专注地盯着她后面的女人。

林琰琰立即回头看，果然，那个女人正是她最担心遇到的李茗兰。

果然，命中注定的东西，即便她再挡也挡不掉。

李茗兰背着单肩包，也看到景辰了。她停住脚步，把墨镜摘下来，两人隔着不到五米的距离对视。那两道只凝望对方的目光，几乎把林琰琰当作隐形。

林琰琰失落地低下头。

而这时，李茗兰主动朝他们走来了，她自信地微笑着，然后朝景辰伸出手：“景辰，好久不见了！”

景辰牵住林琰琰的手，伸出另一只手与李茗兰握手：“茗兰，好久不见。”

李茗兰的目光放在他们牵着的手上，了然似的说："原来林经理是你的女朋友。"

"是啊，你们认识？"

她似笑非笑地盯着林琰琰："林经理的公司请我的老同学过来做培训，因此我与林经理有几面之缘。"

"原来如此。"原来林琰琰已经知道李茗兰了，所以今天中午她那么紧张，可是她为什么不告诉他呢？

李茗兰与景辰对视片刻，心中各自有一番情感翻滚着，然而却都装作若无其事。

过了一会儿，李茗兰说："我还有事，先走了，就不打扰你们了。"

林琰琰倒没想到她那么洒脱地就走了，因此抬起头来看了她一眼。

李茗兰淡淡地扫了她一眼，之后戴起墨镜，高傲地走到景辰面前，递给他一张名片说："这是我的名片。既然见面了，我们还是朋友，希望有机会合作。"

景辰收下她的名片，笑笑说："好的，谢谢。"

李茗兰还不走，伸出手来："你的呢？"

景辰叹息一声，掏出自己的名片给她："这是我的名片。"

李茗兰收过去了，看了看说："恭喜你啊，已经当上总裁了！"

"托家里的福。"

李茗兰看了林琰琰一眼说："希望以后我们能见见面，约上沈鹏他们一起。"

"希望吧，看情况。"

李茗兰点点头："那么我就不打扰你们了。"她这一次是真的走了，不再回头。

林琰琰暗暗吐了口气。她有点儿气闷，为李茗兰问景辰要名片这件事。

景辰温柔道："怎么了？不太高兴？"

"没呢。"

景辰宠溺地笑笑，轻轻抱住她："我理解你的心情，因为见到李茗兰，今天你才那么紧张的吧？你害怕我见到她？"见林琰琰不答，他又说，"看到你为我吃醋，我很高兴。我答应你，以后不会对不起你。这样，你是否放心一些？"

林琰琰笑了，有些难为情地推了他一下："别说这种话了！"

她看了看手表说："我时间快到了，得上去了！"

"好，下班之后记得给我打电话。"

"嗯。"

两人依依不舍地告别，林琰琰往电梯口跑了。她在电梯里面，惆怅地叹了口气。她总觉得李茗兰不是那么容易甘心的人。

而景辰，在离开酒店后，内心里依然天翻地覆。再度见到李茗兰，他依然有难以言喻的情感。这种情感并不是他还爱着李茗兰，而是他对那段感情还耿耿于怀。

景辰开着车，心里有一股躁意。

这时，手机忽然响了，是个陌生的号码，他拿起来接。

"喂。"那是一个女人的声音，很清脆很愉悦，"景辰，能听得出来我的声音吗？"

景辰皱眉道："茗兰？"

"是啊，咱们能不能见一见？"

景辰来到李茗兰约的咖啡厅。咖啡厅的装潢非常有情调，舒缓高雅的音乐飘扬着，令人很享受。

两人各自点了一杯咖啡。

李茗兰面带微笑，暗含深意地看着景辰，说："我们有九年没见面了吧？"

景辰看了她一眼："是啊。"

"你似乎没怎么变化，依然俊美迷人，恐怕这些年没少引女人竞折腰？"

"你也没怎么变。"

"我变了呢。"李茗兰眼神变得忧郁，"我结过婚，也离过婚了。"

景辰僵硬了。

李茗兰又问他："你呢，今天那个女孩子，是你的第几个女朋友呢？"

景辰坦然说："第二个，她，是我费尽千辛万苦才找到的，以后就是她了！"

李茗兰眸光微闪，完美的表情中似乎有一丝溃败。她低头拿起咖啡杯浅尝了一口，对他道："能问问你喜欢她什么吗？"

景辰摇摇头："没有理由，在对的时间遇到对的人，那就是对的感情了，否则都是有缘无分。"

李茗兰眸光又微微闪烁，说道："你知道前几年我跟谁结的婚，又为什么离婚吗？"

景辰平静地坐着，没有反应。

"就是程家瑞，我大学学长，之前疯狂追过我，你也见过他的。"

"他对你很好，为什么离婚了呢？"景辰虽然表现平静，但还是难掩微微吸了一口气。因为当年李茗兰，除了异地恋的因素之外，就是因为程家瑞才跟他分手的。

他出国后没多久，李茗兰就跟他说大学里有个傻子疯狂地追求她。暑假时他回国，见到了程家瑞，发现程家瑞并没有像李茗兰说的那么差劲。

程家瑞很帅气，很优秀，只是李茗兰很烦他，总是用各种贬低的语言来形容他。

景辰以为李茗兰不喜欢程家瑞，根本没放在心上，没想到几年后，李茗兰与程家瑞恋爱了，要与他分手。

他急得回国问她为什么，她的反应很冷酷，指控他留恋外国生活，而耽误她的青春，她等不起，宁可选择程家瑞。当时程家瑞就站在她身后，对他露出胜利者的表情，这个打击令他痛不欲生。

李茗兰喝了一口咖啡，说道："嫁给程家瑞时，我也以为我在对的时间遇到对的人，但是其实不是，所以，我们离婚了。"

景辰知道李茗兰在否定他和林琰琰的关系，可他不为所动，只说道："茗兰，咱们还是朋友。我对琰琰是认真的，不管她是不是我对的人，至少我现在认定了她。你还年轻，又那么优秀，我相信你的Mr.Right就在前方。"

景辰这句话说得李茗兰很心酸，她一直以为她和景辰还有戏呢。她时不时跟沈鹏打听景辰的近况，知道当年分手后，景辰好长一段时间痛不欲生，性情大变。而她虽然嫁给了程家瑞，但过了两年不愉快的婚姻生活后，她才知道景辰是最合适她的男人。

她听沈鹏说景辰找了个姓林的女朋友，但是后来因为家族原因分手了，她以为景辰还单着，却没想到他和林琰琰在一起了。她以为景辰又找了个女朋友，可如今看来，应该还是同一个。

李茗兰很心酸，可不想表露出来，她低头拿起咖啡杯，以一句很大方的话结尾："希望以后回了A市，我们还能经常见面，但愿林经理是你对的人，祝你们幸福！"

景辰与她敬了一下，浅尝一口。

两人不再聊感情的事了，各自聊了一阵子工作发展，后来景辰看时间差不多了，就告辞了。

「 第十五章 」
那时，他是她心里唯一温暖的东西。

一天经历了那么多事，林琰琰下班之后，浑浑噩噩地回到家。她才刚上楼，就看到林巍巍在隔壁的住户家里搬东西。隔壁的住户不就是陆莘透嘛！

她直接登门问：“林巍巍，你在这里干什么？”

“姐，你回来了，我在帮陆哥搬东西！”

陆哥？他还叫上了？

陆莘透听闻动静从房间里出来，一身汗，似乎也在搬东西。

她皱眉：“陆莘透，你把我弟叫过来做什么？”

陆莘透不屑地“嗤”一声：“真是大惊小怪，都是邻居，叫你弟帮个忙怎么了？”

“你搬家是你的事，你叫上林巍巍时跟我打招呼了吗？”

“姐，陆哥说家里风水不太好，想重新搬弄家具，叫我帮帮忙而已！”林巍巍帮忙解释。

还风水不太好呢，他就是故意的！她对林巍巍说：“你过来！”然后回家。

林巍巍只好屁颠屁颠地跟她回去。

林琰琰关上门说：“以后别跟他联系，你跟他那么亲近做什么？”

就在这时，陆莘透在门口喊：“巍巍，暂时搬到这儿吧，咱们出门吃饭！”

林巍巍痛快地答应：“好的！”

林琰琰简直要吐血了：“你还要跟他出去吃饭？”

“姐，我忙活了半天了，总要拿点儿奖励吧。”其实哪里是去吃饭这么简单，陆莘透说晚上带他去买他最喜欢的游戏套装，有游戏瘾的他立即被收买了。

林巍巍不顾林琰琰的反应，迅速开门溜走了。

“你……你回来！”林琰琰追出去两步，哪里还追得上他，他早下楼了。而陆莘透在门外站着，对她恶劣地笑笑，然后双手插入裤兜里慢悠悠地下去了。

林琰琰真要气死了！

周一上班，景辰的董事会议开得并不怎么顺利。他把上周出差处理的几个项目问题都在会上讲明了，还宣布从这个季度起，将对公司所有高层实行最新修订的考核制度，连续三次不合格将立即降级。

他这句话放出来，无疑是投了一颗重磅炸弹。

何董事不屑地笑道：“新制度并没有通过董事会的签字同意，也可以实行？”

景辰淡淡回应：“抱歉，新制度规定，公司决策并非由董事会投票解决。”

何董事没想到景辰居然来了这么一招，顿时冷脸了：“如果这样，还需要董事会做什么？”

景辰依然温和淡定地道：“新制度实行后，将按严格的流程进行考核，考核合格者将可以参与公司的决策，届时，我们会把决策上报董事会，董事会的作用便在于此。”

景辰已经不掩饰他想架空这些董事的权力的想法了，何董事还想发怒，景辰立即拿南区的案子堵他：“我希望何董事尽快就南区的问题，给我一份报告，否则我将立即执行处罚！”

何董事终于不敢说话了。大伙儿都人心惶惶，谁也不敢轻易当出头鸟。

景辰看没人发表意见了，就宣布散会了。他回到办公室里，疲惫地坐下，望着落地窗失神。他知道他彻底树敌了，将来的路只会更难走。

晚上，景辰约沈鹏、宋嘉诚吃饭。

沈鹏拿着红酒杯走到他身旁坐下，问道：“哥儿们，听李茗兰说，她在B市碰见了你，还与你单独聚了一会儿？”

景辰挑眉：“你跟她还真是熟啊，这么久还保持联系？”

“别介，人家这不也是关心你嘛，而且你跟林琰琰怎么回事，又和好了？”

“我对琰琰是认真的。”

“那李茗兰呢？”

景辰瞧着沈鹏这样，知道沈鹏是希望他和李茗兰复合，而琰琰，经历了他父亲的事情之后，沈鹏是不怎么支持他追求林琰琰的。

景辰微微叹息，喝了一口红酒，问：“大鹏，李茗兰和程家瑞是怎么离婚的？”

沈鹏笑了，贼兮兮地说：“还是对她上心了吧？”

景辰摇头：“我只是为了打开心结。”

“所以你还是不放心她的？”

“我只是有几件事耿耿于怀。”

“好，冲你这句话，我跟你说。”沈鹏说，“李茗兰和程家瑞结婚后没多久，就发现程家瑞有家暴倾向，李茗兰不能容忍，一定要离婚，闹了两年终于离了，程家瑞出于愧疚，净身出户，把公司留给了她。”

景辰很惊讶，也很同情李茗兰，那么自尊自爱的一个女强人，居然受到过家暴，这简直是屈辱。

沈鹏又说；“当年，你在国外，一再拖延她的时间，给她的承诺没有奏效。她不能忍受，所以选择这么一段错误的婚姻，受到这么大的伤害。”

沈鹏这十几年一直与李茗兰来往，他一直觉得景辰和她很可惜。

景辰放下红酒杯，久久不说话。后来沈鹏再说什么，他也没有听进去。

这个聚会一直延续到后半夜，大家才散。

他心不在焉地开车回家，这时，一辆白色轿车忽然驶进快车道，并且要超他的车。这车来得太凶猛，景辰下意识地往右转，给对方让路。白色的车冲了出去，然而后面的车来得太快，“砰”的一声，他整个车身都震荡了，另一辆黑色轿车直接与他追尾。

他赶紧走下来看看，却没想到后面的车忽然动了，不顾一切地撞向他。

景辰赶紧跑开了，转头却发现那辆破损的车居然遮挡了车牌号。与此同时，之前开走的那辆白色轿车也回头了，与破损的黑色轿车双双追逐他。

景辰想躲到自己的车身后，他们直接把他的车撞出了辅道，然后向他追来。

景辰吓坏了，赶紧逃跑，幸好附近有交警闻讯赶来了，那两辆车听到警笛声夺路而逃，他才逃过了一劫。

他坐在路边，心跳个不停，回想起刚才的一幕，他觉得那些人是想要他的命。

交警过来，向景辰询问情况，警察也过来了，把景辰带回去做笔录。

沈鹏与宋嘉诚收到消息赶过来。他们一到就问景辰："怎么回事，怎么会出这么大的事故？"

景辰非常疲惫，摇摇头。

沈鹏小声问他："你喝多酒了？"

景辰摇头。

"那就是有人故意撞你？"宋嘉诚皱眉，"我觉得可能是你实行的那个方案得罪人了，你近期出行，尽量不要一个人。"

景辰苦笑："等警察的调查结果出来再说吧。"但是心里隐隐有了一些猜测。

景辰回去睡了一个早上，才去公司。他叫秘书把何董事叫到他的办公室来。

何董事来时还是吊儿郎当的，完全不把他放在眼里："哎呀，总裁的办公室，一个董事长代理的身份，如今还叫我这个董事来听训，行啊，景辰侄儿真能耐！"他坐到沙发上，跷起二郎腿。

景辰也不在意，说道："关于南区的问题，何董事不打算给我一个交代吗？"

何董事掏掏耳朵："交代什么，景辰侄儿不是不需要董事会的意见吗？"

"昨天深夜三点钟左右，我在三环差点儿出车祸。这是一起歹徒故意引发的车祸，事故过程已经交由警方调查了！"

"哦，然后呢？你还真是福大命大。"

"我想那个人心里很清楚，自己做错了事。看在多年的情分上我并不想追究，但我希望那个人可以收手。"

何董事古怪地笑了，挑眉："景辰侄儿这是怀疑我？"

景辰没说话，只是定定地看着他。

何董事忽然站起来，指着景辰咬牙切齿地骂："你算什么东西，你有什么资格来教训我？"

"何董事，请注意你的身份，这里是公司！"景辰皱眉警告他，语气变得冷硬。

何董事根本不管，依然指着他大骂："你以为你真的是太子吗？做梦吧，你不过是董事长捡回来的无父无母的东西，给我擦皮鞋都不配！"

"何董事，你这是污蔑！"

"我污蔑？哈哈哈哈……不信你回去问问景万山，看你是不是他和夫人生的种！"

景辰心脏剧烈跳动，无数负面情绪挤压在心头。

他冷着脸指着大门说："你出去！"

何董事暴怒："你以为我想来你办公室！"说完，便愤怒地走出去，摔上门。

景辰无力地坐回椅子上，他心里慌慌的，对未知充满了恐惧。他心神不宁，于是走出去，跟守在外头的秘书说："我出去一趟，有事你打电话通知我。"

"是。"

景辰一路驱车回家，正赶上家里吃晚饭。

景夫人很高兴，说："辰儿回来了？"

景辰点头笑笑，又对景万山说："爸，您身体好一些了吗？"

景万山说："好多了。"可也没有多余的表示了。

吃过晚饭，景万山就回房间休息了，而景夫人到房间里陪景辰。

母亲看出儿子有心事，就问他："怎么了？"

景辰把那小孩儿的金手镯拿出来："妈，你当初让景逸把这东西交给我，是什么意思？"

景夫人看到这个手镯，怔了一下，神情有点儿恍惚："没什么事，是你小时候用的东西，让你收藏着。"

"妈，这东西是不是我的一件信物，否则你怎么单独挑它出来让我保管呢？"

景夫人开始揣测景辰是不是知道了什么。她问："你有什么心事吗？"

景辰犹豫了许久，才说：“妈，我有一件事想问您，也许对您来说很冒昧，但对我很重要，希望您能如实告诉我……我是您和爸爸的儿子吗？”

景夫人惊呆了，她反手抓住他的手说：“景辰，是谁告诉你的？”

“妈，何董事跟我说的。我只想要一个答案，妈，我是您和爸爸的儿子吗？”

就在景夫人迟疑的时候，景万山不知何时出现，说了一句：“你确实不是我的儿子。”

景万山一步步走向景辰，表情很严肃。

景辰被他的话打击到了，踉跄着后退两步，感觉所有信念都崩塌了。他看向他们：“那我是谁呢？为什么这么多年你们不告诉我？”

景夫人看了自己的丈夫一眼，景万山道：“告诉他吧，是时候让他知道自己的身世了。”

景夫人很为难，但在景辰恳切的目光中，还是慢慢说出了景辰的身世。

三十几年前，景夫人刚与景万山结婚不久，景万山就接手了景辉集团董事长的职位，和景辰一样，很有野心地开始改革公司的管理制度。景万山计划了很多年，还是低估了董事会的阻力。董事会联合起来抵抗他的方案，公司的各大项目因此都出现了问题，景辉集团甚至面临破产的危险。景万山被董事会指责成了罪人，连家人也不支持他。在走投无路之下，他只能求助自己的朋友徐梓明。

徐梓明是景夫人的堂姐夫，景夫人叶倩茜有一位堂姐叫叶倩芸，大学时期便跟爱人徐梓明私奔了。徐梓明是经管高才生，大学时便被金融大鳄邢老板相中，一毕业便进入邢老板的公司工作，很得邢老板器重。

景夫人介绍景万山与徐梓明认识，两个男人因为对商业整治的见解相同，成了无话不谈的朋友。景万山走投无路之时，求助徐梓明，希望通过他牵线邢老板，让邢老板投资景辉集团的项目，拯救颓势。

徐梓明劝说景万山，邢老板为人手段狠辣，与他合作无异于与虎谋皮。可是景万山已经走投无路了，哪怕是只吃人不吐骨头的老虎，他也得冒险一试。

在景万山的恳求下，徐梓明说服了邢老板投资景辉集团。双方合作的第一个项目启动之初，叶倩芸生下第一个小孩儿，两家人都很高兴，认为这是双喜临门。然而没多久，这个项目就出现问题了，并且不断恶化。

原来邢老板并非有意与景万山合作，只是想趁景辉集团危亡之际套牢它，让它成为他的囊中之物。徐梓明当初的忧虑成真了!

景万山开始埋怨徐梓明，认为是徐梓明陷害他，关系亲如兄弟的两人吵了一架，因此产生了嫌隙。

徐梓明为了挽回情谊，承诺景万山一定把这个项目扶持起来。景万山也说如果徐梓明做得到，他就信徐梓明没有背叛他。

徐梓明是高才生，又跟邢老板打交道多年，他找到方法一一化解了邢老板的陷阱，让景辉集团逃脱一劫，却因此得罪了邢老板，不得已离开了公司。

可徐梓明与景万山的关系并没有得到多大的改善，没多久，徐梓明携妻儿告辞，打算换个地方重新开始。可就在那天半夜，徐梓明夫妇发生车祸，徐梓明当场死亡，而凶手多年都未找到。

景夫人第二天中午接到通知，而景万山早上已经飞往外地出差去了。景夫人赶到医院看望堂姐。堂姐叶倩芸临终之前把孩子托付给了她，堂姐去世后，景夫人把不到两岁的徐翌晨抱回家。

景万山收到消息，赶了回来，看到了徐翌晨，他愣住了。

景夫人坚决地说："我想收养晨儿，他的父母多半是因你而死的，这个孩子太可怜了！"

景万山默默走过来抱起孩子，说："好。"

他们给孩子改了名字，叫作景辰，希望通过改名，忘掉那场悲惨的车祸。

说完故事后，景夫人拉住景辰的手："孩子，事情已经过去了，我们一直当你是我们的亲生儿子啊，你不要太伤心！"

景万山走过来抱住景辰，异常郑重地说："虽然我们没有血缘关系，但你就是我景万山的儿子！"

景辰为这个拥抱和这番话，掉了眼泪。

当晚，景辰在家里住下，第二天他陪母亲送爸爸到医院检查时，问母亲："妈，我能知道我亲生父母葬在哪儿吗？我想去看看他们。"

景夫人叹息一声，把墓地地址告诉了他。

景辰立即跑去北山的墓地探望父母。

在那里，景辰碰见了一位神秘的西装革履的中年男子，他身后还站着两名下属。

景辰迟疑了一下，最终走上去。中年人看到景辰过来，与他对视了一眼，问："年轻人，你是谁？"

"我……是他们的儿子。"他说完，蹲下来把花放到父母墓碑前。

"你是徐翌晨？"中年男人似乎很惊讶。

景辰点头说："是的，你是？"

中年男人上上下下把景辰打量了一番，连连感慨："真像啊，的确有几分徐大哥和嫂子的模样，我早该想到……他们还有个儿子，尚留在人间……"

他喃喃说完之后，微笑着与景辰握手说："我姓邢，如果你不介意的话可以叫我邢叔，我是你爸爸的朋友。"

姓邢？景辰皱眉，难道他与邢老板有什么关系吗？

他礼貌地与邢先生握手："邢先生您好！"

邢先生目光复杂地看着景辰："如今，你应该叫景辰了吧？"

"是的，我的养父姓景。"

邢先生扫视整片北山，目光忧郁地感慨："我已经很多年没回A市了，这段时间才得空来北山看看，这里埋葬着我的两位老朋友……"

景辰问他："你和我父母认识？"

"认识，你的父亲一直指引着我。"

景辰皱眉，把邢先生打量了一番，才发现他明显比景万山年轻一些，很有可能不是邢老板，但他依然觉得两者之间有所关联。

景辰说："你认识我父亲生前的老板，邢阁先生吗？"

邢先生笑笑："邢阁是我的父亲。"

景辰惊讶，但又了然。

“邢阁先生……他还好吗？”

“我父亲……前几年已经去世了。”

景辰吃惊。

“早年你父亲……徐大哥到我父亲手底下做事，那会儿我成绩很差，父亲就让徐大哥到我家里给我指导功课。我顺利考上大学，毕业后，进入父亲的公司学习，那会儿也是徐大哥带我的，我对他很崇敬，可是没想到……”

邢先生望着景辰，隐瞒了当年的恩怨纠葛。他拍了拍景辰的肩膀：“徐大哥和嫂子出车祸后，你被景氏夫妇带走。景氏夫妇把你看得很严，我再也见不到你，没过多久，我举家迁往北京，更不可能碰面了，否则以我与徐大哥的关系，我一定把你抚养长大。”

景辰感激他的这份心思，但他不认为父亲与邢家的关系能很好，甚至怀疑车祸与邢阁的报复有关。可那场车祸已经隔了三十年了，他想查也无从下手。

景辰虽然不说话，但邢先生却想亲近他，就说：“翌晨侄儿，待会儿下山与叔叔吃个晚饭，聊会儿可以吗？”

景辰拒绝：“不了，晚上我回去还有事，就不打扰邢先生了。”

邢先生看出他态度坚决，就把名片递给景辰，说：“这是我的名片，叔叔近段时间都住在A市，也许有机会我们可以聊聊。”

景辰稍微有点儿迟疑，但还是收下了。他蹲下来整理父母坟前的杂草，不再理会中年男人。邢先生见景辰没心思理他了，失落地告辞离去。

景辰把那张名片拿出来看看，发现邢家现在已经是国内排得上两百强的房地产集团了。

景辰坐在北山，陪父母到傍晚才回去。他下山时，偶然看到一座坟墓前放着一束精美的蓝玫瑰，觉得十分新奇。他多看了两眼，却发现那束蓝玫瑰与邢先生送给他父母的两束花的包装款式一模一样，而墓主人的名字是——关悦薇。

景辰周五到B市找林琰琰，这周发生的事他有太多想对林琰琰诉说。他到B市时已经很晚，林琰琰出门陪他吃饭。

两人甜蜜蜜地吃过晚饭后，景辰看了看时间说：“琰琰，陪我去看场电影吧，我还不想这么快回酒店。”

林琰琰点头答应了。

两人一起看了场电影。

电影其实挺无聊的，可有景辰在旁边，林琰琰怎么着都觉得幸福。

电影院里没什么人，他抬起她的下巴，亲了一下。

见她笑了，他便放肆地亲吻起来。

这就是爱情了，情到浓时，怎么都不会厌倦，只想拥有更多。

电影结束了，景辰抱着林琰琰微喘：“琰琰，跟我回酒店吧，今晚别回去了。”

林琰琰满脸通红。景辰没有等到她的答案，只能恋恋不舍地松开她，叹息道：“我送你回去吧。”

见景辰有些失望，林琰琰迟疑了好一会儿，最后说：“要不，我……我去你的酒店待一会儿吧，待会儿……再回家！”

景辰颇为意外，笑了笑：“好啊，那上车吧，待会儿我再送你回去！”

在酒店，林琰琰陪着景辰聊了很多，比如自己工作升职了，陆莘透成了自己的邻居，自己最近在帮林巍巍找学校等等，说着说着，她就睡着了。

第二天早上，她醒来时，景辰已经醒来了。

林琰琰想到昨天晚上自己霸占了景辰的床，立即拿被子蒙住脸。

景辰轻轻一笑：“你害羞什么？”

林琰琰不说话，景辰却哈哈大笑，不再戏弄她。

林琰琰拿起自己的手机看了看，发现林巍巍昨晚给她打了三个电话，可惜她睡着了，都没接上。她翻了一下短信，发现她居然回了一句：“今晚和你姐夫过，就不回去了。”

林琰琰蒙了，下一刻便问景辰：“昨天晚上是你回复了巍巍的短信吗？”

景辰狡猾地笑了笑：“是啊，他一直找你，而你又睡着了，我怕他担心，就回他了。”

林琰琰不太喜欢别人动她的手机，而且她还没有当着林巍巍的面介绍过景辰是他姐夫。

景辰看出她有点儿苦恼了，把头抵到她的肩膀上问：“琰，生气了？”

“我……”林琰琰抬头，刚想说什么，景辰就吻上了她的唇。

林琰琰被吻得迷迷糊糊的，他的吻像美酒一样，一沾上就让她丧失自我。可这时，她的手机响了。

她推了景辰一下，景辰叹息一声，放开了她。她接起来，那头儿，林巍巍着急地说：“姐，你在哪儿？我肚子痛，你快回来吧！”

“肚子痛？你怎么了？”林琰琰皱眉。

“你不在家，我乱吃东西吃坏肚子了！”

“你等等，我马上赶回去！”她说完，转头对景辰说，“景辰，送我回家吧，林巍巍生病了。”

景辰点点头，两人立刻动身了。可两人回到家以后，却发现林巍巍在打游戏。

林琰琰冷着脸问他：“你哪儿痛了？”

林巍巍嘟着嘴抱怨：“姐，你怎么现在才回来，我昨晚要真的等你，我早死在家里了！”

“那你怎么没死呀？你存心骗我是不是？”林琰琰很激动，被景辰拦住了。

林巍巍也生气了，说：“死不了啊，陆哥给我买了药。要是没有陆哥，我得出大事。”

林琰琰要气晕了！这时，陆莘透忽然从卫生间里出来了。

林巍巍一看到，就指着他说：“姐，陆哥来了，快谢谢人家！”

林琰琰几乎以一种愤恨的眼神看着陆莘透，质问他：“陆莘透，你什么时候来我家的？你来我家可以，但你为什么要教坏我弟弟，让他玩游戏？”

陆莘透冷笑：“你与景辰共度良宵，还有心思管我和林巍巍怎么样？”

林琰琰震住了，问：“你什么意思？”

“我什么意思需要我说得很明白吗？”

陆莘透是今天早上赶来B市的，联络林巍巍时，林巍巍说自己不舒服，还说林琰琰昨天晚上一整晚都没有回来，和未来的姐夫在一起。他不能忍受，给林巍巍带了药后，立即鼓动林巍巍给她打电话，叫她赶快回来。

景辰走到林琰琰前面，对陆莘透说："陆总，赢就赢得起，输也要输得漂亮，你是一个成功的男人，如果把责任怪罪到女人头上，就太不应该了。"

"景总，你现在是胜利者，你当然可以说得大方！"他把林琰琰从景辰身后拉出来，"如果她现在选择的是我，你还能冠冕堂皇地说出这番话吗？"

林琰琰拧着他的手大喊："陆莘透你干吗，放开我！"

景辰冷声道："陆总，你快放开她，你弄疼她了！"

陆莘透大声道："我弄疼她？但她可有想过她伤害到了我吗？你们可有想过我的感受？"

"啪！"林琰琰气得狠狠甩了陆莘透一巴掌。

"发疯发够了吗？我和景辰谈恋爱是我的自由，难道我们怎么样还要向你交代吗？"林琰琰流着泪对他大喊，"八年前，我跪在你家门口的时候，你可有想过我的心情？如今你痛了难受了，却要来怪我了，你凭什么？"

陆莘透眼眶泛红，眼里忽然溢出泪水，这大概是他第一次当着外人的面流泪。

他被骂醒了，松开手咬牙切齿道："好，就冲你这句狠话，将来我也让你尝尝今天的滋味！你别把你和景辰的爱情想得太美好了，他不适合你，全世界恐怕只有我最适合你，因为我们是同一类人！"

他放出狠话，扭头走了。而林琰琰的心情久久不能平静，她甚至恍惚了。

景辰抱住她说："没事了，琰琰，没事了。"

晚上，景辰陪着林琰琰，搂着她时，忽然说："琰琰，我想听听你和陆莘透的过去，能跟我说说吗？"

林琰琰神情恍惚："我和他是在一个同学的生日宴会上认识的……"

那时同学间很流行生日Party，她就是在同学的生日舞会上认识的陆莘透。当时陆莘透一个人站在角落里，独自饮酒，安静而忧郁，显得那么独特，像是只活在自己世界里的王子。

那时候，林琰琰的爱情观很简单很美好，她觉得喜欢一个男生，就要大胆主动地追求。

于是，她向张宵打听他的身份。她追求男生的方式也很简单，无非就是送情书、送早餐，约会看电影，或者他打球到现场卖力地加油。唯一不同的，就是她比其他女生更有一颗真诚热忱的心。

许多女生追男生时如果对方一直不理会自己，大概就会退缩了。可林琰琰在那三年里孜孜不倦地追求着陆莘透，甚至，他用过的东西，她都千方百计买和他一样的。可即便她这样，他对她的态度依旧不冷不热。

在她追求他的第三年，冯清母女出现了，将她家闹得天翻地覆。

林琰琰的母亲关悦薇是一个软弱的女人，她被冯清折腾得死去活来时，整天对林琰琰哭哭啼啼。为了保护自己的母亲，林琰琰与冯清母女俩对抗。可不久后，林子说突然转到她学校，因为林子说，很多同学都知道了她家里的事，开始不屑与她来往。

关悦薇？这个名字不是上次他在墓地见到的蓝玫瑰的主人吗？景辰想开口确定，但看见林琰琰忧伤的表情，到嘴边的话又收了回来。

林琰琰继续说着她的往事。

高三那年，她在家里举行生日Party，整个场景显得很冷清。她虽然失落，但并没有绝望，因为陆莘透往年都会来，她相信陆莘透今年一定也会来。

那时，陆莘透是她心里唯一温暖的东西。她坐在门口等，看到陆莘透的私家车来了，立刻跑上前迎接。可她怎么也没有想到，陆莘透带来了林子说，还当着她的面介绍："你好，这是我的女朋友林子说。"

这句话，犹如一盆冷水，泼得林琰琰所有的信心都毁灭了。她当即质问陆莘透怎么会选择林子说做他的女朋友。

陆莘透说，他对林子说一见钟情，觉得林子说就是他这辈子要找的女人。

林琰琰又问，那么她这将近三年来对他的苦苦追求，他难道没有一点儿心动吗？

陆莘透当时对她说了一句令她印象非常深刻的话。他说："我和子说恋爱是我的自由，难道我们怎么样还要向你交代吗？你算什么？"

生日那晚，林琰琰哭得肝肠寸断。但是，他们之间真正爆发矛盾，是在冯清逼死了她母亲的时候，那时，她在学校与林子说发生争执，不小心把林子说推下了楼梯。

当时陆莘透抱林子说去医院，临走时看她的那个眼神，她恐怕几辈子都不会忘记。

她为自己的失手而深深愧疚。

她到医院探望林子说，但林子说已经被陆莘透转移到私人医院去了。她又去陆莘透家里找他解释，可是陆莘透避而不见。

那天晚上下着大雨，她为了见他，跪在门口，可是他不仅不出门，还在二楼的落地窗前陪着林子说，冷漠地看着她。她在他家门口守了一夜，即使第二天感冒发烧也没走。她等到他准备开车送林子说去医院时，拦住了车。

林琰琰浑身湿透，嘴唇冻得发紫，而陆莘透看到她时，连车都懒得下，冷漠地问："你还有什么事？"

"你能给我一次解释的机会吗？我希望你不要误会我，不要……"

"不能！"陆莘透冷淡地拒绝，"之前我说得还不够清楚吗？你有完没完？"

陆莘透粗暴地掰开她的手，然后把车开走了。

林琰琰对这份感情绝望了。后来，她忙着母亲的后事，与父亲林行远决裂，然后带着林巍巍，离开A市去读大学。大学毕业，她也没有回A市工作，直到林巍巍因为户口的问题必须回原户籍地高考，她才回了A市。

在这漫长的八年时光里，林琰琰觉得她基本上都在黑暗中度过，直到她遇到了景辰。

再后面的事，景辰都知道了。

景辰更紧地拥抱住她："都过去了，琰，我以后不会伤害你。"

林琰琰流着眼泪，钻到他怀里说："我相信你。"

「 第十六章 」
不管你是什么样的身世，我对你的爱都不会改变。

景辰待了两天，又回A市了。林琰琰刚刚送走他，就想他了。

她恍恍惚惚地走回家，丝毫没注意到陆莘透坐在车里远远地望着她。

陆莘透表情很忧郁，有点儿恨，又有点儿无可奈何。

这两天，他把所有的事情想了一遍，发觉林琰琰那天对他说的话，正是他很多年前，拉着林子说的手对她说过的。

她当初的痛正如他今日的痛，只是他当时没有察觉。

那年，她就悄无声息地离开了A市，消失了八年。

八年的时间很容易让人淡化许多感情，可他却偏偏清楚地记得她。他记得她追求他时，傻乎乎的样子，记得她决定离开时，冷漠决绝的表情。他觉得他不爱她，可有一天，张宵跟他说，她回来了。

他很惊讶，他沉寂已久的心，居然因她的归来而兴奋了。

也许他早已经爱上她了，只是他不敢承认。

陆莘透取出一根烟点上，吞云吐雾。他看着林琰琰越走越远的身影，把车启动，绝尘而去。

景辰终于决定罢免何董事的职位，他要杀鸡儆猴给其他董事看，证明他是下定决心想要整顿公司的，可他没想到这招来了极大的祸患。

那天，景辰开车去公司上班，看到公司门口聚集了一群记者。他颇为奇怪，把车开进停车场，想着上楼问问秘书。他才下车按了电梯，忽然一名女记者走过来问：“您好，请问你是景辰先生吗？”

“你们是？”

然后，不知道谁喊了一句：“啊，他就是景辰！”

接着，那些记者朝景辰跑来，把他团团围住。他们争着抢着把话筒往景辰面前挤，相机也“咔嚓咔嚓”地闪，闪得景辰睁不开眼。

景辰听到他们问他是不是景万山的亲儿子、是不是执行改革不计后果等等时，心情沉了下来。他压抑着不悦，说：“对不起，你们问的问题我不太清楚，没法回答！”

电梯门开了，景辰赶紧挤进去。他上到自己的办公室，叫来秘书，问：“为什么会有这么多记者守在公司门口？”

秘书说：“景总，今天早上财经新闻网忽然出了一则关于您的消息，我们也才刚刚看到，正想着通知您，没想到记者就来了……”

景辰立即打开电脑，随手一搜便是他的新闻。不知道是谁，把他的身世了解得这么清楚，甚至把他小时候和亲生父母的合照都贴出来了。还说他近期在公司实行改革，逼走一批贡献极大的老臣，简直是狐假虎威、小人得志等等。

景辰看完新闻之后，顾不上自己的私人情绪，马上看景辉集团的股票，股票果然下跌了。

景辰揉揉太阳穴，如今，他还没有对策应付这一大变化。

这时电话响了，是何董事打来的，他接起来。

何董事说：“满不满意我送给你的礼物？”

景辰沉声道：“是你做的？”

“怎么样？”何董事得意地回应，“你不是想搞垮我吗？也不看看你的身份！”

景辰直接挂了电话。

他走到落地窗前，看着偌大的城市，第一次质疑自己能不能继续走下去。

这几天，媒体在楼下围堵得很厉害，为了不影响员工的正常上班，景辰都没去公司了。

他休息的这几天，沈鹏和宋嘉诚都来找他聊过。母亲、景心和景逸来探望过他一次，甚至连李茗兰也帮他出过主意，让他拜托景万山出面解释一下，可景万山却对他不闻不问。景辰很受伤，但他善意地理解为父亲想让他自己处理好此事。

周五，景辰收拾衣服，打算去B市住两天。事发的这几天，林琰琰没有给他打电话，她发短信跟他说，她即将随公司员工进山做团队训练，要隔离三天，等周五下午出来了再给他打电话。他理解她，也没跟她说自己发生的事。只是到了周五，他真的很想她。

忽然，他的电话响了，是秘书打来的。

他接上电话，秘书慌慌张张地说："景总，各分公司的股东以及一些股东代表忽然汇聚公司楼下，说要见您，媒体也跟着进来了，并且大肆报道，场面已经失控，张总说让我通知您……"

"我知道了，我马上到公司！"

景辰换了一身衣服下楼，开车去公司。在秘书和保安的帮助下，他躲过媒体，进入大楼。他问来迎接他的张总："来了多少人？"

张总略数了数："大约有两百人，都是小股东代表，还有一些比较重要的客户代表。"

景辰皱眉，径直上楼去大会议室。他还没进门就已经听到会议室里嘈杂的声音了，可见民怨有多大。但他自己做的事情，不论多坏的结果都要自己承担。

他一进去，大家霎时情绪高涨，恨不得冲上来找他讨说法。

景辰示意他们安静："大家请少安毋躁，你们有什么想法可以对我说，但请一个个来……"

"放屁，你就是个斯文败类，拿着我们的钱不做正事，弄什么改革，如今把公司搞得乌烟瘴气，你怎么跟我们交代？"一个散户股东激动地指着景辰大骂。

他一喊，其他人也跟着激动："对，你怎么跟我们交代！"

"你不是景万山的亲儿子，凭什么坐上董事长的位置，你改革只是为了排除异己吧！”

谩骂之声不绝于耳。景辰想解释，有人却向他扔水瓶喊：“下台，景辉集团不需要你这样的负责人！”

“对，下台！下台！”

下台之声不绝于耳，眼见场面失控，张总赶紧动用保安过来压制场面，把景辰请了出去。景辰很头疼，他实在没办法跟这些股东说清楚，他们对管理一窍不通，只关心自己的股票。同时，他也很失落。原来，他的管理这么失败。

郊区，云龙山上的富人别墅。

景万山在别墅的高尔夫球场上打高尔夫。自景辰新闻事发第一天，他便来此度假了。他的夫人偶尔过来陪他，给他带来一些消息，他只说：“如果这件小事他都做不好，将来怎么能堪大任？”

“当年你遇到类似的问题都求助于邢阁，如今你竟然让他自己解决？你根本就是利用他！”景夫人气得走了，从此，不再过来探望景万山。

周五的天气不错，景万山沿着海滩散步，听他的秘书汇报公司动态。

走着走着，景万山忽然看到沙滩尽头有一个戴着墨镜，穿着干练的女人。

那个女人摘下墨镜，走过来，对他打招呼：“景董事长您好，您还记得我吗？”

“李茗兰？”景万山皱眉。

李茗兰笑容越加灿烂了，伸出手道：“是啊，景伯伯，好久不见了！”

景万山愣愣地与她握手，目光却质疑地看着她，她忽然出现在这里是要干什么？

景辰刚休息了一会儿，外面几十号媒体人就强行冲了进来。

“景先生，您对今日股东上门诉求有什么说法？”

“景先生，您是否认为您的管理方案存在问题？”

无数的问题纷至沓来，景辰没法一一回答，他又走到会议室，看着台下众多股东和媒体记者，想了想叹了口气，说：“我向各位媒体人公开说明，我的确不是景万山的亲儿子，是养子……徐梓明夫妇才是我的亲生父母。”

现场的摄像机“咔嚓咔嚓”得更激烈了。

景辰继续向大家解释："关于景辉集团内部的改革，这场改革不是冲动之举，而是迫在眉睫的自救举动。"

景辰把集团家族管理的弊病提出来，然后再对自己的改革思路做了介绍。这些都是挺机密的东西，但为了让众人理解他，他不得不把一些机密的东西说出来。

景辰苦口婆心的一席话之后，小股东的情绪比之前平静多了，然而，媒体却沸腾了。有人犀利地提问："那景先生在做管理改革时，有没有想过你的弟弟景逸才是正统继承人？万一将来他继承了董事长之位，你的管理方案是否还可以继续执行？"

还有人问："从你的身世被曝光到景辉集团股票大跌，景万山董事长至今未露面发表支持你的言论，我们是否可以理解为这件事景万山董事长并不承认呢？"

现场顿时炸开了锅，景辰也被逼得走投无路了。这样的问题，他怎么回答？

这时，会议室的门口忽然有人喊道："我同意我儿子的观点，他的管理思路非常正确！"

全场所有人看向会议室大门口，那是西装革履、一身正气的景万山。

众媒体一下子转移了焦点，纷纷跑到门口，对景万山拍个不停。

"景董事长，虽说您支持您的儿子，但对景辉集团的现状，您有什么看法？"

景万山对众人说："每一次改革都会遭遇质疑，有质疑才有进步，我儿子为这个计划准备了十一年了，我相信他能做好，也请大家给他多一点儿时间！"

小股东们因为景万山力挺景辰，躁动的心终于安定了。

会议在下午三点钟前结束了，会议结束前没有人再针对景辰，也没有记者咄咄逼人地发问了。等众人都走了，景辰悄悄问父亲："爸，你怎么过来了？"

景万山说："我应该支持你的，是我之前想得狭隘了。"

他笑了一下，又说："你大概没想到是谁开导了我吧。"

景辰迷惑。景万山说："是茗兰，她今天早上跑到云龙山海滩找到我聊了一会儿，我觉得她说得对，我的确要改变一下自己的想法。如果爸爸之前哪里做错了，惹你伤心了，爸爸给你道个歉。"

"爸……您无须道歉，之前我也惹您生气了，不过您能来，我真的非常谢谢您！”

“你应该感谢茗兰。”

两人正说着，一直在会议室外的李茗兰走了进来，她笑道：“景伯伯，会议是不是很成功？我见嘉宾走的时候，表情都挺好的。”

景万山笑呵呵地说：“解决了。你们好好聊吧，景辰，记得好好感谢人家。我还有事，得上办公室一趟，就先告辞了！”

“好的，爸，那过后我再向您汇报工作！”

景万山点头，走了。

景辰说：“茗兰，谢谢你，把我爸请过来，帮了我这么大的忙。”

李茗兰轻松地说：“举手之劳，景伯伯也是念旧情，才会稍微听我的劝。”

景辰想了一下：“但你的确是帮了我很大的忙，你以后有什么需要，跟我说一声，能帮上忙的我一定帮！”

李茗兰耸了耸肩：“好吧，那我记住你的人情了，万一将来真有什么事找你也说不定。”

景辰笑笑，又说：“你先回去吧，晚上我请你吃个饭，叫上沈鹏、嘉诚等人，我想，他们应该也很想知道这些。”

李茗兰点点头，先回去了。

景辰上楼向父亲简单地汇报了一下工作情况，景万山也不多问，就准备回去了。景辰送他时，景万山说：“这件事辛苦你了，改革的工作还要做，爸爸支持你！”

景辰点头，说：“爸，您放心吧，我一定不会让您失望的！”

景万山上车离去了。他坐在加长的商务轿车上，双眼迷离。秘书问他：“董事长，咱们真的可以放心让大少爷去做吗？”

景万山叹息：“没办法，我都是为了景逸。”

景辰忙了一天，晚上七点多钟才赶到饭店，而沈鹏、宋嘉诚、李茗兰早已经在包间里等候了。景辰一进去，沈鹏立刻调侃：“大忙人可算来了！”

“对不起，今天太忙了！”

宋嘉诚笑说：“今天我看到新闻了，会议很成功。”

景辰忍不住看了李茗兰一眼，说：“多亏了茗兰，是她帮了我。”

李茗兰眨眨眼道：“谢啥，都是朋友，不用客气。”

服务员上了第一道菜，宋嘉诚已经很饿了，就说：“先吃饭吧，慢慢聊。”

大伙儿吃着饭，聊聊今天的会议，又聊聊高中的话题。而沈鹏这个大嘴巴一直说着景辰和李茗兰交往的趣事儿。

宋嘉诚踢了沈鹏一脚：“你醉了吧，醉了赶紧趴着，真啰唆！”

沈鹏确实有点儿醉了，他大着舌头说：“人……人家聊得正欢呢，你懂什么！”

他们斗嘴的时候，景辰手机响了。

景辰一看是林琰琰打来的，心里挺惊喜的，立即说：“抱歉，琰琰打来电话了，我去接一下！”

景辰到外面安静的地方接电话。

林琰琰声音传来：“辰，为什么这么久才接电话呢？”

景辰看了一眼手表，故作埋怨：“还说我，亲爱的，离你所谓的下午给我打电话的时间可过去几个小时了，你不守信用，我要罚你！”

林琰琰咯咯地笑：“不用了，我打算给你个惊喜，你猜猜……我现在在哪里？”

“你在哪里？”

“在你新家楼下呢！”

景辰震惊了：“你在我家楼下？”

“是啊，我找了好久呢！今天培训结束，领导当场宣布我升职了，我好高兴啊，想和你一起庆祝！”

“恭喜啊，琰，但是我现在在外面，和宋嘉诚、沈鹏一起……”景辰刻意省略掉了李茗兰。

“你是在沈鹏的泰国餐厅吃饭吗？”

“是啊。”

“离这儿也不远，辰，我还没吃饭呢，我直接过去找你们吧！”

“不用了吧，我们吃得差不多了，你再过来也只是剩菜了，我们等会儿，另外吃夜宵。”

“没关系的，让沈鹏随便再上两道菜就可以了。”

景辰皱眉，觉得挺难办的。

林琰琰见他沉默，就问：“怎么，辰，你似乎不希望我过去？”

“没有……好吧，那我过去接你。”

“嗯。”林琰琰满意地笑了。

挂了电话之后，景辰告诉宋嘉诚等人：“琰琰过来了，就在我家楼下，她要过来吃饭，我去接一下她。大鹏，你让厨师再上两道菜吧，她爱吃你家的咖喱蟹！”

景辰出去了，三个人顿时沉默了。沈鹏叹息一声，晃晃悠悠地走出去点菜，就剩宋嘉诚和李茗兰。

宋嘉诚叹息：“茗兰，咱们是多年的同学了，我希望你别再惦记过去的事情了。”

“如果当年我没有犯傻，今天也不会这么后悔！”李茗兰不甘地说，“我和景辰不该就这么结束！”

林琰琰在景辰家楼下等他。

半小时后，景辰赶过来了，她热情地给了他一个拥抱，圈着他的脖子，主动要吻他，他却躲了一下。

他温柔地对她说：“琰，我有一件事想要告诉你。”

“嗯，什么？”

“待会儿我带你去吃饭，李茗兰也在那儿。”

林琰琰的脸立即冷下来了。景辰见状，连忙解释：“她今天帮了我的大忙，我本来应该单独请她吃饭酬谢一下的，为了避免你误会，就拉上了沈鹏和宋嘉诚。我跟她没什么的。”

“既然没什么你为何刚才不告诉我呢？”她想如果她今天没有来，景辰是不是根本不会跟她说这件事。

景辰温柔地哄她：“琰，我错了，别生气。我先带你去吃饭，有什么事咱们今晚回去再说。”

林琰琰隐忍了一下脾气，说：“好吧，你先带我去吃饭。”

两人到了餐厅，李茗兰看到他们进来后，笑着说：“林小姐来了。”

林琰琰看见李茗兰，也客气地打招呼：“李小姐您好！”

李茗兰热情地指着旁边的位置说：“坐吧，坐吧，一路劳顿奔波辛苦了。”

林琰琰点点头，拉着景辰坐下了。

这时服务员正好来上菜，三道热乎乎的菜，都是林琰琰爱吃的。

沈鹏招呼说：“菜上来了，趁热吃吧！”然后瘫软在椅子上。

他的脸红红的，大概真的醉了。坐了一会儿，他双眼迷离地看向林琰琰，才记得打招呼：“林小姐您好啊，好久不见了。”

“沈鹏您好，好久不见。”

沈鹏“嗯哼”一声，又说：“林小姐今天才联系景辰，是打算给他一个惊喜？”

“是啊，今天难得有高兴的事。”

“什么高兴的事？”宋嘉诚惊讶。

“我升职了。”林琰琰笑呵呵地说。

“哦，恭喜啊，那林小姐这事，与我们景辰的事合在一起就是双喜临门了。”

“双喜临门？”林琰琰疑惑。

沈鹏说：“你不知道景辰发生了什么？”

林琰琰摇摇头，不解地看向景辰。

沈鹏忽然不屑地笑了。

景辰皱眉嗔斥：“大鹏，你喝醉了，少说些话吧！”

沈鹏不依不饶：“我没醉！这几天你发生了这么大的事，你女朋友居然不知道，这像话吗？”

“大鹏！”景辰声音更严厉了。

沈鹏摇头晃脑地说：“你接二连三地出事，她都不在你身边。你说你这三天是怎么过来的？若不是茗……茗兰……”他打了个嗝，“出手相救，你今天能摆脱这件事？当初你跟茗兰在一起的时候，可不会这样……”

林琰琰越听越疑惑，她觉得景辰一定有大事瞒着她。

宋嘉诚看不下去了，捶了沈鹏一拳，严厉地说：“大鹏，你喝傻了吧！”

沈鹏受了一拳，干呕了一下，跑到卫生间里吐去了。

一切来得太突然，大伙儿都没反应过来，这会儿谁都没话说了。

沉默了一会儿，宋嘉诚说：“大鹏喝傻了，要不咱们散了吧。”

景辰点头：“也好。”

李茗兰不太舍得走，临走前收拾东西最慢。她看着景辰与林琰琰双双离去的身影，手指忽然握紧。

宋嘉诚回卫生间与沈鹏说了几句话之后，出门快步追上景辰，他说：“辰儿，我有事跟你说。”

景辰看了林琰琰一眼，跟宋嘉诚走到角落里。宋嘉诚犹豫了一下，说：“辰儿，今晚大鹏的话你们别往心里去，他也是憋久了。他……喜欢李茗兰。”

景辰睁大眼睛。宋嘉诚说：“你很惊讶吧，我也很惊讶，他藏了很多年了，最近才承认的。你看，我们和李茗兰都不联系了，唯独他还关心李茗兰的动态。所以……我希望你理解他的心情。”

“不会，咱们是好哥们儿！”景辰顿了一下，又问，“茗兰知道吗？”

“我猜应该不知道。”

景辰叹息：“大鹏年纪也不小了，希望他不要老为我着想，也该为自己想想。”

“这件事，我以后会劝他的。”

景辰开车，送林琰琰回家。他一路哄着琰琰，琰琰却还是有些小情绪。到家后，景辰给她下了一碗面，他知道琰琰刚才没吃多少东西。

林琰琰有些诧异景辰这样的富家公子居然会自己下厨，却不知道该开口说些什么。她吃过面之后，犹豫了好一阵，才问：“辰，这段时间你发生了什么呢？”

这话一问出来，景辰的表情更暗淡了，他低头说：“没什么，都过去了。”

“你不打算……告诉我吗？”林琰琰小心翼翼地问。

景辰沉默了一会儿，忽然走过来，拉着她到书房。他打开电脑，找出最近的新闻一边让她看，一边从旁讲解来龙去脉，包括李茗兰的事。

林琰琰这才知道景辰身后还有这么惊人的秘密，才知道景辰这些天过得有多难。她紧紧拉着他的手说："对不起，你最艰难的时候，我却不知道，真的对不起！"

景辰梳理她额前的头发："我知道你不是故意的。我不怪你，我最怕你对我误会！"

两人拥抱在一起，相互安慰了一会儿。林琰琰把整件事回顾一遍，突然捕捉到了不一样的信息点。她说："如果你不是景万山的儿子，我不能理解他这次为何会为了帮助你，得罪那些老臣。"

"什么意思？"

"说一句大不敬的话，我觉得你养父很自私，他做事从来只考虑自己的利益，所以我觉得他不可能这么帮你，他可能在酝酿什么阴谋。"

景辰皱眉道："琰琰，你想太多了。"

"辰，是你把他想象得太美好了。"

景辰眼帘微垂。他虽然没表现出什么情绪，但心里挺受伤的。他叹了口气说："琰，不管是不是阴谋，我都当他是我的父亲。我为了家族企业做了这么多年的努力，不会因此而放弃，我会为了它奋斗一生！"

林琰琰也不说了，她依偎在景辰怀里，与他十指紧扣："辰，不管你是什么样的身世，不管你将来如何，我对你的爱都不会改变。"

景辰感慨万分，他抱住她，心道自己没有选错人。林琰琰选择他，只是因为爱他，她没有任何杂念。

「 第十七章 」
可是，景辰，为什么我说的话你都不信呢？

陆莘透这几天跑到夏威夷去度假了，他奶奶笑他是失恋了，找逃避收容所。陆莘透却不以为然。他看了最近的新闻，知道景辰的噩梦开始了，可他什么也不想管。他只想让林琰琰知道她与景辰多么不合适。

陆莘透刚刚冲浪回来，躲在太阳伞底下乘凉的伙计便远远地朝他招手。这位伙计是Ⅳ集团驻美国公司的高管，平时与陆莘透来往比较密切。

他着急地喊："快点儿，快点儿，你的妈咪来电话了！"

这两天，陆莘透连续接到后母的电话，他已经有点儿厌烦了。他接过手机，与后母聊了一会儿，最终点点头，才挂了电话。

伙计对他笑道："你是不是要回纽约去了？正好啊，与我一道回去！"

"你跟他们透露了我的行踪？"

伙计摊手耸肩地说："不，不，你冤枉我了。只是，有一位朋友跟着我回纽约，我会非常高兴！"

两天后，陆莘透结束了度假，赶往纽约。他把前因后果想了一下，觉得可能是他奶奶向他爸爸透露的行踪。

奶奶一直希望他与父亲缓和关系，但这对他来说有点儿困难。

他六岁时妈妈去世，爸爸陆琪方听从爷爷的建议娶了新老婆蒋媛青。一年后，他们生了一个儿子，三年后，他们又生了一对龙凤胎。在陆莘透的印象里，六岁以前爸爸还是很爱他的，可是六岁以后，爸爸便把关注度转移到新家庭上了。他还没从父亲的疼爱中醒来，就已经被父亲疏远了。

蒋媛青是美籍华裔富商之女，当年爷爷逼迫陆琪方娶蒋媛青是为了打开海外市场。所以，陆莘透考上大学那一年，陆琪方随妻子移民美国，掌管美国的分公司。

奶奶看到蒋媛青把儿子拐跑了，非常不喜欢她，这才体会到陆莘透母亲的好。

奶奶开始重视起陆莘透来，希望丈夫将来把事业传给陆莘透，但这事必须得丈夫和儿子都同意。

所以，陆莘透来夏威夷，奶奶就给陆琪方报信儿了。

陆莘透刚出机场就看到有人朝他招手，是他的后母蒋媛青与双胞胎弟妹。

双胞胎的男孩儿叫陆莘宇，女孩儿叫陆元元，两人今年都十九岁了。

陆莘透没有回应他们，低着头拉着行李箱走出去。他身旁的美国伙计与蒋媛青闲聊了几句后，便告辞了。

蒋媛青摘下墨镜，对陆莘透笑着说："透儿，一路上辛苦了，司机已经在机场外等着我们了，我们赶紧回去吧！"

弟弟陆莘宇走过来说："Hi，哥哥，我帮你提行李吧！"他表情真诚，眼里还有几分崇拜。

妹妹陆元元也凑过来说："哥哥，旅途愉快吗？美国最近有橄榄球赛，今晚陪我们一起去看吧。"

陆莘透点头，笑了一下说："好的，谢谢。非常愉快。"

陆莘透回到家洗了个澡，蒋媛青怕他饿着，和保姆一起给他做了午餐吃。

吃饭的时候，蒋媛青问他："最近爷爷奶奶身体还好吗？"

他淡淡地说："还行吧，老头子前段时间生病了，但已经好了。"

"嗯……你在国内，就辛苦你照顾他们了。"蒋媛青虽然这么说，可陆莘透对他们之间微妙的关系很清楚，这只是客套话。

蒋媛青又说："公司最近忙吗？"

"一向挺忙的，只是最近投资了两个大项目，盈利较好，我出来度度假。"

“你也好久没休息了，出来玩玩挺好的，等回国了，我让莘腾跟你一起回去。”

陆莘腾是陆莘透的大弟弟。

陆莘透不解地看向蒋媛青：“莘腾要回国？”

蒋媛青点头：“他大学毕业已经开始工作了，你爸爸让他回国跟你学习，到时候就拜托你多教教他了。”

以前，陆莘透就猜测等几个弟妹长大了，蒋媛青一定会要求他们回国与他分享IV集团，只是他没想到会这么快。

他漫不经心地说：“那就等爸爸安排吧。我吃饱了，想休息一会儿，谢谢你的午餐。”

陆莘透睡了一觉，可能因为最近他睡眠都颠三倒四的，所以一个小时后他就起身下楼了。他看到蒋媛青正在花园里整理她的花草，陆莘宇在旁边的游泳池游泳，陆莘宇爬上岸时，蒋媛青回头对陆莘宇说了什么，然后把毛巾扔给陆莘宇。

陆莘透在落地窗前看着，挺羡慕陆莘宇的。他从小到大都缺失一种叫亲情的东西，以前他以为自己不稀罕，可长大才发现，他只是因为得不到，渐渐地淡漠了。

陆莘宇一边擦头发一边走到他身旁：“嘿，哥哥，你跟我一起去打球吧，我和伙伴们有一场篮球赛，我需要你的帮助！”

陆莘透见时间还早，就答应了。

下午，他陪陆莘宇去参加篮球赛。他们的队伍赢了，陆莘宇因此对他更亲近了。

他们回到家，发现陆琪方出差回来了，陆莘宇很高兴，上前给了爸爸一个拥抱，说：“爸爸，今天我们打篮球赛赢了，我先去洗个澡，待会儿出来跟你分享！”

“好的，快去。”

陆莘宇跑了，陆琪方这才看到陆莘透。

陆莘透觉得没什么话题讲，转身也准备去洗澡。陆琪方叹息一声，他们父子俩的关系就是这样，永远没有亲近之时。

晚上，陆莘透陪一家人去看橄榄球赛，他看到弟妹们歇斯底里地呐喊，实在不能理解这种疯狂。

大弟弟陆莘腾是在比赛下半场才赶来的，还带了一个外国女孩儿，看起来应该是他女朋友。他走过来，先同父母打招呼，然后朝陆莘透打招呼："哥，你什么时候来纽约的？"

"今天早上。"

陆莘腾拉着女孩儿坐下，给陆莘透介绍："哥，这是我的女朋友爱丽丝。"

陆莘透朝女孩儿点点头，心想这姑娘虽然挺漂亮的，但若给老太太知道，估计得生气了。老太太思想挺保守的，哪里容得了孙子交个外国女朋友呢？

陆莘腾对橄榄球赛也不热情，他趁着比赛的空当，说他最近在为一个客户做投资方案，遇到了一些问题想请教陆莘透。陆莘透给了他一些意见。陆莘腾听过之后竖起了大拇指，说："哥，我一直很崇拜你，要是回国能跟着你一起工作就太棒了！"

陆莘透不置可否，但他觉得他与这位弟弟还没有亲近到这地步。

晚上回到家，蒋媛青一家还要聚，陆莘透便说还有工作要处理，回到自己的房间了。他听着楼下传来的笑声，内心越加烦躁。他宁愿提前结束度假，也不愿意看陆琪方一家人亲亲爱爱。于是，他订了明日回国的机票。

半夜，他因为口渴，下楼喝水，却在客厅里看到了陆琪方。他皱着眉头道："爸，你怎么还没睡？"

陆琪方叹息一声："你不也没睡吗？过来陪爸爸坐一会儿吧？"

陆莘透走过去。

"为什么不参加今晚的聚会？你妈妈特意为你准备的。"

陆莘透微微苦笑了一下，没有回应。

"你在责怪爸爸，透儿？"

陆莘透淡漠地说："我没有责怪你，一直以来我们互不干涉，何来责怪之言？"

顿了一下，他说："对了，因为公司有事儿，我订了明天回国的机票，您帮我跟他们打一声招呼吧。"

"你不愿意待在这里？"陆琪方伤心地问。

"如果您是这么想的，我也没办法。"

陆琪方转头望着窗外的月光，酝酿片刻说："透儿，这些年是爸爸亏欠了你，如果你怨我，我认了。但你的弟弟妹妹是无辜的，爸爸希望咱们一家人能和和睦睦。”

陆莘透总觉得父亲的话会向他不喜欢的方向发展。

“过阵子莘腾就要回国了，爸爸希望你好好地照顾他，在工作上多帮帮他，可以吗？”

陆莘透淡淡地说：“如果您真的希望家庭和睦，当初就不应该搬来美国，丢下我和爷爷奶奶在国内。”

“透儿……”陆琪方想解释什么。

陆莘透立即打断他：“你放心，莘腾回国我会好好照顾他的。很晚了，我要去睡了，爸你也早点儿休息吧。”

他上楼了，陆琪方叹息。而蒋媛青偷偷站在卧室门口观察着客厅里的父子俩，心中已有另一番盘算。

陆莘透回到国内，没想到媒体给了他一个意外的惊喜——景万山被调查了。

这件事的起因是乔市长，这几天有新闻爆出乔市长因涉嫌违纪被调查了，而景万山因为与乔市长合作了一个政府项目，首当其冲，被怀疑为乔市长利益集团中的一员。

陆莘透真不知道该怎么形容他看到这条新闻的心情。景辰命运多舛，林琰琰想跟他未必这么容易。

他开了一瓶红酒独饮，血液里的报复因子再一次沸腾了。

景万山听说乔市长落马，是乔市长的政敌举报的，因为政敌的手中有乔市长与景辉集团暗箱操作，竞标成功的证据。可这种内部资料政敌怎么会有？除非是自己人出卖了他们。

景万山又派亲信调查，最后把目标锁定了一人。

这天中午，景万山应这人之邀，到他指定的高尔夫球场打球。

景万山匆匆忙忙地赶来，绿茵场上的何董事却十分悠闲，正潇洒地挥舞球杆。

景万山走到何董事身后说：“好多年没有一起打球了，没想到老弟的手法精进了不少。”

何董事挑眉：“老兄不知道的事情还多着呢，这些年我可不是白练手法而已。”

“那你今天约我出来，是先谈谈，再打球，还是先打球，再谈谈？”

何董事撑杆对他笑笑：“老兄，看来你还挺急的。”

“咱们都是明白人，我不想浪费时间，老弟以为呢？”

何董事把球杆交给秘书，请景万山到休息区里入座。

景万山直言：“你今天约我来，是谈条件的吧，说吧，你要怎么样才放过我？”

何董事跷着二郎腿，悠闲地说：“很简单，除了要回我自己的东西，我还要你的一半身家！”

“你这是敲诈勒索！”

“那你去告啊！”何董事眼里放出凶光，“三十几年前你涉嫌金融犯罪的证据还在我手上，大家老底都不干净，看看谁死得更早。”

景万山沉默了。多年前，他那个项目其实是邢老板拿来洗钱的项目，可谓一本万利。所以，当徐梓明把那个项目夺回的时候，邢老板非常恼火，甚至设计车祸事故报复徐梓明一家。

这块肥肉到他手里时，徐梓明警告过他尽快洗白转型，但是他被巨大的利益蒙蔽了双眼，一直沿着邢老板的思路套取大额利益，直到景辉集团站稳脚跟才撤资转型。因为心虚，他多年来一直做慈善事业，他害怕当年的事被查出来。

何董事冷笑：“我还有一个要求。”

“你还想怎么样？”

“让景辰下台。毛头小子，想对付我，也不看看我在这一行混了多少年，哼！”

景万山回家时失魂落魄，景夫人惊讶道：“万山，你身体不舒服吗？”

景万山摇头：“不，我很好。”

他走到书房门口，回头说：“你把阿逸叫回来吧，我有点儿事情交代他。”

“需要叫辰儿吗？”

“不用。”

景夫人内心非常疑惑，她把自己的二儿子叫回来。景逸依言去了书房，与景万山谈了一个下午才出来。出来后，他悄悄对景夫人说："妈，爸爸忽然说要提拔我做总裁。"

景夫人皱眉："那你哥哥呢？"

"我问了，爸爸不说。妈，我真没有能力顶替哥哥！"

景夫人内心一沉，说："行了，妈妈知道了，你先回去吧。"

景逸点头。他走后，景夫人思前想后，给景辰打了个电话。

景辰是在吃饭的时候，接到母亲的电话，之前他在B市陪林琰琰姐弟物色学校。

景夫人知道景辰和林琰琰在一起，也不太追究，只说："辰儿，你赶快回家一趟吧，妈妈有事和你商量。"

景辰觉得奇怪："妈，什么事，不可以在电话里说吗？"

"不行，只能当面说。"

"妈，我跟琰琰商量一下。"

"嗯，妈妈等你！"

挂了电话之后，景辰跟林琰琰说："我妈刚刚来电，叫我回去，说有急事。"

"那你明天早上回去吧，我明天自个儿带着巍巍找学校就可以了。"

"你又没有车，很不方便的。"

林琰琰却不在乎，她想着景辰家会有什么急事，问："辰，你有没有想过万一将来你爸爸把景辉集团传给了你弟弟，你该怎么办？"

景辰摇头："我爸爸不会这样做，如果他打算这样做，就不会支持我改革了。"

"万一，他只是利用你……"

景辰皱眉道："琰琰，我不止一次和你说过了，不要用恶意揣测我父亲。"

林琰琰也有点儿不愉快了："我也是为你考虑，你现在有能力，有关系，完全可以建立自己的公司，将来万一有什么，不会完全没有退路……"

"不会有那么一天的，我不需要给自己安排什么后路。琰琰，人心没有你想象的那么险恶，我们不应该凭没有根据的事情就怀疑自己的亲人。"

景辰为什么就是不相信她呢？不仅如此，他还觉得是她的思想太恶劣了吗？想到这儿，林琰琰也有些激动了：“你什么意思？我在你眼里就是这样的女人吗？我只是让你为自己的将来着想而已！”

林巍巍一看两人怼上了，就说：“姐，我吃饱了，出去买本杂志！”然后溜了。

只剩下他们两人了。

景辰见事情严重了，赶紧安抚林琰琰：“琰琰，别生气了，我错了，咱们好好吃饭，不提这些小事儿可以吗？”

“你觉得这是小事儿？你根本不信任我！”

“琰，你到底想让我怎么样？”景辰也有点儿不高兴了，“在很多问题上我可以包容你，但有些问题我不可以。下一次你若无端猜疑到我朋友身上呢？我也要毫无顾忌地相信你？”

林琰琰失望地看着他，起身，拿着包就走出去了。

“琰……”景辰赶紧追出去。

林巍巍其实就坐在门外喝汽水，他看到姐姐跑出来，又看到景辰追出来了。他观察了一会儿，觉得他们在吵架，而且闹得挺凶的。他立马给陆莘透通风报信，希望陆哥能抓到机会。

景辰追到林琰琰，拉住她的手说：“对不起，亲爱的，我刚刚说重话了。”

林琰琰哽咽着：“景辰，为什么我说的话你都不信呢？也许，我与你根本不合适。”

“琰，你不要胡思乱想。”

“难道不是吗？你从来没有想过与我一起解决问题，不管是你父亲的事，还是你自己的事！”

景辰深吸了一口气，林琰琰的话，字字都伤在他的心上。他克制着自己的情绪，拉着琰琰的手道：“琰，你不能因为一时冲动就说出这样的话，咱们回酒店再慢慢谈好吗？”

林琰琰推开景辰：“我不想跟你回酒店，你回去吧，我该和巍巍回家去了。”

景辰很为难，他觉得林琰琰跟他想象中的不一样了。他不告诉她，是怕她担心猜疑，她怎么就不理解他的苦心呢？

景辰头一次不打算安慰她了，他说：“今晚，我们彼此静一静吧。”然后，头也不回地走了。

景辰第二天回A市了。他走后的几个星期里，林琰琰一边上班一边抽空给林巍巍找学校，可目前为止，只有三中肯接收林巍巍。但是三中最近传出来一件不好的事——某个老师居然体罚学生。

林琰琰担心林巍巍碰到这样的老师，为此愁眉苦脸，可林巍巍忽然给了她一个消息，说陆莘透有关系可以让他进一中。

一中可是B市最好的学校，林琰琰认为这事不太可能。

“你别瞎扯谈了，他不过是哄你。”

林巍巍沉默了，决定回头再试探一下陆莘透。过了几天，林巍巍说陆莘透已经联系一中的校长了，说有80%的希望，叫他放心。

林琰琰半信半疑，她想不通陆莘透为什么会帮助林巍巍。她偷偷关心事情的进展，然而几天后，林巍巍的一番话，让她知道天上从来没有掉馅饼的事！

林巍巍苦恼地说：“姐，我把你频频过问我是否能上一中的事情告诉陆哥了，陆哥说，既然你那么希望他帮忙，就去求他。姐，你帮我跟陆哥好好说几句话吧。”

她赌气地说：“他爱帮不帮！”

林琰琰的自尊心在作祟。他以为没有他，林巍巍就上不了一中吗，她还非得试试把林巍巍送进一中，让他看看了！

林琰琰费了好大的劲儿才见到一中校长。校长是个中年男人，矮矮的，胖胖的，鼻梁上架着一副眼镜，看上去和蔼斯文。林琰琰刚与他提起林巍巍的名字，他就说：“原来你就是林巍巍的姐姐啊，我从陆总那儿听过林巍巍的事。”

“其实……我今天也是为了林巍巍的事来的。”林琰琰把林巍巍的情况又简单说了一遍，问校长是否可以给一个机会，不管是交高额择校费还是其他方法，她都努力办到。

校长摇头，无奈地叹息：“林小姐知道每年想进入一中的孩子有多少吗，这些孩子的父母不乏身份高贵者，但是我们都拒绝了。”

“那校长您……为什么答应陆莘透的要求？”

“陆总是学校的赞助方，这是其一，更重要的是Ⅳ集团一直做教育公益事业，我很尊重他，所以才愿意卖他的面子。”

林琰琰苦笑了一下，她倒是想捐，可她捐不起啊！

谈话不了了之，林琰琰离开一中时愁眉苦脸。她思前想后，晚上，主动拨打了景辰的电话。一来是想问问景辰有没有办法，二来是他们已经冷战很多天了，是时候缓和一下了。

景辰接了电话，他似乎喝了一点儿酒，语气微醺：“琰琰，怎么了？”

“你家里的事儿怎么样？”

“没什么事儿，你不用担心。”

他还是这样，什么事也不告诉她。她很失落，说：“景辰，我觉得你变了。”

“琰，不要想太多，过几天我抽空去看你。”景辰的声音很疲惫。

“……如果你太忙了，就别勉强了。”

景辰沉默片刻，忽然说：“琰，你认识邢彭辉吗？”

“邢彭辉是谁？”林琰琰皱眉。

“可能是你妈妈的朋友。”

她想了一下：“我不认识，我没有听我妈妈提起过。”

“唉……”景辰叹气了，似乎非常失望。

“怎么了？”

“琰，我累了，先挂电话了，等有空了我就去找你。”

“嗯……”

A市，景辰挂上电话之后，沈鹏问他：“怎么样，她说认识吗？”

景辰摇头：“她说不认识。”

此时，他和宋嘉诚、沈鹏三人在阳台上饮酒，远处是A市的夜景，非常美，可惜三个人都没什么心思欣赏美景。

“不认识吗？呵呵……邢彭辉对她母亲这么关心？当年林行远抛弃她们母女俩，会不会与邢彭辉有关系？邢彭辉有没有可能是林琰琰的父亲？”宋嘉诚微微冷笑。

沈鹏问景辰："你查清楚了吗，邢阁就是当年害死你父母的人？我觉得你最好找还在世的人问一问，比如邢彭辉……"

"我不想与邢彭辉接触。"景辰第一次直白表现出对另一个人的厌恶。

"我理解你的心情，但是你不能躲避真相！万一林琰琰真的是邢彭辉的女儿，那她就是你仇人的女儿！"沈鹏犀利地说。

景辰仰头望着天花板，无言以对。

气氛瞬间沉默。

片刻后，宋嘉诚试探着问："辰儿，邢彭辉知道林琰琰的存在吗？"

"应该还不知道。"

"那你可以让他知道，让他亲自去验证，这样，你就不用亲力亲为了。"

「 第十八章 」

他再次在她最困难的时候没有陪在她身边，只是这次，他什么都知道。

两个星期前，景万山宣布何董事的职位恢复了，一切权力照旧，这让公司上下大为哗然，紧接着他又宣布景逸为新任集团总裁，而景辰职位待定。

这个宣布犹如晴天霹雳，景辰隐约察觉到了什么。

几个星期前，景辰被母亲叫回A市才知道父亲被调查了，他原以为母亲是想与他商量对策，没想到母亲只是担心他。她告诉他，他父亲打算提拔阿逸替代他的职位，让他万不得已的时候，就动用她给他的那笔财产。

当时他不明白，事情怎么会严重到这一地步，但现在把前因后果联系起来了。父亲一开始对他就没有真心过，而母亲早猜到会有这么一天，因此她把嫁妆转移给他了。琰琰的猜测并没有错，父亲一开始就酝酿着巨大的阴谋！

晚上，宋嘉诚给他分析："何董事能回来，而你忽然被撤职，说不定是何董事威胁了你父亲。何董事一定有你父亲的把柄，你要不要找他问一问？"

为了把问题搞清楚，景辰抽空拜访了何董事，他知道何董事一定会羞辱他，但他仍要去。

如他所料，何董事先羞辱了他一番，才得意地告知他真相。

何董事说："你父亲不过把你当成棋子，只要你帮他完成他多年来的改革夙愿，他就立马把你踢开，到时候整个景辉集团都是景逸的，你什么都不是！"

景辰心寒，问他："既然如此，我把你踢走了，他应该不会让你回来，你是用什么方法让他恢复你职位的？”

“哈哈，还不是因为我手上有他的罪证，他不希望我曝光出去！”

“是你举报的他？你把他与乔市长合作的罪证举报出去对你有什么好处？”

“景辰侄儿，你父亲真正怕的是三十年前的事，这件事还涉及你的亲生父母呢，有兴趣你就去问邢彭辉吧，我想他一定乐意告诉你。”

景辰依着邢彭辉留给他的名片联络上了他。

邢彭辉很意外，很快答应了与景辰见面。

从邢彭辉口中，景辰得知了当年景万山与邢阁合作的内幕，同时也知道景辉集团发展的过程中掺杂了许多不为人知的违法秘密。

当景辰问邢彭辉，父母的死是否与邢老板有关时，邢彭辉说：“当时警方没有查出真相，我也试图查过，但没有结果，这件事已经过去三十年了，现在想查清楚也很困难了。”

“那你为什么提起我父母总是很愧疚的样子？”

邢彭辉望着他道：“我这一生有两个对不起的人，你父亲是其中一个。他是我的导师，听说他的惨案后，我一直想为他们做点儿什么，但都成了遗憾。”

景辰沉默了。他不知道该说什么，但他怎么都觉得父母的死与邢阁有关。所以这件事不论多么困难他都要查清楚，他不能让父母冤屈而死！

景辰想了一阵，注意到邢彭辉说他的一生有两个对不起的人，那么另外一个人是谁，是他上次在墓地里看到的蓝玫瑰花的主人吗？可那应该是琰琰的母亲啊。

景辰沉思片刻，问：“邢先生另外一个对不起的人……是不是关悦薇女士？”

邢彭辉愣怔地看着景辰。景辰立刻确定心中的想法了，继续说：“实不相瞒，关悦薇女士是我女朋友的母亲，我想知道您与她们有什么瓜葛。”

“你能联系到悦薇的子女？”

景辰点头。邢彭辉叹息一声，最终把实情告诉景辰。

在邢彭辉读中学的时候，关悦薇是他暗恋的女孩儿，可惜因为种种原因，关悦微嫁给了林行远，后来，他听闻了关悦薇的遭遇，很后悔自己当初没有努力娶到她。他知道关悦薇有一双子女，也试图打听过，但都杳无音讯。

邢彭辉说："如果可以，我想见见悦薇的子女，你可以帮忙吗？"

"这件事我得问一问我的女朋友。"

景辰拜访完邢彭辉之后，心情很沉重。他对当年的事情有了全面的了解，觉得景万山的所作所为简直是忘恩负义，根本对不起他死去的父母！可偏偏景万山又是把他抚养成人的人，他对景万山不能恨。

景辰找人调查当年父母死亡的真相，还没有结果，却意外地发现邢彭辉可能是林琰琰的父亲。因为侦探社说关悦薇嫁给林行远时，林家内部传出了风言风语——未婚先孕。

为了证明他们是否是父女关系，景辰从家里找出林琰琰的头发，然后侦探社的人取了邢彭辉身上的东西，进行DNA比对。他一边等结果，一边想如果说林琰琰真的是邢彭辉的女儿，他该怎么保持最初的心态与林琰琰谈恋爱呢？

景辰心力交瘁，在事情没搞清楚前，他没有勇气去B市面对林琰琰。他一到公司，景逸就来找他："哥，爸爸让我和你一起去他的办公室一趟。"

"我知道了。"

两人走进景万山的办公室，景辰一进去就看到何董事正陪景万山在玩他的小型高尔夫球，那场面还颇为其乐融融。

景辰朝他们打招呼："爸、何叔，我和阿逸过来了。"

"嗯……"景万山应了一句，又打了一杆才走到沙发旁坐下，"阿逸，上任这一个星期，工作还处理得了吗？"

"哥哥一直耐心地指导我，有哥哥在就没问题。"景逸回答。

景万山点点头又继续说："景辰，既然你已经离开了总裁的位置，我和几位董事商量了一下，决定给你安排一个新的职位。珠海分公司缺一位市场经理，你看看，你能不能尽快和阿逸交接一下？"

"爸，您未免太过大材小用了。哥哥回国之前在华尔街工作了好多年了，他应该是分公司的总经理，而不是什么市场经理！"景逸为景辰鸣不平。

景辰拍拍他的肩膀：“阿逸，算了，我接受公司的安排！”

“哥！”

一旁的何董事慢悠悠地开口：“景老，既然你儿子没意见，那就让人事部发调令吧，珠海分公司可还在等着他呢！”

景万山对何董事的吆喝虽然不满，但还是点点头。

谈话到此结束，在告别之时，景辰说：“爸，我有些话想和您单独谈谈。”

景万山看了何董事一眼，最终接受了景辰的要求。他让何董事与景逸出去后，问景辰：“你还有什么事？”

景辰深吸口气之后慢慢说：“爸，我也去见了邢彭辉，我什么都知道了！所以，您没有必要隐瞒什么了！”

景万山有些心慌，目光闪烁：“你去见邢阁的儿子了？你怎么会找到他？”

“我怎么找到他不重要，重要的是当年的事情我都知道了。我不想揭发您什么，因为您对我有养育之恩。只是，如果您为了隐瞒当年的事，就受何董事的威胁实在不值得……”

“住口！”

景辰无视他的激动，眸光转冷：“爸，从两代人的恩怨情仇考虑，我们徐家真的不欠您什么了！”

他说完，朝景万山鞠了个躬，不理会景万山的愤怒，就走出去了。

林琰琰这阵子跑一中跑得快绝望了，她发觉想进一中真的不容易。而另一边，景辰不联系她，宋嘉诚也说没找到能帮忙的人，她想来想去，最后还是只有陆莘透能帮这个忙。

林琰琰叹了口气，决定向林巍巍坦白。

“巍巍，一中恐怕我们去不了了，过两天三中开学，我们去三中报到吧，择校费这两天我会准备齐全的。”

林巍巍生气了：“姐，你为什么不愿意去找陆哥呢，为了我也不行吗？”

“我已经为你很努力了。”

林巍巍沉默了，最后头也不回地走了。

林琰琰又气又恼，她怪林巍巍不懂事，也怪自己没有本事，连让弟弟进一所好学校都这么困难。

两天后，三中开学，林琰琰带着林巍巍去三中报到。她找到之前联络的老师，那位老师却说："你们之前不是能进一中吗？干吗还回我们三中啊？"

林琰琰一愣："王老师，谁说我们要去一中了。"

王老师瞥了林巍巍一眼，说："你弟弟对我这么说的呢，说要去一中了，不来我们三中了，怎么？这会儿一中进不了了？"

"什……什么？"林琰琰傻了，看向林巍巍。

林巍巍别过头，虽然没有承认，但是态度显然已经承认了。林琰琰顿时生气了，但脸上还在对王老师讨饶："王老师，他是跟您开玩笑的……"

王老师冷笑说："我们三中不是收容所，回去另择高枝吧，他，我们这里接纳不了。"

王老师摆摆手走了。林琰琰想追上他，林巍巍却拖住了她，说："姐，你没看到人家拒绝了吗？为什么要这么求着人家。"

林琰琰顿时火大，拉着林巍巍大步走到角落里，冷声道："你不进三中你想进哪一所学校？"

"我明明可以进一中的。我不懂，你既然愿意在别的老师面前低声下气，为什么不向陆哥低头呢？"

"你……你姐和陆莘透的恩怨，你懂多少？你非得逼着你姐做不愿意做的事？"林琰琰真是被林巍巍气到了，她觉得林巍巍不懂事，怎么不为她着想一下？

林巍巍赌气不说话。

姐弟俩僵持了一阵子后，林琰琰忽然接到公司的电话，陈总助让她赶紧回公司处理一些紧急的事情。她今天虽然请假了，但公司一旦有事她还是不能放松的，她又赶往公司去了，这一忙就忙到了傍晚。

下班时，她接到了林巍巍的电话，林巍巍小声说："姐，今天早上对不起，我不应该说这么重的话。晚上……我想请你吃个饭，希望你消消气。”

林琰琰心里虽然还气，但又被他讨好的语气给弄软了，她问：“在哪里吃饭？”

“就在我们家附近的×××餐厅，我等你。”

“那我待会儿就过去。”

她往餐厅赶去，一路也调整好了自己的心情，只是她没想到她来到餐厅后，看到林巍巍和陆莘透在一起。

她的脸色瞬间垮下来。林巍巍先看到她，站起来说：“姐，你来了。”

“不是只有我们两个人吗？”

“姐，陆哥今天帮我搞定一中的事了，明天带我去报到，这几天你辛苦了，所以我就请你和陆哥一起吃个饭。”

“你……林巍巍！你到底有没有把你姐放在眼里啊？”林琰琰瞬间爆发了。

陆莘透扬唇盯着林琰琰没有说话。

林巍巍拉着她劝：“姐，别说了，陆哥好不容易帮我们了。如果一中也去不了，我就真的没有退路了。”

林琰琰盯着陆莘透，看他得意扬扬的样子，真是气得咬牙切齿。但正如林巍巍所说，她已经没有退路了。

她坐了下来，一声不吭。

陆莘透翻了菜单之后，交给林巍巍。林巍巍依着林琰琰的喜好点了两个她爱吃的菜，又问陆莘透要不要喝酒。

陆莘透说：“要不然我跟你喝点儿啤酒？”

林巍巍高兴地说：“好啊！”

林琰琰立即瞪向他：“陆莘透，你别教坏我弟弟！”

陆莘透吊儿郎当地说：“你只会把巍巍教成一个书呆子，你想要巍巍复制你失败的路？”

“你！”林琰琰火冒三丈，“我没食欲了，你们想高兴自己高兴吧！”说完就提包走人了。

林巍巍傻眼了，林琰琰走后，他愣愣地看向陆莘透：“陆哥，你真的想追求我姐吗？为什么总惹她生气？”

陆莘透痞痞地说：“放心吧，你姐就是太固执，不受点儿教训不开窍。”

林琰琰从餐厅出来，一肚子气。她给景辰打电话，景辰没接上。她就给他发短信：“景辰，你这几天在忙什么，为什么不与我联系？”

景辰没回，林琰琰忽然就哭了。这几天各种情绪交织在一起，她的坏脾气也上来了，她给景辰发短信说：“景辰，如果你觉得谈恋爱没意思了，那我们就分手吧。”

发完短信，林琰琰的心沉了一下，她有那么一点儿后悔刚才说出的话，不过她并不想给景辰道歉，因为他又一次在她最困难的时候没有陪在她身边，而这一次他什么都知道。

林琰琰回到家，几小时后，林巍巍也回来了。他找到林琰琰说：“姐，你明天请假陪我去一中报到吧。”

“你不是已经投靠陆莘透了吗，找他去！”

“那不一样啊，姐，别再赌气了，陆哥没恶意的。”

林琰琰不吭声。

“就这么说定了，我先去睡了。”

第二天，陆莘透开车载林琰琰和林巍巍去一中报到，林琰琰在车上安安静静地望着窗外的风景，不说话。到了一中，陆莘透带着林巍巍拜见校长和未来的班主任，而林琰琰只是默默跟随着他们，不声不响。

上午十一点钟，林巍巍的报名手续搞定了，三人在学校附近的餐厅吃饭。

林巍巍喜欢喝的汽水这家餐厅没有，于是，他就跑出去买了，只剩下陆莘透和林琰琰默不吭声地坐着。

陆莘透把菜单递给她：“你看看你要吃点儿什么？”

林琰琰依然没有说话，也不动手。

“你难道都不打算开口对我说一句感谢吗？”

林琰琰抬眸看着他，冷淡地问：“你做这些，只要我一句感谢？”

陆莘透扬起嘴角：“我做这些只是让你明白，当你遇到困难的时候都是谁在帮你。”

他话音刚落，林琰琰的手机就响了，居然是景辰打来的电话。林琰琰接起来，景辰说：“琰，我到B市了，你在哪里？你今天没去公司上班吗？”

林琰琰转头望着窗外说道：“你今天才打算过来吗？”

“琰，对不起，我最近比较忙……你现在在哪里？”

林琰琰心里依然失望，故作沉默。景辰等了一会儿，便说：“琰，我明天就要去珠海了，要去很长一段时间，我今天想见见你。”

林琰琰深吸一口气才说：“我现在在外面，待会儿就回公司了，如果你想见我，就在我公司楼下等吧。”

“好。”

林琰琰挂了电话，陆莘透盯着她道：“很失望？”

“关你什么事？”

陆莘透摊开双手：“是不关我的事，我只不过觉得很好笑罢了。”他站起身，“走啊，我送你过去，林巍巍那边我发短信通知他一声就好了。”

林琰琰下车时，景辰已经等候多时了，手上还拿着一些吃的东西。

“琰，你过来了？我给你买了午饭和点心，也不知道你吃了没有。”

“我已经吃过午饭了。”她说完，陆莘透也从车上下来了。

景辰看见，皱了一下眉头：“陆总送你过来的？”

“他帮助巍巍进了一中，我们中午一起吃饭，他顺便送我过来了。”林琰琰说话的语气很平淡，有些赌气的意味。

陆莘透朝景辰伸手：“景总，好久不见了！”

景辰与他握手：“陆总你好，没想到今天是你送琰琰过来的，我要谢谢你。”

两人皮笑肉不笑地打完招呼之后，景辰就揽着林琰琰的腰说：“琰琰，我很想你，有很多话想对你说。”

林琰琰冷冷地说：“你真的有想我吗？”

景辰眼里有一瞬间刺痛，但他又温柔地笑笑说：“琰，别生气了。关于这两周的近况，今晚我都会跟你解释的。还有，我明天就要去珠海了，我们不要在离别前争吵，好不好？”

“你为什么去珠海，什么时候去珠海，你之前都没跟我说过！景辰，你有没有对我们的感情认真？”

景辰微微皱眉，对她的控诉不能苟同。

林琰琰也不想跟他争执了，转身打算回公司。

“琰。”景辰拉着她的手，可这次她躲开了，毅然地转身走了。

景辰颓然地看着林琰琰离去的方向，却听到有人喊他，他回头见是陆莘透。

陆莘透约他去喝杯茶，他垂眸一想，点点头同意了。

两人到茶餐厅里坐下，陆莘透看着景辰笑道：“听闻你将调去珠海？”

“看来陆总消息还挺灵通。”

“如果我是你，就辞职单干了。”

景辰眸光一动道：“还不是时候。”

陆莘透不以为意：“其实我并不关心你和景万山的恩怨，我只是想，你要是没心力谈恋爱，就别浪费林琰琰的时间了。”

景辰挑眉：“我不会给外人可乘之机的。”

“是吗，如果她是你的仇人之女呢？”

景辰眯眼盯着陆莘透。

陆莘透道：“抱歉，我也是无意间知道这件事的，林琰琰不是林行远的女儿，只有林巍巍才是，这是冯清告诉我的。虽然她的身世对我来说无关紧要，但是对你来说是非常致命的吧？你们还能不能在一起呢？”

景辰握着茶杯的手，忽然抓紧了。

景辰坐在车上等，一直等到林琰琰下班。他接过林琰琰的包，轻轻地亲了一下她的额头，柔声问：“很累？”

“嗯……”

“我在××西餐厅订了烛光晚餐，希望可以给你放松一下。”

“嗯。”林琰琰不痛不痒地答应了。

两人到了西餐厅。西餐厅灯光比较昏暗，而景辰的眼神也有几分忧郁。

服务员醒了红酒，给他们斟上。

等服务员退离之后，景辰才说：“对不起，这段时间有些事情耽搁了，疏忽了你。如果你有什么想法，就跟我说吧。”

林琰琰抬眸道：“你家里出了什么事吗？”她通过新闻报道，虽然知道景万山被调查了，但不知道最后怎么样了。

景辰低头切着牛排说：“我被撤职了，即将外调到珠海分公司做市场经理。”

林琰琰皱眉：“你爸爸决定的，还是董事会逼你的？”

“不重要了，我已经被撤职了，而我，也已经接受了公司的安排。”

林琰琰恨铁不成钢地说：“你难道就不想反抗吗？为何要听从他们的摆布！”

景辰摇摇头：“琰琰，我这是为公司付出的最后一分力量，算是报答我父亲对我的养育之恩，等处理好珠海的事我就会辞职的。”

听景辰这么说，林琰琰舒心一些了，但她并没有消气。

“景辰，你做了这么多决定，之前都没想过与我商量吧？为何要等一切事情确定了，才告诉我呢？”

景辰低头苦笑，却没法将真正的原因说出口。他沉默了一小会儿，说：“琰，我最近看了一部电影，是关于一对情侣的。电影里，那对情侣交往了十年，感情很深，可是后来他们发现彼此的父母之间有血海深仇，最终他们迈不过这道坎，分手了……我想问问，如果你是电影里的女孩儿，你会怎么选择？”

林琰琰不明白景辰为什么会突然说起这些，但她还是认真地回答：“如果我和他之间有血海深仇，太痛苦以至于彼此没法原谅对方，也许分手对他们来说才是最好的解脱。”

“这是你的选择？”

“一部电影而已，你拿它说事干什么？”

景辰苦笑，他的心境头一次这么无力，他纠结许久的事，在她眼里，原来这么简单。他思绪良多，沉默了一分钟后，说：“琰琰，我们彼此分开一段时间吧。”

这句话轻飘飘地说出来，道尽了景辰无数的心酸和叹息，他终于还是放手了。

“你说什么？”林琰琰蒙了。

景辰疲惫地抬头，望着林琰琰：“我终究没法说服我自己跨过那道坎儿……”

“你到底在说什么？”林琰琰不敢相信她听到的话，“你想要和我分手吗？是我做错了什么吗？”

“琰琰，不是那么简单的事。”

“那你告诉我啊，你如果什么都不说，我真的不知道是哪里出了问题。”

景辰还是没回应。林琰琰也绝望了，她失魂落魄地说：“好，既然你想分开，那咱们就分开一段时间吧！”

她走了，景辰不舍地望着她，默默地把红酒都喝干了。

林琰琰很晚才回到家。林巍巍正在收拾后天开学需要的东西，见到林琰琰回来，他朝她打招呼，她却不理，回房间关上门。

半夜里，林巍巍听到姐姐房间里传来隐约的哭声，他本来想敲门，但又怕他姐不跟他说，于是给陆莘透打电话。

陆莘透说：“让她静一静吧，她失恋了。”

林巍巍还不相信，结果第二天早上，就看到他姐清理了一堆东西拿到楼下扔了，他瞧了一眼，发现都是景辰给她买的东西。

她扔了东西，又失魂落魄地走回自己的房间里。房间被她翻得乱七八糟的，她也没有心情收拾，径直走到阳台上。

夏日的阳光灼热，她盯着太阳，任由双眼被阳光刺痛，直到流下眼泪。忽然，一个声音说道：“失恋了，在这里痛苦有什么用，他也不会回来了。”

林琰琰闻声看过去，见陆莘透正站在隔壁的阳台上看着她。

“他跟你有杀父之仇，怎么可能跟你在一起呢？”

林琰琰盯着他道：“你什么意思？”

“难道昨晚他没有跟你解释吗？”

林琰琰皱眉。陆莘透这才意识到什么，摸了摸鼻子含糊地说：“你当我没说吧。”就转身走进屋里去了。

林琰琰越想越怀疑，她直接去敲他家的房门。

陆莘透被她拍门拍得烦了，打开门道：“你干吗啊？”

“请你把话说清楚！”

“你跟你男朋友分手，还要来过问我吗？你找他去啊。”

“你明明知道的，你就行行好告诉我行吗？”林琰琰急得掉眼泪了。

陆莘透别过头，过了好长一会儿，才说：“他不可能和你在一起，这辈子你们有缘无分。”

“为什么？”林琰琰执着地问，陆莘透却不想说太多，他怕她接受不了。

林琰琰见陆莘透迟迟不说话，也不再问了。她擦了擦眼泪，离开了。她决定去找景辰问清楚。

景辰离开B市去珠海了。

为了弄清楚一切，林琰琰又回到A市。她本来要给沈鹏打电话的，但想到上次聚会沈鹏支持李茗兰的言论，又觉得有些尴尬。

她搭车来到沈鹏的餐厅，在门口踌躇着，这时有一辆车停在了她旁边。

“林小姐？”

林琰琰一看，车上是个熟悉的男人——宋嘉诚。他问她：“你怎么会在这里？方便上车来说话吗？”

林琰琰点点头。她上了车后，宋嘉诚平和地问她：“你怎么会在A市？”

“我……过来找沈鹏，想打听景辰的事儿。”

“如果你不介意的话，和我一起吃个饭吧，我们正好聊聊景辰的事儿。”

林琰琰不敢相信地望着他，觉得自己遇到大好人了。

她跟着宋嘉诚找了一家餐厅吃饭。吃饭的过程中，宋嘉诚给她说了景辰近段时间发生的事，他提到了邢彭辉，只是有意省略了邢彭辉与她是父女关系的这一段。

林琰琰一直低头沉默，但她听到邢彭辉这个名字时，想起了景辰曾经问她是否认识这个人的话。她想了想道：“那位邢彭辉先生还在A市吗？”

宋嘉诚有些警惕："怎么，你想见他？"

林琰琰摇了摇头，道："景辰跟我打电话时提起过他，说他是我妈妈的朋友，当时我确实没有回忆起来我妈妈有那位朋友，但今天你跟我说了之后，我觉得我可能见过他。"

"你见过他？"

林琰琰道："我母亲忌日那天，我到墓地去扫墓，发现有一位先生给我母亲送花，当时我没有看清楚他的脸，但他有随从，感觉应该是有身份地位的人，如果我没猜错的话，那位邢彭辉先生左耳下方是不是有一颗痣？"

宋嘉诚淡淡地回应："我不清楚，我也没有见过这位先生。"

林琰琰点点头，也不强求。

吃完饭后，两人分开了。林琰琰在酒店的房间里，把宋嘉诚的话又分析了一下，她觉得她应该见见这位邢先生，了解他与她母亲的历史。

林琰琰这次来A市请的是年假，她试图向宋嘉诚打听邢先生的住处，却偶然得知远在珠海的景辰出事了。

景辰惹上了官司，这个案子与景万山之前涉嫌贿赂市长的案子有些牵连。如果处理不好，景辰可能要受些无妄之灾。

林琰琰听到消息的时候，很想帮助景辰，奈何她没有能力，不知道怎么帮他。

宋嘉诚和沈鹏等人去珠海帮忙了。林琰琰本来也想去珠海，可她冷静之后，觉得不如找一下那位邢先生。邢先生有愧于景辰的父母，应该会愿意帮助景辰的。于是，林琰琰又去了北山的墓地，这是她可能联系到邢先生的唯一方式。

她带了两束花过去，一束给自己的母亲，一束打算给景辰的父母。她不知道景辰父母的坟墓在哪里，顶着太阳，在北山上找了一个多小时，才发现了景辰父母合葬的墓。

那座墓很有年头儿了，比林琰琰母亲的坟墓还要老旧。林琰琰默哀片刻之后，开始为他们做清扫。她把花放下，在墓前陪伴了好久，才拿出准备好的与邢先生联络的信件，塞到角落里，她希望邢先生近期再来探望景辰父母时，能发现这封信。

做完这一切，林琰琰朝墓主三鞠躬，离开北山。她下山时，已经下午四点多钟了。她往台阶下走，突然发现山下停着两辆车，还有几个西装革履的男人。她本以为是邢先生，可仔细一看，居然是景万山与何董事。

那两人在树底下谈论着什么，何董事很激动，而景万山脸色很凝重。

林琰琰走近一点儿躲在树丛里，就听到何董事指着景万山骂了一句："你以为你假惺惺地来探望徐梓明夫妇就能掩饰你的虚伪了？你当年怎么对他们夫妇的，现在就应该怎么对付他们的儿子，否则你就等着自己下地狱吧！"

林琰琰震惊了。

何董事骂完之后就走了，而景万山面容忧愁，拿着花过了很久之后才上山。

林琰琰担心景万山会看到她留的信件，又偷偷摸摸地跟着这群人回去，结果看到景万山给徐梓明夫妇送完花后，掏出西装口袋的手绢偷偷抹眼泪。

景万山一边抹眼泪，一边对着墓碑说道："对不起，这一辈子我只能对不起你们父子俩了，欠你的债下辈子再来还！"说完，他就一脸决然地离开了。

林琰琰等他们走远后，偷跑回景辰父母的坟墓前，她发现景万山可能过于悲伤，并没有发现她偷藏的信。可她此刻的心情并不轻松，她觉得景万山与何董事今天的争吵，以及景万山今天的哭泣都说明他们即将对景辰不利！可宋嘉诚和沈鹏都不在A市，以她一个人的力量，没法阻止景万山与何董事。

她万分着急，想了一阵之后，决定大胆去找一找景夫人。

林琰琰听过景辰的家在哪儿，但是她没去过。她跑到那边，费了几番周折，才找到了景辰的家。

她在门外观察了很久，不知道怎么进去，直到管家出来扔垃圾，她才抓住机会。她诚恳地对管家说："您好，您能帮我把这个字条交给景夫人吗？是关于景辰少爷的事，万分紧急，拜托您了。"

管家半信半疑地将字条收了起来。

林琰琰又在外面等了半个小时，管家才传来消息，请她进门。

景夫人请她到花园的赏景平台一见，并吩咐下人上茶。

一见到景夫人，林琰琰就顾不上礼数了，她焦急地说：“伯母，我实在不知道要找谁了，但我相信您一定不会眼睁睁地看着景辰落难的。”

“景辰发生了什么事？”景夫人很惊讶。

林琰琰把今天下午她在北山看到的事都同她说了。

景夫人听后，手一直在发抖。

“伯母。”林琰琰很担心她。

景夫人语气轻弱而慌张：“我没事儿……”

“我知道您很为难，但请您一定要帮帮景辰啊！”林琰琰再三恳求。

景夫人沉默片刻后，叹息道：“林小姐，我丈夫的态度你也不是不知道……身为女人，我没有能力与他抗衡……在此之前，我已经把我的嫁妆都转给景辰了，未来的路还得靠他自己走。”

看到林琰琰有些失落，景夫人又说：“不过我真的很感动，他虽然与你分手了，你却还是全力以赴地帮助他，我儿子能喜欢上你是他的福气。”

林琰琰心里又暖又失落，暖的是她终于得到景辰的第一个家人的认可，失落的是景夫人也不能帮助景辰。

她默默离开了景家，已经指望不上景夫人了，她只能期盼邢先生有所回应。她等啊等，直到公司催她回去上班了，才回了B市。

林琰琰回B市第三天，终于接到了邢先生秘书的电话，他说邢先生看到了她留在北山上的信，想约她一见。

林琰琰快激动哭了，立马与秘书约了时间地点。两人约在A市一家日本餐厅见面，秘书引着她进入一个包间里。她看到邢先生盘腿坐在桌子前。

他有些特别，身上有种令人心悦诚服的气质。她觉得这个男人不像坏人，甚至还有点儿和蔼可亲。

她中规中矩地向他鞠躬：“邢先生您好，我是林琰琰。”

邢先生眼里闪烁着温柔的亮光，笑了笑：“你就是关悦薇的女儿，景辰的女朋友吗？”

“是的。”

“坐下吧，不必这么客气！”

邢先生点了几个特色菜，叫人上茶。他说：“你想见我，是有什么事吗？”

林琰琰沉吟片刻，说：“不知道邢先生有没有了解过景辰的现状，不瞒您说，我听景辰的朋友说起过您，您是他父亲的朋友，所以我想请您帮个忙。”

“景辰怎么了？”

林琰琰把景辰与景万山的矛盾，以及景辰最近惹上官司的事情告诉邢先生。邢先生叹息：“景辰这个忙很棘手，但看在他父亲和你的份上，我还是会尽力去帮，可这件事，能真正解决的人只有陆老先生。”

“陆老先生是谁？”林琰琰皱眉。

“IV集团退休的前任董事长陆绛中先生。”

“陆绛中？”林琰琰琢磨了一下，忽然惊觉这是陆莘透的爷爷！

「 第十九章 」
景辰，你不要我了吗？

邢先生手指轻敲着桌面，解释道：“珠海有不少势力是陆老爷子的，当年陆老和我父亲一起在内地发展金融事业，那时若要处理景辰的问题，也许请得动陆老爷子。只可惜父亲去世后，我们家族与陆老便缺少了联系，也不清楚这会儿登门拜访，是否唐突了。”

“原来如此。”林琰琰垂下眼帘，她没想到陆莘透爷爷的背景如此深厚。

她抬起头来，发现邢彭辉温柔地看着她。他的目光有点儿空，仿佛只是通过她看着别人罢了。

他低声问：“你还有一个弟弟是吗？”

“嗯，弟弟还在读书。”

邢彭辉点点头：“我与你母亲是旧识，不知你有没有听她提起过我？”

林琰琰坦诚地摇摇头。

邢彭辉眼里有几分失望，他说：“我与她是高中同学。”

他把他的少年时光大概讲了一下，他回忆过去时，眼神温柔，似乎追忆一段美好的初恋。林琰琰这才知道他与自己母亲的关系。

她与邢彭辉聊了一下午，吃过饭就散了。邢彭辉让秘书把自己的名片拿来，递给她说：“这是我的联系方式，你以后有事可以直接找我。”

林琰琰万分感激，把她的名片也留给了他，然后辞别了。

林琰琰走在街上，心事重重。她想去珠海找景辰，但她又担心她去到那边景辰不肯见她。她路过街边的橱窗，忽然看到一家糕点店里摆着新式糕点，糕点做成了各种动物的造型，很让人喜欢。

林琰琰发现门上有DIY的标志，便推门走了进去。店里有三五个店员，很年轻，都是一些来兼职的大学生。

她听着店员的介绍，忽然发现休息区有一位妆容精致的美女。美女也发现了林琰琰，对她笑道："小姐，您好，请问有什么需要吗？"

"您是这家店的老板吗？"

"是的，我们小店新开张，所有的糕点都打八折。"

林琰琰说："我对你们的新式糕点很好奇，那一款糕点也可以DIY吗？"

"可以呀，除了工艺特别复杂的，其他的都可以DIY，我们会有专门的师傅教您的。"

林琰琰感兴趣地和她聊了一阵，忽然，有店员跑来道："程姐，陆先生来了。"

美女脸上立即露出惊喜的笑容："我男朋友来了，我先出去一趟，您慢慢看！"

林琰琰笑笑："嗯，您去吧。"然后一回头就看到了陆莘透，她惊了一下。

陆莘透看到林琰琰，同样睁大眼睛盯着她。

美女老板察觉到状况，问："怎么，你们认识？"

林琰琰收敛表情，笑道："不认识，老板娘，今天我没有时间，改天再过来吧，不好意思了！"

她快速走出去了，不想当着美女的面与陆莘透相认。她往最近的公交车站走去，希望快点儿去汽车站，离开A市。可陆莘透已经开车跟上来了，他对她按了按喇叭，说："上车！"

林琰琰本是不想理他的，但她想了想觉得可以趁机与他套套消息，看陆家老爷子好不好说话，便上了车。

基于刚刚在糕点店碰过面，两人都有几分尴尬。林琰琰半天才憋出一句："糕点店的老板是你的女朋友？"

"不是！"陆莘透有点儿不高兴，但他不想解释太多。

他把车开上去B市的高速，开了一会儿，忽然发现前面的车越来越慢，直到他的车也不得不停下了。

“完了，堵车了！”

“不会吧？”林琰琰心里“咯噔”一下，往前一看，果然见前方的车灯好长，根本望不到头。

陆莘透下车打听了一下，原来前方发生重大交通事故，九车追尾，堵死了。

陆莘透脾气容易暴躁，顿时黑着一张脸。

林琰琰斜着眼睛瞅他，问：“你着急去B市做什么？”

“我急着见客户！”

等了一会儿，前方的车子依然没有动静。陆莘透等得不耐烦了，林琰琰便与他说话，试图转移他的注意力：“你奶奶现在还做酱菜吗？”

“她每年都要做。”

“你爷爷……听说上次生病了，这会儿康复了吗？”

“老人家，难免有些病痛，已经没事了……你问这些做什么？”

“我不是看你心情烦躁，与你聊聊天嘛。”

“如果都是废话，就别聊了。”话题被他生生掐断了。

他们又等了一会儿，车子终于移动了一些。大伙儿都以为通车了，结果只通了十几米，又堵住了。只是这次，他们车旁多了一条道儿拐向服务站。

陆莘透立马先去服务站休息了。

他找到停车位停下之后，便趴在方向盘上捂着肚子。

“你怎么了？”

“没吃晚饭，胃痛！”

“你有药吗？”

陆莘透摇头。林琰琰皱眉，见他脸色都苍白了，额头上还冒冷汗，就对他说：“你在这里等着，我进去买吃的，顺便看看有没有什么药。”

服务站里的热食已销售一空，林琰琰只能买两桶泡面还有两根火腿肠出来。她泡好了面，放好了火腿肠给陆莘透。

陆莘透立即别过头去："我不想吃泡面！"

"这会儿没得挑，东西都卖完了！"

"药呢？"

"没有，这服务站太小了，你多喝点儿开水，吃点儿东西暖暖胃吧。"

陆莘透大概认清现实状况了，终于动了筷子。

林琰琰心疼陆莘透是个病人，于是把自己的那根火腿肠剥好，也放到他的碗里。结果一不小心火腿肠滚了下去，溅起的汤水糊了陆莘透一脸。

林琰琰连连道歉："对不起，对不起，我不是有意的！"

她拿出纸给他擦脸，见他被糊得像花猫，真的很想笑。

陆莘透烦躁地抓住她的手，本欲夺过她手中的纸巾，却后知后觉发现两人的距离有点儿暧昧，她很少与他这么亲近，更不会主动帮他擦脸上的东西。

他不舍得放手了，她对他稍微好一点儿，他便忍不住软化了。

陆莘透抓着林琰琰的手太久，林琰琰都有所察觉了。她赶紧收回手来，陆莘透才反应过来。

他擦干净脸后，把她剥给他的火腿肠吃光了，还把泡面的汤水也喝完了。

林琰琰偷偷瞥了一眼他的碗，心中暗笑：还说不好吃，这会儿吃得这么干净！

他们吃过泡面歇了半个小时，陆莘透的胃病才缓过来。高速还堵着，在此期间，陆莘透不断地打电话给朋友、亲人和公司的业务员，处理事务。

林琰琰默默地玩自己的手机。过了一会儿，陆莘透清静了，她问："忙完了？"

"手机没电了！"

林琰琰暗笑，心道终于可以清静了，结果不一会儿，自己的手机也快没电了。她默默地收了手机。两人傻坐着，也蛮无聊的。

林琰琰问他："刚刚我听到你接了家里的电话，你弟弟准备回国？"

"是的。"

"你爷爷是什么态度？"

林琰琰随意地问着，想打听他爷爷。

陆莘透敏锐地察觉到了，问：“你怎么忽然对我爷爷这么感兴趣？”

她沉默了片刻，决定豁出去了，问他：“我今天拜见了邢老板的儿子邢彭辉先生，邢彭辉先生提到了你爷爷，我很好奇，如果有机会，想拜见一下你爷爷，请教他老人家一些事。”

“什么事情？”

林琰琰不答了。

陆莘透把她上下打量一遍，道：“难怪你今天这么轻易就上了我的车，原来是想通过我，拜见我家老爷子。”

林琰琰心虚地望着别处，不摇头也不承认。她想让陆老爷子帮忙，大概需要陆莘透说情吧，可是陆莘透又凭什么帮她呢？

“你拜见老爷子有什么话题可以与他聊起？”

林琰琰想了一下，说：“你知道景辰在珠海出事了吗？我……想请他帮个忙。”

“你不是已经和景辰分手了吗？而且，他的事与我家老爷子又有什么关系，我们为何要帮他？”

林琰琰心里一堵，她就猜到陆莘透会这么说话。她压低声音：“算我欠你一个人情，求你爷爷帮景辰一次可以吗？”

她第一次对他露出软弱的一面，却是为了景辰！

陆莘透怒极：“我为何要你的人情，你的人情很值钱吗？”

林琰琰很难过，她低声道：“如果是景辰，他知道你遇到困难，一定会尽力帮你的。”

“那是他的事，与我无关！”

林琰琰眨了一下眼，眼泪就不可控制地掉下来。她不想与陆莘透争吵了，别过头不再理他。

三个小时后，高速路终于通车了，停在服务站的车辆纷纷离去了，而林琰琰也有三个小时没与陆莘透说话了。

陆莘透心情复杂，有点儿烦躁地看向她，才发现她睡着了。犹豫片刻，他没有打扰她，默默地把车开到了B市，开到了她家楼下。他没叫醒她，只是静静地望着熟睡中的女人。她的睫毛很长，上面还挂着小小的水珠，是刚才哭过的痕迹。当她睡着的时候，面容美得像天使，对他散发着致命的吸引力。

如果她醒来时也能这样该多好啊！

他伸手，想替她擦去泪珠，但在即将碰上她时又停止了。他担心她醒来，会破坏了眼前如此美好的景象，他与她相处的美好时光实在太少了。他的手在离她脸庞一寸的距离上，细细地描摹她的容颜，然后他把头凑过去，在离她的唇只有半厘米的地方停住了。

大约僵滞了半分钟，陆莘透脱下自己的外套盖到她的身上，下车离去。他找了附近的花圃坐下，一根一根地抽烟，他多希望他们可以重来，回到刚认识的那个宴会……

她娇俏地向他打招呼："嘿，我是林琰琰，可以知道你的名字吗？"

他一定不再冷淡拒绝，而会郑重地报上自己的名字："陆莘透。"

"可以和你交个朋友吗？"

"我想要你做我的女朋友。"

林琰琰睡得很不舒服，她翻了一下身，发现身子根本动不了，于是醒过来了。她发现自己睡在车里，身上还绑着安全带，难怪她刚才睡得那么不舒服。而原本披在她身上的衣服也随之滑落，她看了看，发现是陆莘透的西装外套。

窗外天已微亮，她能依稀辨出这是她居住的小区。她打开车门走下来，看到陆莘透坐在不远处的花圃里。他的面容憔悴，似乎一夜未眠，脚下有一地的烟头。

林琰琰估计她已经到家许久了，只是陆莘透没有叫醒熟睡的她而已。他没有叫醒她，也没有离开她。

林琰琰沉默了许久，终于吐出两个字："谢谢。"

"你恨我吗？"陆莘透双眼迷离。

林琰琰意识到他在说昨晚的事，摇了摇头："我没什么可恨你的，你本就不欠我什么。"

陆莘透深深叹息，他想了一夜，最后还是认了。他甘心被她利用，只求以后与她产生纠葛。

“如果我同意安排你见我爷爷一面，你是否能原谅我昨晚的冲动言行？”

林琰琰愣怔地看着他。

陆莘透在心里苦笑。看吧，她其实不对他存有任何指望，他刚同意帮助她，她便露出这种不可置信的表情。

陆莘透起身走到她面前：“我答应帮你引见我爷爷，但能不能说服他，要靠你自己。我与我家老头子的关系并不是那么好，你别指望我能说服他。”

“嗯……谢谢你。”

几天后，林琰琰请假跟陆莘透去A市见他的爷爷，在临进门的时候，她想起九年前的种种。九年前，她在这个大门外，等了一夜……

林琰琰的神情不自然起来。

陆莘透察觉到她的变化，狂按喇叭，催促管家过来开门。

两人下了车之后，陆莘透说：“我爷爷已经在书房等了。”

她点头跟着陆莘透走进去。一进门就看到陆奶奶在楼下迎接他们。

“哎哟，我的大孙子，难得回家一趟，还把女朋友带回来了？”

林琰琰有点儿不好意思，礼貌地朝奶奶打招呼。陆莘透皱眉：“奶奶，你就别瞎说了。我之前跟你说过，她今天过来是来见老头子的。”

“老头子啊，在楼上等你们好久了。来来来，快进来吧！”

陆莘透带着林琰琰去书房。

书房有些年代了，书桌上还有一个民国时期的转圈拨号的电话。

陆爷爷戴着眼镜坐在书桌后看报纸，见他们来了，便盯着他们瞧。

陆老爷子眼如铜铃，灼灼直视，即便已经八十多岁了，看起来依然精神矍铄。

陆莘透说：“老爷子，我跟你说的林琰琰来了。”

林琰琰也朝老爷子鞠了一躬说：“陆老先生您好，我是林琰琰，很感谢您能抽出时间来见我。”

陆绛中盯着他们看了好一会儿，又低头看报纸，他说：“坐吧。”

两人一坐下，陆老爷子就头也不抬地说：“你来找我有何事？”

林琰琰看了陆莘透一眼。陆莘透对她说：“直说。”

她便道：“我听闻陆老先生三十多年前进入金融行业时，与金融大鳄邢阁先生有些交情，我今天登门拜访，实则有些事想请教陆老先生。”

之后，林琰琰没做过多的铺垫，提到了景辰，但她最后才说希望陆老先生能帮忙解决景辰的危难。

林琰琰说完后，陆老爷子还在看报纸，一动不动，丝毫没有回应的意思。

林琰琰不敢催促他，就耐心地等着，等了大约有三分钟，陆老爷子才开口：“景万山的长子是你的男朋友？”

林琰琰尴尬了一下，垂了垂眼帘，说：“是……前男友，但我没有放弃。”

“那你跟我孙子是什么关系？”

林琰琰双手紧紧地捏在一起，迟疑了好久才给出一个答案：“我们是朋……朋友……”

陆绛中收回目光，翻了一页报纸，哼了一下，不说话了。

林琰琰忐忑地问他：“陆老先生，不知您……”

“我已经离开金融行业很多年了，现在一切事务都由我儿子和孙子打理，我能说上什么话？”

这话明显就是不愿意帮忙了，林琰琰很着急，不知道该说什么好。

这时，陆老爷子看了一眼手表说：“我午休的时间到了，对不起！”

这已经是下逐客令了，林琰琰没法，只能离去。

他们走出去时，陆绛中忽然道：“透儿，你留下。”

陆莘透很意外，回头看了看老头子，又看向林琰琰。

林琰琰很识趣地先行离开了。

书房里只剩爷孙俩了，陆绛中放下手中的报纸问：“我听你奶奶说，这丫头是你喜欢的人才见的，可她刚刚却说是为了她的前男友！”

陆莘透眯眼挑衅：“那又怎样？”

“我是你爷爷，你是陆家长孙，你都三十岁了也没个女朋友，我能不关心吗？我就问问你是怎么想的，既然喜欢就赶紧抢过来，怎么还帮她做这种傻事。”

“我乐意。她高兴就好。”

“行行，你行！真不像我孙子，一点儿野性都没有！”

“你就说你帮不帮吧，我知道你肯定有这个能耐。”

“你希望我帮她？你说实话，你真愿意我帮她？”陆绛中气呼呼地问。

陆莘透沉默了好一会儿，才坚定地说：“我想过了，只有帮她，她才高兴。她要是不开心了，我也不可能开心。你说吧，怎么样才肯帮她？”

“这算是求我吗？”

陆莘透面容冷了一下。他从来不求老爷子，多难的事情也不求，但是这一次……

“算我求你！”

老爷子愣了：“你……”

他想骂陆莘透，最后还是没说出口，只是恶狠狠地道：“好，我也就卖你一次人情，她的忙我可以帮，你别后悔！”

陆莘透离开书房的时候，林琰琰和奶奶正在客厅里闲聊。林琰琰很明白奶奶的意图，因此一边尴尬地回答，一边期盼着陆莘透快点儿出来。

她一看到陆莘透，赶紧站起来：“你出来了！”

陆莘透点了点头，便带着林琰琰跟奶奶告别了。

两人离开陆家，陆莘透若无其事地说：“我们找个地方吃饭吧。”

“哦……”林琰琰虽然因为之前的事，有些闷闷不乐，但她觉得自己应该请陆莘透吃个饭，毕竟他帮了她的忙。

到了地方，她让他点餐，说：“这顿饭我来请，谢谢你帮忙！”

陆莘透翻着菜单，漫不经心道：“也该你来请，老头子同意帮忙了！”

“什……什么？”林琰琰没反应过来。

陆莘透放下菜单，从西装口袋里掏出两样东西递给林琰琰，说：“这是老爷子的白金名片。这种白金名片一般只发给重要的人，而见到名片的人也知道是老爷子的意思。另外一张纸上写了一个叫刘钧的人的家庭住址，他每个月回国一次，老爷子说让你带着他的名片去找他。”

“什么意思？”林琰琰仍是不解。

陆莘透接着说：“在邢阁与景万山当年合作的项目里，邢阁派刘钧担任财务经理。邢阁撤资后，他也没有离开。后来，他受景万山的委托，梳理过南区的账目，但是因为种种原因，他被降职了。再后来，大概是五年前，他忽然离职了，举家迁居到国外，很少回来。刘钧此人，先后在邢阁的公司、景辉集团以及南区工作过，他对邢阁、景万山以及何全的老底都非常清楚。所以老爷子希望你从他身上拿到景万山、何全当年的罪证，为景辰平反。”

“但是，这个人凭什么就把证据给我？”

“五年前他逃到国外，你知道为什么吗？”

“为什么？”

“因为他知道太多秘密了，景万山和何全根本不相信他会保守秘密。”

“他是被迫离开中国的？”

陆莘透点头：“当年他逃离，还是求助了我家老爷子才逃出去的，那时，他把他母亲转移到乡下养病了，所以这个地址，只有我爷爷知道。”

林琰琰把地址拿过来看了看，上面写着广东某某村落。她道：“因此刘钧欠你爷爷的恩情，我拿着名片找他，他看在你爷爷的面子上或许肯帮我？”

“嗯。”

林琰琰心中一喜，可转瞬又沉下，她低声问：“你爷爷怎么忽然答应帮我了？”

“或许忽然想明白了吧。”陆莘透不想解释太多，他把菜单拿来随手钩了几道菜，又递给她，“我已经点好了，你看看还想吃什么？”

“谢谢！”

“就当你欠我一个人情。”

“你想要我做什么？”

陆莘透看着她，目光凝住了。他能让她做什么？他最想要的就是得到她，然而她会同意吗？

他无奈地说：“目前我还没想到，这个人情你先欠着！”

“可以。”

“你准备去珠海吗？”陆莘透问。

“吃完饭就走。”

“你订了机票？”

“订了，来见老爷子之前我已经订了。”

陆莘透皱眉：“你就没想过万一老爷子不答应，你不就白过去了？”

“不管老爷子帮不帮忙，我都要去一趟。我想见他！”林琰琰的语气异常坚决。

陆莘透有些失落，最后只说：“我送你去机场吧。”

林琰琰到珠海时，已经是晚上了，她在地图上找到了景辉集团的分公司，搭车去分公司附近转了一圈，准备第二天早上来等景辰。在她准备离开时，忽然看到一辆车开过来，车上下来一个熟悉的人，是李茗兰。

难道景辰这会儿在公司加班吗？她很介意李茗兰和景辰相处，便继续等着。

一个多小时后，两人出来了，一起往热闹的街道上走去。

林琰琰跟上他们，她悄悄走近一些，听到李茗兰说：“谢谢你陪我去买平安符，已经很多年没有人陪我过生日了。”

“是大鹏提醒我的。”景辰淡淡地说。

李茗兰又说：“你记得吗，咱们上高中的时候，你总是记得我的生日。上了大学，你虽然出国，但依然坚持在这一天回来陪我。你陪我走过了七年的时光，那段日子对我来说非常重要，以至于现在，我仍然期待生日这一天。”

景辰知道她的意思，叹息道：“茗兰，你应该尝试全新的生活。你身边有很多优秀的男子，他们会带给你不一样的惊喜，比如……”沈鹏。景辰很想这么说，当年他们都放弃了，只有沈鹏一直守护在她身边。沈鹏的爱是深沉的，也是无私的，可是她没有发觉。

“比如什么？”李茗兰痴痴地望着他，“比如你吗？”

景辰哑口无言，他不知道要怎么才能让她打消这个念头。

李茗兰识趣地转移话题，她指着景辰身后的商场：“你陪我进去转转吧！”

景辰只能压下心中的忧虑，陪她走进去了。

林琰琰躲在远处听到了他们大概的谈话内容，知道今天似乎是李茗兰的生日。她看着景辰全程陪同李茗兰逛街，心里有些难受。

两人逛了一会儿之后，李茗兰东西买得差不多了，景辰主动去结账，结果一抬头正好望见了林琰琰。

林琰琰傻眼了，连忙转头往小道里跑。景辰撇开李茗兰追上去，可追到岔道口，却看不到林琰琰的身影了。

“景辰，你怎么了？”李茗兰追上来。

景辰摇摇头：“没事了。”他想他大概产生幻觉了。

“既然没事了，我想要你陪我做一件事。”

“什么事情？”

“陪我去酒吧。”李茗兰眨眨眼，很期待的样子。

景辰看了看手表：“现在有点儿晚了，茗兰。”

“正是因为晚才适合去酒吧啊！”

“可是明早咱们还要和嘉城他们开会……”

“景辰，今天是我的生日，不能破例一次？”李茗兰故作生气。

景辰想了一下，还是说：“现在太晚了，如果要庆祝，明天咱们约上沈鹏、嘉诚他们再一起玩好吗？”

李茗兰低头苦笑了一下，将他替她买的那一大堆东西都扔到了旁边的垃圾桶里。

“景辰……你真的很打击我，一点儿也不给我希望……”

“茗兰，你别这样，我不是……”

“那你敢单独和我相处吗？”

林琰琰躲在墙角，心脏扑通扑通直跳，她不想让景辰知道她跟踪他们，但她也不想看着李茗兰一步一步变着花样靠近景辰。终于，她不躲了，走出来：“景辰！”

景辰转过头来，惊讶地道：“琰琰，你怎么在这里？”

李茗兰也没料到林琰琰会出现，她双眼睁圆了一下，一脸防范。

林琰琰无视李茗兰，望着景辰："我知道我出现在这里很唐突，但我知道你最近出事了。我有一点儿线索，希望可以帮到你。"

"林小姐有线索帮到景辰？"李茗兰挑眉，表情不屑，她根本不相信。

林琰琰继续无视她，直直地望着景辰。

景辰忽然觉得很烦闷，他问李茗兰："茗兰，还去酒吧吗？"

"你愿意陪我去酒吧了？"

"把沈鹏和嘉诚他们叫上吧。"顿了顿，他又对林琰琰说道，"谢谢你的好意，但我不能接受。"

"为什么？你在逃避吗？"林琰琰气愤。

景辰不敢面对她的目光，直接拉着李茗兰走了。

李茗兰拦了一辆出租车，刚上车，林琰琰便霸道地也坐了上去。林琰琰狠着声道："我也去喝酒！"

三人到了酒吧，沈鹏和宋嘉诚随后也来了，他们看到林琰琰，都惊了一下。

服务员上酒，景辰没说话，先喝了起来。

李茗兰笑着说："今天是我生日，你们能过来陪我，我挺开心的。我先敬林小姐一杯酒，谢谢你远道而来，陪我过生日。"

林琰琰挺郁闷的，她千里迢迢来找他，他却如此冷淡。因为心情郁闷，她也豁出去了，端着酒杯站起来说："李小姐，你敢干了这一杯吗？"

李茗兰还没说话，林琰琰就主动和她碰杯，仰头喝干净了。她举着酒杯对李茗兰晃了晃，神情颇为挑衅。

李茗兰见她豪气冲天，于是也喝了一杯。

林琰琰马上又倒了一杯："李小姐，再来一杯，祝你生日快乐，你还能喝吗？"

沈鹏立马拦住李茗兰的手，说："茗兰，你酒量不好，别跟她喝这么多。"

李茗兰还在犹豫，林琰琰又一仰而尽了，她倒上第三杯对李茗兰晃了晃，但脸上却染了潮红。

景辰忍不住皱眉轻斥："琰琰，你有点儿过了，为何让别人这么难堪？"

“我让她难堪？她让我难堪的时候你看得见吗？”林琰琰质问景辰，“你和她分手，你们可以成为朋友，我和你分手，我为什么不能做你的朋友？她可以帮你，我也有方法帮你，你为什么不理我？”

宋嘉诚在一旁拉着林琰琰，林琰琰不理，她只是盯着景辰，不住地流泪。

“景辰，你不要我了吗？”

“你清醒一点儿好吗？”景辰心里五味陈杂。

林琰琰仍是哭。宋嘉诚看不下去了，就说：“我送她回去吧，她看到你就伤心，咱们今晚先散了，让她回去好好休息。”

景辰沉默，而林琰琰忽然踉跄着走过来，拉着景辰的手：“我不跟别人走，要送也是你送，为什么你要逃避我？”

她揪着景辰的西装捶他，差点儿摔倒，幸好他及时抱住了她。

景辰没法放手了，只好说：“我送她回去吧。”

李茗兰上前一步，生气地说：“你都与她分手了，还管她做什么？她喝成这样是她咎由自取！”

林琰琰感觉头一阵眩晕，甚至有些反胃，她一阵阵干呕着，景辰只好扶着她往卫生间走。

“你们都先走吧，我看着她就好！”景辰回头对他们说。

李茗兰生气了，气冲冲地出了酒吧，沈鹏和宋嘉诚追她而去。

景辰扶着林琰琰到卫生间，陪着她呕了一阵，她吐完，泪眼迷蒙地看着他。

“你关心我？”

景辰没有回应，只是问她：“你的酒店在哪里？”

“我没有订酒店，我早上……去见了陆莘透的爷爷，下午就飞来珠海找你了。我看到李茗兰和你逛街约会，我一直看着你们！”林琰琰说着，抱住了他，“你不要我了吗？”

景辰任由她抱着，心一阵阵地疼着，过了好一会儿他才说：“我带你去酒店。”

然后，他扶着林琰琰出了酒吧，上了自己的车。

「 第二十章 」

他看着她，无奈一笑。
在她面前，他甘愿沦为一名奉献者。

林琰琰第二天醒来的时候，景辰已经不在了。她扶着脑袋想不起更多的事来，只记得昨晚自己赌气和李茗兰拼酒。吃了早餐之后，她去景辰的公司找景辰，可是前台跟她说景辰不在公司。

林琰琰怀疑景辰是不想见她，可她的假期不长了，她必须尽快地帮上景辰，于是她给宋嘉诚打了电话。她说她有东西可以帮到景辰，希望能见他和景辰一面。

宋嘉诚琢磨之后，便同意了。

林琰琰搭车到见面的咖啡厅门口时，手机响了，她一看，是陆莘透打来的。

她接起来，陆莘透说："你在哪里？"

"我在××路的×××咖啡厅。"

"你见到景辰了吗？"陆莘透语气沉沉。

她轻叹一声："见到了。"

"那你把消息告诉他了吗？据我所知，刘钧这几天就回国了，你们的动作要快点儿了。"

林琰琰一听，着急起来："好的，我知道了，我正准备去见他们。"

"好，我过去找你们。"

林琰琰惊讶："你在珠海？"

"对，待会儿过去找你。"

林琰琰完全蒙了，但她隔着玻璃看到宋嘉诚朝她招手，也没时间多问，只好先挂了电话。

林琰琰走进去，发现等她的只有宋嘉诚，她问："景辰呢？"

宋嘉诚叹息："你别怨他。"

林琰琰低头沉默，但过了一会儿还是把陆老爷子的白金名片以及刘钧的地址递给宋嘉诚。她说："就算他不来见我，我还是希望把我为他做的事情做完，这上面有一个地址，你们这几天去这里能找到一个叫刘钧的人，他熟悉邢阁公司、景辉集团，乃至南区的账目。"

"你怎么会有这些？"

林琰琰把她寻找邢先生，以及拜见了陆老先生的事告诉了宋嘉诚。

宋嘉诚听罢说："你是个好姑娘，希望你别怪景辰。"

"你是不是知道什么？"

宋嘉诚摇摇头，把名片收起来："这几天我会找人去这个地方，拜访一下这个人。你为景辰做的事，我过后会告诉他的。"

他本来想走了，但又犹豫了一下，说了一句："你真的是一个很好的姑娘，只是景辰没法给你幸福。"

"他为什么不能给我幸福？"林琰琰握拳，可这时她的手机响了。

宋嘉诚不说话了。

林琰琰接起电话。

陆莘透说："我已经到了×××咖啡厅了，你在哪里？"

林琰琰往窗外一瞧，发现陆莘透走过来了。

宋嘉诚也看见了，他指着陆莘透说："也许陆莘透会做得比他更好。"

陆莘透大步走过来，跟宋嘉诚打招呼。宋嘉诚站起来与他握手，对林琰琰说："谢谢你们的帮助。我得回去了，这几天没法招待你们，回A市一定补上。"

陆莘透看见他手上拿着名片，问："林琰琰给你的？"

宋嘉诚点头，陆莘透又说："我估计你也知道刘均受过我家老爷子的恩情了，但我想说的是刘钧大概不会见你们，因为景辰是景万山的儿子，而刘钧现在并不清楚国内发生的事，他可能会以为景万山在通过他的儿子找他。”

“那怎么办？”

“我跟你们一起去，这就是我赶来珠海的原因。”

林琰琰愣了，她没想到陆莘透会这么尽力帮景辰。

陆莘透看着林琰琰，无奈一笑。只要她开心，他没有什么不可以为她做的。

在她面前，他甘愿沦为一名奉献者。

第二天，陆莘透与林琰琰在约定的地方等景辰等人过来。半个小时后，景辰等人过来了。景辰下车走过来，望了一眼林琰琰，又看向陆莘透："陆总，早，没想到你也来珠海了。"

“我是为她而来的。”陆莘透瞥了一眼林琰琰，“你记着她对你的好就行。”

景辰看向林琰琰，眼中没有透露出任何情绪。他又望向陆莘透，点了点头："不管如何，我先谢谢你。"

陆莘透扬起嘴角笑，转身上了车，林琰琰注视了景辰一会儿，也转身上车。

一行人向着刘钧母亲所在的村庄出发。村庄临近县城，住户挺多的。陆莘透一行人在街上拐了拐，才找到刘钧母亲的家。

众人下车，景辰等人问："就是这里吗？"

陆莘透点点头："就是这一户。老太太身体不太好，一般不会出远门。他们家平时有个保姆照料着，这几天刘钧回国，应该也在家。"

“我上去敲门吧。”林琰琰主动上前。

她敲了一会儿门，一个女子回应道："谁啊？"

女子打开门的一条缝，探出头来打量他们，警惕道："你们是谁？"

这个中年妇女，身上还系着围裙，显然是刘钧家的保姆。林琰琰笑着说："您好，我们是刘钧先生的晚辈，是来拜访刘钧先生的，请问他在家吗？"

“我们先生不在啊，你们是谁？”中年女子皱眉。

陆莘透上前说："我们是来探望老太太的，你跟老太太说，我是陆绛中的孙子，看看老太太有没有印象。"

中年女子皱着眉头把陆莘透打量了一番，就关门进去了。

陆莘透低声对景辰几人道："刘钧在家，你们注意三楼的窗户，他在观察我们。"

"也许我们人太多了，他不高兴见吧。"沈鹏道。

宋嘉诚点头。

陆莘透皱眉道："我、景辰、琰琰进去。"

景辰点点头。

李茗兰有些不高兴了："景辰，我跟着你们一起进去吧，我擅长外交，可以帮你们说服刘先生。"

陆莘透嘲讽："刘钧只见有身份的人，或者与他有关系的人，不知道李小姐算什么身份？"

李茗兰面容有点儿难看，她笑着还击："那敢问林小姐又是什么身份，她能说服刘先生吗？"

"在这里，我说了算，我说她可以，她就可以，我说你不行，你就绝对不行！"陆莘透冷酷地回应。

李茗兰面部都扭曲了，她想反驳陆莘透，但又忍了下来，冷冷地说："好吧，既然如此，我就不进去了，但愿你们能成功！"

"我们成不成功与李小姐都没有关系，就算李小姐进去了，成功了，那也是因为我爷爷。"

"你！"李茗兰真是被他呛到了。

景辰连忙安抚她："好了，茗兰，你在外面等着吧，等我们好消息。"

刘家的保姆没一会儿就出来了，请他们进去。

老太太年纪挺大了，七十多岁，因为身体不好，所以坐在轮椅上。

林琰琰很乖巧地朝老人家鞠躬："刘奶奶好！"

老太太苍老而迟缓地问："你们是谁？"

陆莘透说："奶奶，我是陆绛中的孙子陆莘透，五年前是我爷爷帮您儿子把您转移到这里来的，请问您儿子刘钧先生在家吗？我找他有点儿事。”

“哦……你是陆绛中的孙子啊，那他们是谁？”

“奶奶，我姓徐，这位是我们的朋友，林小姐。”景辰知道刘钧可能躲在哪个角落偷听。

“哦……”奶奶忽然不说话了，叫保姆拿过来一团毛线，开始玩起来。

陆莘透皱眉问：“奶奶，您儿子刘钧在家吗？”

奶奶不答，依旧专注地玩她的毛线。

这时，楼梯上传来男人的声音：“我在家。阿萍，把我母亲送回房间吧。”

“是。”保姆把老人家推走了。

林琰琰看向来人，是个五十多岁的男人，有点儿矮，很瘦，戴着金框眼镜。

他走下楼梯，对他们道：“我就是刘钧，你们找我？先坐吧！”

陆莘透等人坐下。

刘钧盯着陆莘透问：“你是陆老爷子的孙子？我怎么信你？”

陆莘透看向景辰。

景辰掏出陆老爷子的白金名片递给刘钧：“刘先生您好，其实今天应该是我找您，因为怕您不肯见我，陆先生便也跟着一起过来了。”

刘钧把白金名片打量了一下，又问景辰：“你又是何人？”

“我叫景辰。”

刘钧脸色一变，提高了音量：“你是景万山的儿子？景万山叫你来的？”

陆莘透见势不妙，说：“刘先生，您别激动，他既然能拿到我爷爷的名片，就说明不是景万山叫他来的。”

“是的，刘先生，您别误会，我今天是瞒着我父亲来的。我来见您，是想平反当年的案件，也为您解决后顾之忧，您看我们要不要先坐下来谈谈？”

刘钧仍是警惕地盯着三人。景辰知道刘钧对他有排斥心理，随时可能发怒赶人，也不废话，很快把今天前来的目的说清楚了。

刘钧道：“你想让我把当年邢阁与景万山合作的那个项目的财务账本交给你？那是违法的！”

“过去的错事，怎么做都已经错了，但现在还可以改变，您难道不想长期回国陪伴您母亲，不必再躲躲藏藏吗？”

景辰劝到刘钧的心坎儿里去了。

刘钧沉默了好长一会儿，又问：“我很好奇，景万山是你的父亲，你这样对他真的好吗？”

“是我父亲逼我这么做了。而且我拿这些证据，只是为了防守。您当年留存这些证据，不也是为了防守吗？”

刘钧若有所思，最终，他点头说：“你们稍等！”然后上楼去了。

景辰看了陆莘透一眼，对他点头一笑。三个人皆以为刘钧上楼，是想找出账本交给他们，可他们等了好一会儿，也没见刘钧下来。后来，他们听到沈鹏和宋嘉诚在外面喊：“景辰，景辰，你们快出来，刘钧跑了！”

陆莘透反应最快，一拍沙发跳起来，就跑出去了，景辰和林琰琰也追了出去。他们跑到外面，见沈鹏、宋嘉诚追着一辆车，那辆车上坐着的人正是刘钧。

陆莘透大喊“上车”，率先跳上自己的迈巴赫，带着林琰琰追了出去。

景辰和宋嘉诚等人也紧随其后。

林琰琰不解：“他为什么要跑？”

“他不信任景辰，以为我们配合景辰使诈。如果他跑了，我们就没有机会拿到证据了，他不可能再回这里！”

陆莘透说着，又踩了一脚油门加速。

林琰琰觉得心脏都快飞出来了，只能死死地抓着车门。

陆莘透与景辰联手，在郊区的公路上把刘钧给堵住了。刘钧见车开不了，弃车就跑。陆莘透、景辰和宋嘉诚也丢下车去追。

林琰琰庆幸她出门爱穿平底鞋，可以陪着他们几个男人追人。李茗兰就不行了，她到哪儿都穿高跟鞋，在菜地里跑两下就摔倒了。沈鹏发现后跑回去安抚她，李茗兰简直在拖后腿。

刘钧跑得贼快，但四人齐力在菜地里把刘钧给围住了。刘钧见四面都有人，着急之下，就向最容易突破的林琰琰冲来。

他面目狰狞，一副拼个鱼死网破的架势。陆莘透焦急地朝林琰琰喊：“琰琰，闪开！”

可林琰琰不想躲，她想起陆莘透说的“如果刘钧跑了，就真的跑了”，顿时，她挺身往刘钧身上扑去。她抱住刘钧，刘钧死命挣扎，大手使劲儿把她甩出去。

林琰琰滚在菜地里，又死死地拖着刘钧的脚。

刘钧踢她，狂踩她的手，她也不放手。

陆莘透、景辰等人追上来，迅速把刘钧制伏了。

陆莘透看到林琰琰的手都流血了，狠狠地揍了刘钧一拳：“你跑什么？”

“放开我！”

“做梦！”陆莘透解下领带反手绑住他的手，把他提起来。

“你们凭什么抓我，你这是犯法的！”

景辰道：“刘先生，我们无意冒犯您，但是您手上的证据对我们来说太重要了，希望您把它交给我们。”

“如果我给了你们，景万山他们想伤害我怎么办？而且，你要是把它交给警察，把我们一网打尽怎么办？”

“如果我交给警察，我父亲也完蛋了，我并不想这么做。”

“我不相信！”

“刘钧，是我爷爷让他来找你的，我爷爷的情面你也不看？”陆莘透继续骂。

刘钧沉默了。景辰温和地说：“如果你愿意，咱们再坐下来谈谈，你开什么条件，我都可以考虑。”

陆莘透把刘钧交给景辰和宋嘉诚，要他们看紧一些，然后回头看林琰琰：“你的手怎么样了？”

林琰琰摇头：“没事。”其实，她的手很痛，刚刚被刘钧狂踩，又刮到了石头，整个手背都流血了，而且她左手中指不知道为什么动不了了。

景辰等人将刘钧推上车。林琰琰悄悄把手藏起来，忍着痛说：“我没什么问题，我们赶快带刘钧回去吧！”

“我看看！”陆莘透见她面色惨白，便霸道地把她的手抓过来，一瞧，眉头都皱在一起，他察觉出她的左手中指有异常，捏了捏，她立即发出痛苦的呻吟。

陆莘透脸色一沉，声音大了几分：“还说没事，你手指是不是断了？”

“不……不会吧？”林琰琰傻眼了。

景辰闻声，忍不住回头看他们，他一见林琰琰的手伤得那么严重，也走了过来。

“琰琰，你的手怎么了？”

“没事，就是刮伤而已！”她把手缩回来，用右手推景辰，“你别管我了，快点儿带刘钧回去吧。”

陆莘透真是被她气到了，瞪着眼睛骂：“林琰琰，你明明为他受伤了，为什么还要装没事！你能不能真实点儿？”他拉过林琰琰的手对景辰冷冷地说，“这是你欠她的！”然后扯着林琰琰上车了。

“你干什么啊？”林琰琰大呼。

“去医院！”陆莘透把林琰琰推进去，甩上车门，根本不想给她与景辰说话的机会，迅速把车开走了。

他们到了医院，医生给林琰琰诊治，说她只是手指错位，只需要把关节骨掰回来就可以了。

陆莘透暗暗松了一口气，林琰琰却很恐慌，小心地问：“会不会很痛？”

医生柔声安抚：“可能有点儿痛，你忍着点儿。”

“现在就要掰回来吗？”她问。

“是的。”

陆莘透双手抱臂靠在墙边站着，挑眉问她：“现在害怕了？”

林琰琰低头不说话，毕竟他一路上已经骂了她不知道多少次了。

陆莘透走过来牵起她的手看了看，语气难得平和地说：“待会儿医生接骨的时候，你要是觉得疼，就咬我。”

林琰琰懵懵懂懂地看着他，有些不能理解。这个人真是一会儿骂骂咧咧，一会儿又对她这么温柔，她都不知道他哪一面才是真实的。

医生终于准备好了：“我给你抹点儿药，待会儿你闭起眼睛吧！”

林琰琰的心怦怦直跳，陆莘透张开双臂温柔地抱着她，说："别怕。"

她听他这么一说，忽然不害怕了，她靠在他的怀里，闭上了眼睛。

陆莘透扶着林琰琰走出病房的时候，景辰不知何时赶来了，正站在走廊里。他走上前，抓着她的手，问："琰，没事吧？"

"没……没事了。"她红了脸，这是这么多天来，景辰第一次主动和她说话。

陆莘透受不了这甜腻的场景，故意推了景辰一下，冷冷地说："她还得抓药。"

三人忙完医院的事情出来，已经是晚上了。他们找了家饭馆吃饭，吃过饭后林琰琰去了卫生间，桌上就只有两个男人。

景辰主动说："你今晚去哪里？"

"呵，去哪里，大约带琰琰回珠海吧，你的破事我们已经不想再参与了！"

"今天的事，谢谢你，但是琰琰未必肯跟你回去。"

"怎么，你又想挽留她，玩弄她的感情？"

"陆总，你别忘了，你也伤害过她！"景辰眼神犀利，一针见血。

陆莘透眯眼盯着景辰，冷声道："你还是一如既往地令人愤怒，但我不可能再把她让给你！"他刚说完，林琰琰也从卫生间走出来了。

林琰琰没察觉到不对，笑道："你们都吃完了？那我们回去吧。"

景辰点点头，扬起嘴角对陆莘透道："陆总，您看您是跟我们一起走，还是先回珠海？"

林琰琰惊讶："陆莘透不跟我们一起回去？"

陆莘透真是被气晕了。林琰琰太蠢，居然顺着景辰的话走。他冷声道："琰琰，我们回珠海，他的事让他自己解决！"

"可我们才刚抓到刘钧，我想去看看情况，这件事办完了我心里才有着落。"

景辰笑着点头："陆总，琰琰有选择的权利，她已经选择跟我走了，你就先回珠海吧，等我忙完，一定再好好报答你！"

陆莘透真要郁闷死了。这几天他跟她统一战线，可景辰才给了她一颗糖，她就跟人家跑了！他霸道地把林琰琰揽到自己怀里，对景辰说："如果你真的给她选择的权利，你就应该把她的身世告诉她，把你不能接受她的原因告诉她！”

林琰琰一直怀疑景辰与她分手的原因，她抬头看向景辰：“什么身世，你们到底有什么事情瞒着我？”

“陆总，你这么做就不对了，你不能破坏她的人生！”景辰怒了，因为陆莘透触犯了他的底线。

恰在这时，景辰的手机响了。景辰看了一眼，是宋嘉诚打来的。

景辰接了电话之后，对他们道：“出事了，刘钧给了大鹏和嘉诚假的账本就跑了，现在他们正找刘钧！”

“什么？”林琰琰蒙了，都顾不上自己的身世了，“你们怎么就让他给跑了？”

景辰也很郁闷，他没想到他才出来一会儿就发生这样的事。

陆莘透知道林琰琰这下一定不会走了，他拉着林琰琰的手往外走，赌气地说：“上我的车，要回去也是我和你一起回去！”

碍于事情紧急，林琰琰也不挣扎了，只是上车后她嘟囔了一句：“你怎么这么幼稚！”

可陆莘透却当真了，咬牙道：“我都是为了你好，你别不识好人心！如果你知道他为什么跟你分手，恐怕就不是这样的想法了！”

林琰琰想起方才他们说到一半的话，皱眉盯着陆莘透。

“你们有什么事儿瞒着我，老实告诉我！”

陆莘透闭嘴了，他紧抿着唇，开车往回赶。

“陆莘透你说话！”

陆莘透还是不理。

林琰琰等了片刻，恼火了，吼道：“我的身世，你们为什么瞒着我？”

陆莘透沉默片刻后停车了，他拉开车门说：“下来，你不是想知道吗？”

林琰琰走下车。

陆莘透点上烟，迷离地抽了两口说：“你知道景辰的亲生父亲与邢阁的关系了吧？也知道你母亲与邢彭辉的关系了吧？”

“我知道，但这有什么关系？”

“当年你父母闹离婚，不仅仅是因为冯清的关系。”

“你想为你表姨妈开脱吗？”

陆莘透深吸了一口气：“我给你讲一个故事吧，你母亲的故事。你母亲年轻时关家家世还可以，因为邢阁是当年的金融大鳄，所以关家有意与邢家联姻。你的母亲没什么主见，就听从你外公的安排，答应了这场相亲。邢阁的独子邢彭辉是你母亲的高中同学，他暗恋你母亲很久了，所以很高兴与你母亲交往，可好景不长，邢阁的公司出现了问题，于是你外公转变了风向，把你母亲嫁给了当时恰巧需要关家支持的接盘侠，也就是林行远。”

“你是想说我母亲婚前与邢彭辉交往过一段时间吗？这些我也能猜到，我从他的态度里看得出来，但这能说明什么？”

陆莘透吸了一口烟，说：“你没注意到我用了‘接盘侠’这个词吗？而你知道‘接盘侠’是什么意思吗？”

林琰琰心里有不祥的预感。

陆莘透继续说：“你母亲嫁给林行远时已经怀孕了！邢彭辉才是你的父亲！”

林琰琰傻了，她不相信那样善良柔弱的母亲会做出这种事！

“谁告诉你的？”

“林子说刚得肾衰竭的时候，冯清偷偷找过你和你弟弟的血液配型，那时候她就知道你不是林行远的女儿。至于你是邢彭辉的女儿的消息，我是前阵子才知道的。”

“冯清告诉你的，你也信？”林琰琰觉得陆莘透很可笑。

陆莘透看了她一眼：“林行远也承认你不是他的女儿了。当时邢家出事，你外公反悔与邢家的婚约，但是你母亲已经怀孕了，他很急着掩盖真相，就撮合了你母亲和林家的婚事。你外公一直隐瞒着林家，而林行远大概是在……与你母亲结婚的前几天才知道的，不过他当时选择了接受。”

“你是想变相地夸林行远的伟大吗？你不觉得，光凭他们几句谎言，就诋毁我的母亲与我的身世，很不尊重我吗？”

“我说的都是真相。景辰偷偷拿你的头发和邢彭辉的指甲做了DNA比对了，你们就是父女关系，没法否认。这也是景辰为什么和你分手的原因。”

“我不相信你说的话！”林琰琰心里绞痛，摇着头，“你在骗我，你只是为了让我不接受景辰，才编出这么大一个谎言骗我，是不是？”

陆莘透扔了烟头激动道：“我是非常不想让你与景辰在一起，但我也没有必要骗你！这是事实，你与景辰很难在一起，你认为景辰会唤邢彭辉做爸爸吗？”

“可如果你所说的是真的，那我母亲居然骗了我那么多年！”林琰琰爆发开来，“我一直痛恨冯清与林行远，可这么多年过去了，你们才告诉我这些都与我无关！我一直认为我母亲是美好的、善良的，所以她走了，我也不怪她。可现在，你们却告诉我，我才是被抛弃的那一个！”

“琰琰，你别难过……”陆莘透想安慰她，她却后退一步：“你住嘴！你们每一个人都有目的，我不相信你们！”

陆莘透紧张地抱住她：“琰琰，你清醒一些，长痛不如短痛，你迟早都要知道真相的，我只是不想你被景辰反复玩弄！”

“你放开我！”林琰琰挣扎，可他抱得更紧了。

林琰琰没办法动了，大哭起来。她不知道这个世界怎么了，为什么要这么对她。

「第二十一章」
这一刻，她觉得陆莘透是可以依靠的，甚至是温柔的……

林琰琰在酒店里醒来时，已经上午十点多钟了。昨天晚上，她和陆莘透一路赶回珠海了，她一时无法面对景辰……

她想起小时候母亲陪伴她的日子，母亲喜欢把她打扮成小公主，十分宠爱她。但这种感觉什么时候开始发生变化了呢，大概是林巍巍出生以后。林巍巍是幼子，母亲难免会偏心一些，那会儿她已经长成小姑娘了，不会跟弟弟计较母亲的宠爱。

她上高中的时候冯清和林子说出现了。那时候母亲很痛苦，母亲在她面前不厌其烦地说着冯清与林行远的不好，让她卷入了大人的纷争里。

也许母亲只是为了寻求一个盟友吧，可是母亲又很巧妙地避开了林巍巍，甚至为了保护他把他送到外公的家里。母亲临终前最割舍不下的也是林巍巍，当时，母亲拉着她的手一遍遍地叮嘱，而那时她只有十七岁。

当年，她觉得母亲是因为林巍巍太小，才对他那么保护。直到今天，她才发觉，母亲大概是真的不爱她……

林琰琰抱着被子迷茫地坐了一会儿，直到听见有人敲门。

她知道大概是陆莘透在敲门。她打开门，陆莘透果然在门外，他说："起来吃点儿东西吧，你的手也需要擦药。"

"我不饿，你自己去吃吧。"

陆莘透打量了她一会儿，心疼道："昨晚没睡好？又哭了？"

“你别管我。”

“还在生气？”陆莘透揉着她的头发，“对不起，我没想到会给你这么大的打击。吃点儿东西吧，你这样我会心疼。”

林琰琰不想理他，这时候她的手机响了，上头显示“邢先生”。

邢彭辉？林琰琰蒙了。她不知道邢彭辉为什么给她打电话，但她不想接。

陆莘透看到“邢先生”这三个字时，也忍不住皱皱眉。

“他为什么找你？你之前见他的时候留了联系方式？”

“你问这么多干什么？”林琰琰兀自挂了电话，然后她的手机又响了，还是邢彭辉打来的。

“估计有事。如果你不想接，我替你接吧。”陆莘透把她的电话拿走了，她也不拒绝。

陆莘透接了一会儿电话之后走过来：“他说他拿到刘钧的账本了，他联系不上景辰，打算交给你。”

林琰琰惊了：“怎么可能？”

“我也很惊讶。”陆莘透若有所思，又问，“他现在在珠海，你要见他吗？”

林琰琰很纠结。

陆莘透温柔地劝说：“你若决定不见他，我们就回A市，远离这是非之地。你以后别去管景辰的事了。”

林琰琰迟疑片刻，终究不忍心放下景辰。

“我还是……去见见他吧。”

林琰琰整理一番后，鼓起勇气给邢彭辉打了个电话，约他出来见面。

陆莘透送她去约见的咖啡厅，邢彭辉已经到了。

林琰琰远远地看见邢彭辉一身黑衣，头上戴着一顶礼帽，他比她上次看到的还要消瘦一些，他见到她时笑了一下，那笑容依然慈祥和蔼。

陆莘透先与邢彭辉握手打招呼，林琰琰也跟着握手打招呼。她碰到邢彭辉的手时，心扑腾了一下。她形容不出那种感觉，那种感觉大概是偶然得知这个是至亲的亲人时，才会产生的反应。

三个人坐下来，邢彭辉问她："林小姐似乎有心事？"

她摇摇头："没……没有。"她甚至都不敢看他。

邢彭辉对陆莘透笑道："我没想到陆老的孙子也跟着一起来珠海了。"

"朋友的忙，当然要帮一下。"陆莘透看了林琰琰一眼。

"你跟林小姐是好朋友？"邢彭辉问。

"事实上，我在追求她！"

林琰琰瞪了陆莘透一眼，埋怨他说得太多！

邢彭辉把他们的小动作都看在眼里了，看来他们关系应该挺好的。可是，林琰琰既然与陆老的孙子认识，为何之前不告诉他呢？

邢彭辉道："既然如此，我也放心把东西交给你们了。"他把一只牛皮纸袋交给陆莘透，"这是刘钧保存的账本的电子档，我已经扫描到移动硬盘里了，你们拿去吧，希望对景辰有帮助。"

陆莘透取过来看了一下，问："邢先生怎么拿到这些资料的呢？不瞒您说，在您来之前我们已经拜访过刘钧了，但是他两次骗了我们，我想他应该不肯轻易把账本交给别人。"

"那要看他交给谁了。景辰是景万山的养子，他最忌惮的是景万山，我不一样，他还在我父亲公司工作的时候，与我有些交情，他相信我。"

"那如果我们把这些东西交给警察呢？他也愿意吗？"

邢彭辉沉默了一下，道："需要大白于天下的东西，没有人可以阻拦。"

"这些账本可能也涉及邢氏集团当年的运作，邢先生也愿意？"

邢彭辉淡然一笑："邢氏集团已经转慈善事业很多年了，我无愧于心。"

陆莘透忽然对眼前的男人生出几分敬佩之意。邢彭辉没有遗传他父亲的贪婪，他是一个特立独行的，值得大家敬佩的长者！

陆莘透点头："既然邢先生不介意，我们就放心地交给景辰了。"

两人聊了一阵，该散场了，而自始至终没说话的林琰琰忽然开口了："邢先生，我可否单独与您聊一聊？"

“林小姐若有事的话，邢某当然奉陪。”

陆莘透看了她一眼，叹息一声出去了。

林琰琰说：“邢先生，我有一些私事，关于我母亲的，很冒昧地问您，希望您别介意。”

邢彭辉扬起嘴角，依旧温和儒雅。

“您说当年您很喜欢我的母亲，为何没有坚持下去呢？”

邢彭辉苦笑着摇摇头，略微感伤：“我与悦薇其实是单方面的爱恋，我喜欢你母亲，她却不喜欢我。”

“所以，你就眼睁睁地看着她嫁给林行远？你知不知道，她后来被小三逼迫，最后跳楼自杀了？”林琰琰很激动。

邢彭辉惊讶了，他觉得林琰琰的表现很反常。他说：“你母亲结婚后，就与我断了联系，我甚至不知道她住在哪里。当我打听到她在哪里时，她也不肯与我见面。”

他目光深远，似陷入回忆：“再后来，我知道真相时，已经晚了，你母亲已经走了。你母亲走后，我也试图寻找你们，但你们已经回到外公家去了，你外公因当年辞婚的芥蒂，并不想见我。”

林琰琰的拳头握紧，心都拧到了一起。

她知道她不能怪他，因为他不知道她的母亲在嫁给林行远时已经怀了孩子，可她又无法忍受，她也是无辜的，谁能补偿她的冤屈？

“我……不怪你。”林琰琰咬牙说着，眼泪泛出眼眶。

“林小姐？”邢彭辉不解地问。

林琰琰擦了一下眼泪道：“对不起，我失控了，今天谢谢你，我该走了。”

她不等他的反应，拿起包转身逃走了。

林琰琰打电话联系景辰，说她拿到刘钧的账本了，希望景辰回珠海来找她。

景辰赶到时，陆莘透正在酒店里给林琰琰换纱布。两人靠得很近，颇为亲昵，景辰还是第一次见到陆莘透如此温柔的样子。

景辰走上去：“琰琰，我来了，你的手还痛不痛？”

“景辰，你先坐吧，待会儿我想和你聊聊。”她说。

景辰捋了捋她的头发，心疼地说：“对不起……让你受苦了。”

陆莘透厌恶地皱眉：“喂，我还在这里呢！”

景辰扬起嘴角道：“陆总，谢谢你对琰琰的照顾，如果你累了就交给我吧。”

陆莘透没让给他，耐心地把包扎做完，然后给林琰琰倒了杯水，取了药过来说：“你该吃药了。”

“陆莘透，谢谢你，你出去吧，我想和景辰单独谈一会儿。”

“你想把我一脚踢开？”陆莘透走到沙发前坐下，打开电视机，“没门儿！”

林琰琰摇摇头，也不理他了。

她望着景辰：“我已经拿到刘钧的账本了。”她把移动硬盘交给景辰，“这一份应该是真的，我和陆莘透已经看过了。”

景辰皱眉：“琰，你从哪里拿来这个的呢？”

“是邢先生交给我的，但我不知道他是怎么见到刘钧的。我建议你明天把这份东西交给警察，以免夜长梦多。”

景辰不说话了，他看了看硬盘，心存芥蒂：“如果我收了，就是欠他人情了。”

“你很介意吗？”林琰琰听到重点了。如果他不能接受邢彭辉的东西，是不是说明他也不能接受她的感情？

景辰深吸一口气，把磁盘放到旁边，抚摸着她的头发说：“我不收，是我不希望你再为我冒险了，我感受到了你的真心，但是……我有我的原则，如果我遇到问题还得靠女朋友来解决，以后还有什么能力来保护你呢？”

他轻轻抓住林琰琰的手道：“琰，事实上，我和嘉诚、大鹏昨天已经研究出来解困的方案了。刘钧给我们的假账并非一无是处，假账也是根据真账来修改的，我们昨天彻夜研究，看出了假账里的端倪，提出了部分有用的信息，这一部分信息拿去劝说我父亲与何董事已经足够了。”

他望着她的双眼，真诚地说：“琰琰，你看，我有能力解决问题，我希望以后是我保护你，而不是你受伤来保护我。”

林琰琰的表情垮下来了，她举着硬盘问：“因为这是邢彭辉给我的，是吗？”

景辰错愕："为什么突然提到邢彭辉？"

林琰琰目光灼灼地盯着他，犀利地说："你别瞒着我了，陆莘透已经把我的身世都告诉我了！邢彭辉是我父亲，我爷爷与你父母有仇，你是因为这一点才和我分手的。我理解你，我想你若能放下仇恨与我在一起就好了，但是现在，你因为它是邢彭辉的，就不要了。"

景辰皱眉："琰，我很意外，陆总直接告诉了你的身世，但我不认为他有权利告诉你这些。"

林琰琰逼问："景辰，我和你扯感情问题，你干吗转移到陆莘透身上？你在心虚什么？"

景辰摇摇头："我没有心虚，琰。"

"那你为什么不肯收下硬盘？"

"我不希望你为我受伤！琰琰，我已经说了，但是你不信，我们的信任何时薄弱到这一地步了？"

"因为你什么事都不告诉我！如果你不坦白地和我说，将来还会有同样的问题！"林琰琰大喊。

"不，琰琰，我们之间最大的问题不是父母的恩怨，而是你对我不信任，从第一次分手到现在，从来没有改变！"景辰亦有些失望。

林琰琰哭着说："你现在觉得与我谈恋爱痛苦了？"

"……"

"辰，你没有真正地改变！"

"琰，没有改变的人是你。"

"你走吧，我不想看到你了！"

景辰说了一声"你保重"，就走出去了。

林琰琰很难过，她不知道为什么会这样，难道她与景辰真的不可能了吗？

陆莘透走过来说："别哭了，你们不合适。"

"陆莘透，你也回去吧，我想一个人静一静。"

陆莘透叹息一声，却没走，反而把她揽到自己的怀里："如果我走了，我就是另一个景辰了。以后你伤心的时候我陪你，好不好？”

林琰琰的眼泪扑簌簌掉下来。

这一刻，她觉得陆莘透是可以依靠的，甚至是温柔的……

景辰回到办公室，彻夜无眠。宋嘉诚捧着新打印出来的报表给他看：“景辰，你看这是十年前何全高价买下的一块地皮的账目，与当年的银行出款不符。”

景辰看了一眼，皱眉头：“差这么多？”

“你知道差的钱去哪里了吗？都被何全吞了，这可是扳倒何全的最主要证据！”

“辛苦你了，嘉诚。”

“跟我客气什么，不过我觉得你今晚一直不在状态，怎么了？”

景辰摇了摇头，叹息：“我忽然觉得如果我不来珠海，也许就不会惹上这么多麻烦了。”

宋嘉诚收起账本：“这不像你了，既然已经做了决定，就不要退缩了，你已经不欠你父亲什么了。”

“我是已经不欠他了，但我失去了我的爱情。”

“因为林琰琰吗？你们谈崩了？”

景辰望着外面的风景，说：“我与她……之间的问题太多了。”

“林琰琰确实帮了你很多，但是我觉得，如果双方都痛苦，那就试着解脱吧。”

景辰沉默了，他可以就此放开林琰琰吗？难道他们最终不是被家族仇恨打败的，而是被彼此的安全感给打败的吗？

他摇摇头，压下心中的不快，拍拍宋嘉诚的肩，又回去奋战了。

景辰一行人忙到天亮，终于把事情搞定了。

景辰很累，准备回家休息，秘书却走进办公室，一脸严肃地通报：“景总，董事长来了，让你十点钟到机场接机。”

所有人都蒙了，他们才刚刚研究出了成果，景万山就过来了？

景辰率先反应过来：“好的，我知道了，我回家休息一会儿，你八点半让司机到我楼下接我。”

秘书点头出去了。

沈鹏上前道：“你爸爸来了，你觉得他来干什么？”

景辰想了想，他记得今天下午稽查组要过来调查公司的财务状况，他估计景万山是过来坐镇的。

九点多，景辰与下属到机场接机，却看到景万山与何董事一同走出来。他心惊，何董事这般不请自来有什么目的呢?

景辰压下心中的疑虑上前打招呼，三人坐了加长商务轿车回公司。几个人客客气气地聊着工作问题，一上午就过去了。

下午，稽查组过来了，稽查人员问景辰部分资金的流向。景辰说：“抱歉，我才来珠海分公司任职不久，这部分资金流向可能得问之前的管理人何董事。”

“可是资金的审批都有您的签名，所以您对这些资金的流向也负有责任，请配合我们的工作。”稽查人员说。

景辰蒙了。他想了想，他在集团公司任职总裁时，有很长一段时间审批过南区的财务报表，何董事一定是趁机动了手脚，来陷害他。

景辰看向何董事，何董事一副事不关己高高挂起的样子。他再看了景万山一眼，景万山表情冷淡，居然说：“景辰，好好配合稽查人员的工作。”

景辰心中苦笑，他真的失望了。于是，他淡淡地说：“关于这个问题，我有一些资料想给稽查组过目。”

他让秘书把刘钧的账本拿出来，说：“这是一个之前在珠海分公司任职的老会计整理的资料，里面详细记录了珠海分公司这十几年来的所有财务流向，你们可以在上面查到你们想要的。”

何全闻言，脸色惨白，几乎坐不住了，他想取过那些账本看看，可惜稽查组不让他动。他起身离开了会议室，景万山也跟着离开了。

稽查组的调查工作一直到下午五点多才结束。

他们一走，何全和景万山立马回来了。

“你给稽查组的那一部分账本从哪里来的？”何全既愤怒又不安，那些账本他已经深藏起来了，没有人知道，除了刘钧。可刘钧如此狡猾，他和景万山都找不到，景辰有能耐找得到？

景辰说："不知道父亲与何叔是否还记得一个叫刘钧的会计，他之前在景辉集团与珠海分公司任职过。"

"你……"何全拍案而起，景万山也惊讶地看着景辰。他们真没想到，景辰居然真的找到了刘钧！

何董事咬牙切齿："他除了给你珠海分公司的账本，还给了你什么？"

"他什么都给了我！"

何全傻眼了，对景万山发火："景万山，你看你培养出来的好儿子！真是厉害了，把你我都将了军！"

景万山站起来激动地问景辰："你怎么会找到刘钧，你把账本交给稽查组，想置景辉集团于水深火热之中吗？"

"爸爸，我从来没有想过要这样，但我也是被逼无奈。如今我手中还有您与邢阁当年合作项目的账本，我希望我不会被逼无奈交出去。"景辰说这些话时语气平静，他已经不想在此事上浪费任何感情。

景万山摔了杯子骂："你在威胁我！我养育你三十多年，到头来你竟威胁我！"

"爸，如果你收手，剩下的账本我不会交出去的。"景辰劝道，"你当年做了这么多坏事，邢阁也是。可是邢阁的儿子邢彭辉却没有坚持邢阁的产业，而是一心转投慈善事业，将功补过，你也可以像邢彭辉一样……"

"邢彭辉？"景万山气得不轻，指着他，"邢彭辉就是个伪君子！他跟他父亲一样贪婪！他做慈善不过是为了掩盖罪行罢了，当年你父亲的车祸事故，他也参与了，如今你却当他是好人？"

"你……什么意思？"

景万山拍着桌子道："我知道了，刘钧的账本是邢彭辉给你的吧？否则以你的能耐你能找到刘钧？可你有没有想过邢彭辉为什么要帮你，你以为他愧疚吗？"

景辰傻眼了，他盯着景万山，脑子里一片混沌。

"你这是认贼作父！"景万山痛骂完之后就走了。何全看戏也看够了，也跟着一起出去了，只有景辰还傻傻地站着，没有缓过神来。

邢彭辉参与了他父亲的车祸？如果这样，邢彭辉就与他有仇了，而他与林琰琰的距离就更远了……

晚上，景辰回到家里，靠在阳台上独自喝酒，景夫人打电话来找他。

“景辰，你在珠海过得好吗？”

“挺好的，妈妈，你别担心。”

“唉，你别瞒着我了，我都知道了。”景夫人叹息，“景辰，妈妈知道你爸爸对不起你，但是……”

“妈，我有件事要问您，邢彭辉参与了杀死我父母的车祸事件吗？”

景夫人叹气：“你父母死后，你爸爸曾经做过调查，他是这么说的，但并没有足够的证据。”

“我知道了！”景辰万分痛苦地低下头去，不愿意去想了。

景夫人又劝他：“景辰，不管你爸爸做了什么，他始终是你爸爸，不要置他于死地，妈妈真不想看到你们这个样子。”

“那如果他已经把我逼上绝路了呢？”

“我相信他会给你留后路的，我也会监督着他，你千万不要做傻事！”

景夫人这么要求，景辰没办法再拒绝，只能痛苦地答应：“妈，我知道了。”

稽查组第二天又来稽查一天，就调查结束了。晚上，景万山设宴请他们吃饭，景辰陪同。景辰陪了一阵子，直到这些人都喝得差不多了，才走到阳台上。过了一会儿，景万山也来了。

“爸，您身体不好，少喝一点儿酒吧。”

景万山没理景辰。

景辰又说：“昨天妈妈给我打电话了，她希望我别针对你。但是我想说……不到万不得已的时候，我是不会交出去的，我保证，所以我希望你能够收手。”

景万山冷笑：“可惜我只相信眼前看见的，而且你有没有把证据交给我，都不需要了。”说完，就转身回了餐厅。

景辰皱眉，他不理解景万山说的话，总觉得景万山说的话好像在预示着什么。

宴会散了之后，景辰回家。只是他没想到他家里的东西都被翻乱了，像是被人入室盗窃，洗劫一空了一样。他蒙了，连忙奔到书房找他藏起来的刘钧的账本。果然，他之前打印的资料都没有了。

他立即给宋嘉诚打电话：“我们整理的刘钧账本的移动硬盘还在你手上吗？”

“在啊，怎么了？”

“我家里被人入室偷窃了，纸质账本已经被人偷走了，你赶紧回酒店看看移动硬盘！”

“移动硬盘在我身上，这么重要的东西我哪敢放酒店！”

“那就好！”

“怎么会出这样的事？你等等，我叫上大鹏，待会儿过去找你！”

景辰挂了电话之后有点儿崩溃，他捂着头坐到堆满稿件的沙发上。这个地方是珠海分公司给他安排的，因此公司肯定有备份钥匙。他终于明白今晚景万山的话是什么意思了，只是他没想到景万山已经猖狂到这种地步了。

宋嘉诚和沈鹏很快赶过来了，李茗兰也跟他们一起过来了。三人看到景辰家里的景象，全都傻眼了。

李茗兰跑过来问景辰：“你没事吧，他们有没有把你怎么样？”

“我没事，他们是趁我不在家的时候入室偷窃的。”

“要不要报警？”宋嘉诚问景辰。

景辰摇摇头。这些内部恩怨，警察掺和进来就更复杂了。

他问宋嘉诚：“硬盘在你手上？”

“在的。”宋嘉诚掏出来给景辰看了看。

景辰看到硬盘还在，才彻底放心：“只要这东西还在就没问题，我们再打印一份就好了。”

“可是，你现在住在这里太危险了，你跟我们一起到酒店住吧。”李茗兰劝道。

景辰纠结着，这时他的手机响了，是个陌生号码。他警惕地拿起来接。

“喂，是景辰吗？”是个熟悉的男音，“我是刘钧，我现在在珠海，你现在方不方便和我见一面，我有很重要的补充资料要给你们。”

“刘钧？你……你还没出国吗？”景辰惊讶地站起来。

刘钧低声说：“我只有把老母亲转移好才能出国，这几天你爸爸与何全一直派人打听我，我只有躲着，你赶紧出来和我见面，我明早就出国了，晚了你可别后悔！”

刘钧会这么好心吗？出于怀疑，景辰没有立即答应，但刘钧一再催促，他只好答应了。

刘钧说：“你把那些假账带出来，也把自己研究的资料带出来，账本啊移动硬盘啊什么的！”

“做什么呢？”

“废话少说，你带出来就是了。”刘钧说完，低声说了个地点，就挂了电话。

景辰向朋友解释了一下，宋嘉诚疑惑：“会不会有诈？”

“可那是刘钧的声音，他再有诈，我们这么多人，他能把我们怎么样？”沈鹏插话道。

景辰想了想，点点头，四人就去见刘钧了。

刘钧约的地方在很深的巷子里。他们在那儿等了半个小时也不见刘钧出现，就打了个电话，可刘均的手机已经关机了。

沈鹏说：“这家伙该不会是坑我们吧？”

“我们还是耐心等一下吧。”

他们又等了一阵。

忽然，巷子远处走来了七八个醉鬼，他们每个人手中提着一瓶啤酒边走边喝，踉踉跄跄好像随时可能倒下。李茗兰皱了一下眉头给他们让路，但是领头的年轻人忽然停下来，色眯眯地盯着李茗兰说：“咦，这个妞长得不错嘛，给个联系方式，跟哥几个玩玩？”

沈鹏走上前说：“小兄弟，她是我们的朋友。”

“你的朋友怎么了，你的朋友我们就不能约了？”年轻人说着就要摸李茗兰的脸，被沈鹏及时挡住了：“小兄弟，你这样可过分了！”

“我过分？我还嫌你们不识抬举呢！”小年轻突然暴怒，他身后的一帮人见状，捋起袖子就上前拉扯李茗兰，有人还准备动手教训沈鹏。

李茗兰惊叫出声：“你们干什么？”

景辰帮沈鹏拦了一拳，可是那帮人一拥而上，个个喝醉了酒不怕死，景辰等人很快就败下阵来，被那几个人揍得不轻。

景辰一边拦住他们的拳脚一边掏出手机打算报警，但手机却被那些人踢飞了。

景辰对宋嘉诚喊：“嘉诚，快报警！”

宋嘉诚自顾不暇：“我这儿根本挡不住啊！你们这些浑蛋干吗，干吗抢我东西，把东西还给我！”

景辰根本来不及看宋嘉诚被抢了什么，场面太混乱了，他瞥见沈鹏死死护着李茗兰已经被捶打了很多拳了，而那些狠心的人还掏出了刀！

他们居然有刀！

沈鹏被砍了一刀，景辰惊恐了，他正好退到了一辆轿车旁边，他狠狠地拍着那辆轿车，大喊：“警察来了，警察来了！”

那些小年轻神志不清，一听景辰大喊警察来了，顿时慌乱了，赶紧逃走了。

景辰奔向沈鹏，看着他倒在李茗兰怀里血流不止。

“大鹏你怎么了，伤到哪儿了？”

李茗兰哭着说：“他刚刚护住我，受伤了！”

沈鹏手背被划了一刀，腹部也中了一刀，他痛得说不出话来。景辰赶紧找回自己的手机打电话，而就在这时，巷子尽头又传来几声凄惨的叫喊。

“怎么回事？”宋嘉诚寻声跑过去。

景辰担心他，朝他大喊：“嘉诚你快回来！”

宋嘉诚却已经跑到角落里，回头大喊：“景辰，你过来看看！”

景辰赶紧跑过去，就看到宋嘉诚抱着一个血流不止的伤员，那个人的伤情比沈鹏还重。

景辰觉得面熟，蹲下来看了看，立即震惊了。

“刘钧？刘钧你怎么样了？”

刘钧已经快不行了，他抬起沾满鲜血的手揪着景辰的西装说：“你父亲……景万山……何全……”说完，他头一撇，断气了。

“刘钧！刘钧！”景辰摇他，怎么摇都摇不醒。

他傻眼了，眼泪不经意间便溢了出来。那是一种恐惧的眼泪，他生平第一次遇见这种买凶杀人的现场，而凶手很有可能是自己敬爱的父亲！

警察来了，救护车也来了，沈鹏和刘钧被送进医院，不过，刘钧被送上车时已经被证实死亡了。

景辰、宋嘉诚与李茗兰被带往警察局做笔录。从警局里出来，他们先去医院看了沈鹏。沈鹏无大碍，只需要住院一段时间就能养好。

宋嘉诚说：“移动硬盘被那些人抢走了，我们手上没有证据了。你爸爸太狠毒了。我现在完全不知道该怎么办了。”他颓然地坐到椅子上，仰着头叹息，十分难过。

景辰沉默片刻，忽然道：“我去找他。”然后不等其他人反应，走了出去。

景万山与何全乘坐游艇出海游玩。

景辰赶到海边，租了一辆游艇追上他们。他到了他们的游艇上，才发现除了何全与景万山以外，还有一个穿着花衣，戴着墨镜的香港老板。

景万山问：“你来干什么？”

“来确认一件事，昨晚刘钧出事了，你知道吗？”景辰问。

“知道。”景万山很淡定地回答。

“是你做的吗？”

“是又怎么样，不是又怎么样？”

景辰皱眉，对景万山的态度很不能接受。

那个香港老板忽然说：“年轻人，我和你爸爸正在谈生意，你不应该这么咄咄逼问。”

“蔡老板，他不懂事，让您见笑了。”景万山说。

蔡老板“嗯哼”一声。

这时，忽然有个秘书模样的女子走上来说："老板，棋牌室整理好了。"

蔡老板很高兴地搓搓手说："来，来，来，打牌，打牌。"

景万山与何全起身，很乐意奉陪，他们完全没理景辰。

景辰忍着脾气跟随景万山走进棋牌室，他今天就要看看景万山打算做什么。

他们打牌论金钱，景万山与景辰都故意让着蔡老板。蔡老板赢了很高兴，拍拍景万山的肩膀说："九龙的生意有你们的机会了，哈哈……"

中午他们在游艇上吃饭，景万山看了看海景，颇为自豪地对景辰说："输一牌局，赢了一个千万的生意，你说这牌输得值不值？"

"他做的不是正经生意。"景辰冷冷地说。他看着他们打牌，听着蔡老板的口气就知道蔡老板什么来路了。

"那又如何，如果没有这些生意，景辉集团能有今天的成绩？"景万山显然自暴自弃了，他斜眼看着景辰，"我们还得靠蔡老板打开香港的市场。"

景辰看着他："刘钧的事情是你做的吗？"

"呵，是他不识抬举。"

"所以，你也想像对付刘钧一样对付我吗？"

景万山还没来得及回答，何董事就从船舱里走出来回答了景辰："如果你也不识抬举的话。"

景辰看着何董事，何董事歪着头看景辰。

"刘钧是我派人杀的，包括昨天晚上抢劫你们的那几个小青年，也是我雇的人，我就跟你直白地说了你又能怎么样，你能告我吗，能让警察抓我吗？"何全痞痞地看着他，一副"老子天下最大，你能奈我何"的模样。

"人命在你眼里，那么不值钱？"景辰问。

"值什么钱？"何全掏了掏耳朵，满不在乎。

景辰摇摇头，终于放弃了。

"我来是寻求答案的，如今，我知道答案了！"景辰说完，转身走了。

何全眯眼看着景辰离去，扬起嘴角："你儿子终究跟我们不是同路人。他知道的太多了，怕是留不住了，该怎么做你应该知道了吧，景老？"

景万山沉默不言。

景辰回到岸上，主动给林琰琰打了个电话。林琰琰的假期都用完了，不得不收拾行李准备回家，恰在这时她接到了景辰的电话。

“琰琰，今晚可否见你一面呢，我有些事情想和你谈谈。”

“还谈什么呢？”

“对不起，但是这件事很重要，希望你给我一个机会，我们见一面。”

林琰琰犹豫片刻，最终还是答应了他。

晚上，景辰去接她吃饭的时候，看见她在收拾行李，就问：“你打算回去了吗？”

“是啊。”

景辰想她回去了也好，他现在很危险，她不能再跟着他了。

两人吃饭的时候，景辰道明了来意：“琰琰，不知道你还存没存着邢彭辉给你的移动硬盘，如果可以的话，我希望你把它交给我。”

“你不是不要它了吗？”林琰琰很失落。他来找她竟然是因为这件事，而不是他们的感情。

“这东西放你身上很危险，我希望你交给我，我将拿它做一件很重要的事。”

“做什么事呢？”

“很抱歉，我不能告诉你。”

林琰琰摇摇头，苦笑了一下：“你还是老样子。”

对于林琰琰的失落，景辰无言以对。

如今，他没法给她更好的了，是他辜负了她。

林琰琰轻声说：“我要回A市了，你没有什么话想对我说吗？”

景辰低下头喝茶，不敢看她：“我希望你过得更好。”

这话算是放弃了吗？林琰琰难过地别过头，忍着溢出的眼泪。她道：“好，我把移动硬盘交给你，你待会儿送我回酒店吧！”

景辰点头。

林琰琰离开咖啡厅的时候，景辰一直默默地追随在她身后。两人保持着尴尬的距离走到了酒店，然后，林琰琰把移动硬盘交给了景辰。

景辰苦笑：“我说过不需要你来解决，但最终还是食言了。”

“我能理解为你接受邢彭辉了吗？”林琰琰怀着最后的一丝希望问景辰，景辰却摇摇头。

林琰琰不再问了，她知道不会有她想要的结果。

可景辰却忽然伸手，把她揽到怀里。

他抱着她，逐渐用力，好像即将生离死别，万般不舍。他低声说：“谢谢！你是个好姑娘，是我配不上你，你要好好照顾自己！”

他松开她，不让她看到他的表情，转身走了。

林琰琰呆呆地站在原地，隐忍已久的眼泪也掉了下来。

「第二十二章」

我愿乐此不疲地吻你，吻到天荒地老。

刘钧的死并没有引起广泛的社会关注，只是让人想不到的是，这个案子竟然在两天后就破案了，不仅破案了，还牵引出了一个惊天大秘密。

刘钧案子的举证人不仅指出凶手是谁，还提供了一份有关景辉集团的账本。这个账本记录了景辉集团近三十年的发展内幕，包括邢阁的洗钱案、南区的贪污案，甚至景万山与A市市长的勾结案等等。

账本公开后，在社会上引起轩然大波。大伙儿都没想到，在A市屹立多年，一向致力于做慈善活动的景辉集团竟然是这样一个不良企业。

警方立即对景万山、何全等人展开监控调查，景辉集团也受到了巨大的影响，股票连日下跌。而在这紧要关头，大伙儿发现景辉集团的原总裁景辰不见了。

景辰报案之后，驱车去了一个度假小村庄，没有与任何人联系。这两天里，他想了很多，一回到珠海，他就草拟了一份辞职报告，递交给董事会。

只是这一刻，他十几年的梦想也随之破灭了。

景辰正收拾东西，准备移交工作，突然，有人破门而入。

景万山怒气冲冲，冲上来便打了他一巴掌，提着他的衣襟骂：“混账东西，你竟然这样背叛你的父亲！你这个狼心狗肺的东西，我当年真是错养了你！”

景辰任由景万山打骂，可是他一点儿也不后悔，因为景万山是错的，他不能为虎作伥！

景万山骂了一阵，警察冲进来把景万山控制住了。

景辰淡淡地说：“爸，我知道你恨我，但我不能眼睁睁地看着你违法犯罪下去，所以，我只能说……对不起！”

警察把景万山带出去了，景辰恍惚地把资料整理好之后，离开公司。

他这才将手机开机，一开机，便收到无数的未接来电的提醒短信，这段时间大伙儿找他找疯了，有朋友，也有家人。

景辰先给宋嘉诚打了个电话，告诉宋嘉诚，他已经回珠海了，待会儿就与他们见面，然后又给母亲回了一个电话。

这个电话大概是景辰打得最艰难的一个电话了。一个一生平顺的女人，忽然面对丈夫与儿子的自相残杀，多少都有点儿难以接受吧，也许已经心力交瘁了。

景辰很愧疚，低声说：“妈，我今天回到公司，并且提交辞呈了。”

“唉……”景夫人深深叹息一声，“辞职了也好。妈妈希望你回家一趟，不知道你方不方便？”

景辰很意外母亲如此温和，他答：“等处理完了珠海这边的事，我就回去。妈，对不起，我没法容忍他为了利益害死了一个人……”

“你无须跟我说对不起的……”景夫人的声音里满是疲惫，“你回来吧，妈妈等你。”

景辰见她不打算继续聊，只好答应，之后挂了电话。他孤独地走在街上，心累了，手机响了几次都不打算接。他走着走着，在进入一片广场时，看到一个人。那个人静静地站着，注视着他，似乎已经等他很久了。

景辰停住脚步，远远地望着她，心情复杂。

林琰琰说：“我找你很久了，我们能谈谈吗？”

景辰说：“恐怕，我没法给你想要的交代。”

“没关系。”

一入九月，街上的服装店都上了秋款，花花绿绿的夏款一下子换成了以黑灰色为主的秋冬新衣，颜色瞬间暗淡了不少。林琰琰喜欢夏天，因为夏天的颜色比较艳丽，一入秋冬，整条街皆肃穆起来了，正如此时此刻她的心情。

她陪景辰走了一会儿，问："你辞职了吗？"

"嗯。"

林琰琰说："我看了新闻，你做的事情很正义，但是我很担心你。"

"你不用担心我……这是我咎由自取的。"

咎由自取吗？林琰琰皱眉，他怎么用这个词形容自己？她很纠结，却不敢多问。

两人走了一段路，忽然经过一家DIY蛋糕店，林琰琰只看了一眼就想起来了，这家与她在A市碰到的那家是同一个风格的蛋糕店。她停住脚步，转头对景辰说："在来珠海之前，我一直很想给你带一份礼物，可惜没来得及准备，没想到这一次再次碰到这家蛋糕店，你能跟我一起做一盒糕点吗？"

林琰琰望着他，眼里充满期盼。他迟疑片刻，最终答应了林琰琰的要求。

林琰琰拉着景辰进店，找到了之前心仪的糕点模型，拉着他跟随糕点师傅DIY。

两人全程很少说话，但是一起捏皮做馅儿的时候配合得很默契。有时候她刚刚抬起头来，景辰就知道她要干什么了，或者帮她做好了需要做的事。

林琰琰忽然很难过，她有一种想哭的冲动。

糕点烤熟了端出来，成品很完美，景辰说："你带回去给陆总吧，顺便也代我感谢他，谢谢他这一段时间帮我的忙。"

林琰琰没有反对，只是低声说："景辰，我们可不可以重新在一起……"

她的声音很小很小，语气低微到尘埃里，眼泪也落了下来。

景辰愣怔，叹气，心疼地低唤一声："琰琰……别这样……"

林琰琰主动抱住他："别再拒绝我了……我们一起走吧，远离珠海，远离A市，我什么都可以不要，只要我能跟你在一起！"

景辰拍拍她的背，却始终沉默以对。

他不否认，他爱着林琰琰，可是这几天他发现比起陆莘透，他做的远远不够。

陆莘透可以追着她来珠海，可以为她去恳求老爷子，可以为她捉拿刘钧，也可以为她一直留在珠海陪着她。这段时间她在珠海，不论是吃住行、生病了难过了都是陆莘透照顾的，反观他，因为有太多的顾虑，始终没法陪着她。

他配不上她。头一次，他被陆莘透打败了，他甘愿让步。

第二天晚上，景辰约陆莘透到酒吧见面，想与他好好谈谈，想与他一醉方休。

陆莘透接到电话之后，答应了景辰的邀请。

陆莘透来酒吧时，景辰已经喝了几杯了。

陆莘透坐上高脚凳，问他："你叫我来这里做什么？"

景辰给他倒上一杯："喝酒……还有另外一件事，关于琰琰的。"

陆莘透皱眉。

"她昨天来找我了，她再一次动摇了我的心，但是今天我看到你陪着她去医院了，天气凉了她感冒了，你全程照顾她，对她十分细心……"

陆莘透眉头皱得更深，眼里满是质疑。

景辰闷头喝完了一大杯酒之后，忽然说了一句："我决定放手了！"

"为什么要放手？"

"我没法给她更好的，我面前……有一股前所未有的阻力，我甚至不知道我将来的路在哪里，我不能拖累了她！"

"所以你就决定放手了？你有没有想过她的感受？"

景辰摇头苦笑："我不希望她受到一丁点儿伤害。你的条件比我好太多了，你有能力……给琰琰更好的……"

陆莘透握紧拳头，咬牙切齿，忽然给了景辰一拳，并提着他的衣襟说："你这个懦夫！她那么爱你，甚至跑到珠海找你，你就这么对待她？你是不是男人！"

景辰想反抗，陆莘透又给了他一拳："你知道我多梦寐以求想获得她对你的一切！我多么希望她爱我，她也处处为我着想，可是，不论我怎么做她都不把我放在眼里。现在，你一句话就抛弃她，想要我照顾她，你把她当成什么了？你把我最爱的女人当成一件物品，你是想和我宣战吗！"

陆莘透像一头发怒的狮子，而景辰被打了两拳之后已经酒醒了，他吼陆莘透，叫陆莘透放开，陆莘透根本没听进去。

景辰反打了他一拳，骂道："你说够了吗？你能不能有一点儿理智？我可能会被何全追杀！"

景辰的一番话让陆莘透惊呆了，陆莘透呆呆地看着他，忽然忘了愤怒。

景辰又说：“刘钧只是掌握了他们的证据，还没有举报他们，就被何全杀害了！当初我把何全赶出董事会，没过两天也差点儿遭遇车祸。这次我提供了线索交给警察处理，虽然他们都被带走调查了，但何全是有背景的！他依然可以逍遥法外，到时候随随便便就指派人把我干掉，我有什么理由把琰琰带走？让她跟着我冒险吗？”

陆莘透沉默了。

景辰眼眶泛红：“对你来说不辜负心爱的女人就是男人，但是你觉得如果辜负心中的良知、正义，眼睁睁地看着坏人逍遥法外，看着至亲至爱的人跌入无底深渊，就算是男人了吗？”

陆莘透不再反驳了。景辰与他，终究是不同的。他整理自己的衣襟，冷冷地说道：“你会后悔的！”

景辰心痛难耐，低头拍了拍陆莘透的肩膀：“希望你别再辜负她了……”然后转身走了。

陆莘透背靠着墙壁发呆了好久，才颓废地走出来，然而他却发现与他们一墙之隔的角落里站着一个人，正是林琰琰！

陆莘透惊讶道：“琰琰你……你什么时候过来的？”

林琰琰没说话，似乎流泪了，转身走了。

陆莘透追上去拉住她的手：“你什么时候过来的，你是不是都听到了？”

林琰琰回头说：“你接景辰电话的时候我听到了，我一路尾随你过来的，所以我都知道了！”

陆莘透抓着她的肩膀试图安抚她：“你别再惦记着他了，也别再为他流泪了。”

林琰琰摇摇头，捂着嘴轻声哭道：“我只是不明白，他既然为了我好，为什么不给我选择的机会，凭什么就认为分开是对我最好呢？”

“他不合适你。”陆莘透忍不住把她拉到怀里，拍拍她的背安慰，“琰琰，别哭了，别哭了……我很心疼……”最后一句话他说得很轻。

林琰琰很迷茫，她觉得每次她最难过的时候陆莘透都在她的身边，难道陆莘透才是最在乎她的那个人吗？可是他也曾经伤害过她……

林琰琰挣脱陆莘透的怀抱转身离去：“谢谢你，但我想冷静一下。”

陆莘透不明白她为何如此排斥他的怀抱，他大步追上她：“你应该看看，除了他以外还有更值得你爱的男人。”

林琰琰终于转过身来：“你是说你自己吗？是，你现在对我很好，但我怎么相信你不会变成第二个景辰？我很害怕一次次被人抛弃，这像是一个魔咒，我已经承受不住这样的打击了！我掌控不了你的脾气，我没有精力再次尝试爱情，而你也未必可以给我幸福！”

“你还没有给我机会就这么否定我？”陆莘透拉住她的手，“如果我保证以后不轻易对你发脾气，有任何不满意的会与你沟通，你会接受我吗？”

林琰琰蒙了，她没料到陆莘透会有如此反应，而且是这么坚决的态度。

“你会接受我吗？”他紧紧扣着她的手，“说话！”

林琰琰骑虎难下，语气弱了几分：“如果你改正，我就考虑……”

“好，这是你说的！”

景辰处理完珠海的事情就回A市了。家里人听说他要回来，都等在家里，除了被警察带走的景万山。

景夫人命保姆烧了他最喜欢吃的菜，等他回来吃饭。吃过饭之后，景夫人又单独找他聊了会儿。

景夫人望着他沉默良久，三次叹息之后终于开口：“你爸爸这一进去，不知道还能不能出来，景辉集团不行了……如果你辞职了，就尽早做打算吧。我之前给你的遗产，你可以开自己的公司，完成你最想实现的梦想，妈妈不怪你！”

“妈，对不起，您的遗产我不会接受的……”景辰取出一份文件放到桌上，“这是您的遗产，我已经过户到您名下了。您留给阿逸吧。”

“你……景辰，这是妈妈留给你的啊！”景夫人十分惊讶。

景辰摇摇头：“妈，是我辜负了父亲，我不能再要您的遗产了。”

“我们家有愧于你，这是你应得的。”

景辰还是摇摇头："您并没有对不起我什么，就算之前父亲与我生父曾有些恩怨，但那也是他们的事，您不必牺牲自己。"

景夫人趴在他肩头难过地哭了。

景辰安慰了她一会儿，说："妈，我打算出国一段时间，希望您体谅，我会常回来看您和爷爷奶奶的。"

"你要走？"

景辰点头，颇为无奈地说："我不知道……我在国内还能做什么，但是出国，我可以重新开始我的人生。"

景夫人心中万般不舍，但她理解他。她捧着他的脸说："妈妈不会阻拦你的决定，但希望……你还一直认得这个家。"

"您永远是我的母亲！"景辰向她保证。

那晚离开时，景逸送景辰出门的，母亲一直抹眼泪，景辰拍拍景逸的肩膀说："好好照顾母亲。"

景逸点头，与他拥抱告别。

景辰回头望着景家大宅，最终开车离去了。

景辰在A市待了五天，董事会批准他离职了，而警方也不需要他再配合调查了。

景辰打算出境了，因为何全还被警方监控，还不好对他下手，如果时间拖得久一些，就难说了。

在出境前的最后一天，景辰又回家见了一下亲人，然后晚上，约了朋友们见面。很多年前，他出国的时候是宋嘉诚、沈鹏和李茗兰送别的，这一次他离开，也还是这三个人给他饯行。

酒过三巡，大家都聊了很多，李茗兰忽然说："我申请了去美国交流学习的机会，如果批准了，一个月以后我也会去那边的。"

景辰有点儿诧异，他忍不住看了看沈鹏。沈鹏每次都是最容易喝醉的人，果然，今晚他又醉倒在椅子上了，不过听到李茗兰这么说时，他眼睛动了动，也许把李茗兰的话听进去了。

景辰挺心疼沈鹏的，他觉得或许可以帮沈鹏说点儿话了。

景辰酝酿片刻，对李茗兰说："茗兰，我在那边可能有一番新的事业，到时候，我可能会待很多年。"

"难道你一辈子都不回来了吗？"

"茗兰，你不应该把目光一直放在我身上的，你应该多看看身边的人，如果有人对你很好，你要珍惜，这世界最难得的是痴情，如果有人为你痴情十几年，难道不是一件很幸福的事情吗？"

李茗兰皱了皱眉，不太明白。而沈鹏原本转动的眼睛，忽然不动了。

景辰的一席话，让气氛有些冷场，李茗兰心事重重，终于不再提出国的事情了。

散席之后，景辰开车回家，经过一番内心挣扎，他毅然决定去B市看看。他明天就要出国了，在出国前他希望最后看一眼林琰琰。

景辰连夜去了B市，他开车到林琰琰家楼下，没敢轻易上去。他在她家楼下望着灯光，忽然觉得见不到她，他又不甘心。

景辰打电话给林巍巍。林巍巍接到他的电话挺意外的，告诉他："我姐跟陆哥出去了，到现在都没有回来。"

景辰诧异，问他们什么时候出去的，去了哪里。

林巍巍说："我不知道，她下班就没有回来，只是让我别反锁门，她要很晚才回来。"

景辰有些失落，感谢了林巍巍，并叮嘱他不要告诉林琰琰他打过电话的事情，就挂电话了。

林琰琰今天晚上有应酬，她与客户吃饭，几个客户频频给她敬酒，她躲也躲不过，差不多十点钟的时候她申请回来，领导不同意。她见客户和领导都喝大了，很担心出事，就打电话给陆莘透来接她。

陆莘透现在以她男朋友的身份自居了，自从她在珠海松口给了他机会以后，他频频对她示好，而她又没有足够的理由拒绝他。

陆莘透来了以后，领导才放人。

林琰琰坐在车上有点儿头晕，陆莘透把车开到楼下，她也赖着不起。陆莘透把手放到她的额头上，探探她的体温，怜惜地望着她："女人这么拼命工作做什么呢？"

"你说这种话……不尊重女性哦。"

"我是心疼你。"

林琰琰望着他，双眼有些不聚焦："你又跟我表白了，你每天缠着我……好像迫不及待成为我的男朋友似的，但是你得到了我又怎样呢，还是一样不珍惜。"

"为什么这么没自信？"陆莘透挑着她的下巴，"你有多清楚我对你的感情？"

"你对我是什么样的感情？"林琰琰趁着酒意似笑非笑地看他。她觉得陆莘透现在对她热忱，不过是还没有得到她。但是陆莘透忽然捧着她的脸，凑过来吻上她的唇，不断加深。

林琰琰有点儿蒙，但她浑身疲软，只能任由他吻着她。

陆莘透吻过之后，轻咬她的唇瓣，低声说："我对你的爱正像现在，我愿乐此不疲地吻你，吻到天荒地老。所以你说我对你是什么感觉，会不会轻易抛弃你？"

林琰琰都有些看不透他了。

陆莘透捋着她的头发，柔声说："你并不排斥我，只是你缺乏自信，你害怕再一次受伤害所以不尝试接受，可你这样对我很不公平，你怎么断定我一定会伤害你？"

林琰琰有点儿迷茫，静静地看着他。

"我很喜欢你，这十年来，你是我心里的唯一，笨女人！"陆莘透低声说着，又想吻上她的唇，但她却开了车门下车了。

她怕自己再不离开，就要被陆莘透再次一步步套牢了。

陆莘透追下车来，林琰琰抬头，却看到前方有一辆疑似是景辰的车辆。她惊讶极了，径直走过去。景辰看见她走来，也从车里下来。

"琰琰。"

"你怎么会在这里？"

"我……明天就要出国了，所以我来看看你。"

陆莘透走上来，默默地站在林琰琰身边盯着景辰，不说话。

景辰叹息道："不打扰了，只要能看到你过得好我就安心了。"

他转身就走，林琰琰忽然追问："你要出国，以后都不回来了吗？"

景辰苦笑："只是出去一段时间，在外面……重新找回我的人生。"

他就这么轻描淡写地把她抛下了，甚至推给了别人。

林琰琰咬牙说："景辰，我恨你！"这大概是她对他说过的最重的一句话了。

景辰的心颤动了一下，没有说什么。如果这句话是她的发泄，他甘愿受下。

林琰琰等不到他的反应，愤怒地转身走了。

陆莘透无情地说："她说恨你了，这是你自食其果。"

景辰说："虽然她恨我，但我保证了她的安全和她未来的幸福。"

景辰远远地望着林琰琰走进楼道的背影，失落地上车离开。他和林琰琰就到此为止了吧，今天短暂的相遇，可能是他们这辈子最后的相遇了。以后陆莘透会取代他在她心里的位置。

她将不再留恋他了。

景辰把车开离了小区，准备向高速路开去，然而在等红绿灯时，忽然看到对面路口有一辆十分眼熟的白色轿车。白色轿车后面还跟着一辆黑色轿车，那辆黑色轿车的车型和刻意挡住的车牌让他顿时心惊。

几乎一瞬间，景辰猛然想起来了，这两辆车曾经在郊区意图撞翻他的轿车，车上的人很有可能是何全的人！

景辰惊得一身冷汗，可那两辆车却没发现他的存在，径直朝着他来时的路上开去。难道是冲着林琰琰去的吗？何全知道是林琰琰把移动硬盘交给他的，所以想报复？

景辰非常担心林琰琰，掉头追去，他一路追踪，发现那两辆车果然停在林琰琰家小区附近。

那些人下车在附近走了几圈，指了指林琰琰所在的楼层就离开了。

景辰给陆莘透发了短信，让陆莘透这几天注意保护林琰琰的安全，但他依然不敢离开，于是在车上休息，迷迷糊糊地守到了早上六点。

第二天早上七点钟，林琰琰出门，去老街吃早餐。

那些人见林琰琰出门，果然开始行动了。他们开车朝老街驶去，但老街街道较窄，人又多，没法通车，他们只好停车跟踪。

景辰也跟着下车，他给林琰琰打电话，不过可能因为街上较喧闹的原因，林琰琰没有听到。景辰放弃了，只好默默跟着。

那些人见林琰琰进了一家面馆，便停在门口抽烟。忽然，他们叫来一个路过的小学生，叫小学生进去叫林琰琰。小学生本来不想进去的，但被他们凶了两句，只好进去了。那些人躲到巷子里，而小学生进去叫林琰琰出来，带着满脸疑惑的林琰琰往巷子里走去。

景辰一看情况不好，大步追上去，一把拽住了林琰琰的手。

林琰琰回头看见是景辰，惊讶了一下，便问："景辰？你怎么在这里，不是准备出国了吗？"

"跟我走！"

林琰琰挣开他的手："你干什么，这会儿又叫我跟你走是什么意思？"

景辰握住她的肩膀："琰琰，你听我说，你现在很危险，你不能跟着这个小朋友走，你必须马上跟我离开这里！"

"你在胡言乱语些什么？"

就在他们争执的过程中，巷子里的那几个男人走了出来。

景辰见势不好，拉起林琰琰的手便跑，后面的几个人也跟着追上来了。

林琰琰挣扎："你干什么？"

"琰琰，你听我的没错！"景辰拉住她的手往街口跑，而林琰琰平时上班乘坐的公交车正好停在站台上。

景辰推她上车，公交车正好启动离开了。

林琰琰回头望景辰，却看到景辰被几个人围住，那几个人戴着墨镜，来者不善，她才后知后觉刚才发生了什么。她想看得更多，可车渐行渐远，她没法看到了。

景辰被那几个人围住之后，对他们说："你们不必追她了，有问题冲着我来吧，我和你们老板谈判。"

那几个人把景辰上下打量一遍，领头的人一琢磨，便拧着眉头说："上车！"

景辰顺从地被那些人押着上了车，离去了。

林琰琰坐在公交车上，在下一站下车之后她便跑回来。等她跑到老街口的时候，景辰已经不见了，她很是着急。这时，陆莘透打来电话。

林琰琰才一接通电话，陆莘透就很着急地说："琰琰你在哪里？你千万别到处乱跑，我现在就去找你！"

林琰琰听他这么紧张，越加怀疑。她道："我现在在老街口，今天早上似乎有几个人跟踪我，景辰帮我摆平了，但是现在景辰不见了！"

"你等我，我马上过去找你！"

"你是不是收到了什么消息，为何这么紧张？"

陆莘透迟疑了一下，才说："我今天早上看到景辰昨天夜里给我发的短信，他说何全可能派人对付你，让我跟着你，注意保护你的安全。"

林琰琰心里"咯噔"了一下。

"那就是了，景辰跟着那几个跟踪我的人走了。"

陆莘透又吩咐让她等着他，他马上过来。

林琰琰等来陆莘透之后，描述了一下当时的情况。

陆莘透面色凝重："你别担心，我打电话给我的朋友问问何全那边怎么回事，他应该不可能出得来的！"

陆莘透打了好几个电话，打电话的时间很长。

林琰琰失落地走到景辰的车边等着。

等到陆莘透结束了最后一个电话，他走过来说："琰琰，何全没有出来，所以我不能确定是不是他派人对付的景辰。"

"除了何全还能有谁？"林琰琰眼眶泛红。

陆莘透见她这样，叹息道："看来我只能再一次麻烦我家老头子了。"

林琰琰愣怔地看着他，却正好对上他心疼的眼神，她心中一窒。

这是她第一次真真切切看到陆莘透为她为难，为她心疼，也为她放下一切的眼神。之前他再怎么对她好，总是摆出酷酷的表情，他很少直面承认自己的内心，更别说让她看到这么心疼、焦虑的眼神。

他一次次为她付出这么多，这一瞬间她被陆莘透感动到了。她低下头低声说：“总是麻烦你爷爷，我都不知道……怎么还你的人情了……”

“现在让我为你做什么，我都愿意！”

林琰琰无言以对。

陆莘透见她仍然不敢抬头面对他，叹息一声。

就在这时，林琰琰的手机响了，是短信。她看了一眼，连忙对陆莘透说：“景辰来短信了！”

陆莘透和她一起看。景辰说：“琰琰，好好上班吧，别担心我，我没事了！”

这条短信犹如定心丸，让林琰琰狂跳的心瞬间安定一些，然而安定过后她又怀疑，于是，她拨打了景辰的电话，景辰很久很久才接起来。

林琰琰问：“景辰，你现在在哪里，你真的没事吗？”

景辰笑着说：“我没事，你不用担心我，好好上班吧！”

“早上那些人呢？”

“什么人？哦，已经走了。你安心上班吧。”

景辰都这么说了，林琰琰也没什么好怀疑的了。她一颗心放下了，两人忽然间又无话可讲了。

大约沉默了半分钟，林琰琰说：“既然你没事，我挂电话了。”

“琰琰……”景辰沙哑着开口。

林琰琰等着，她觉得他这一声呼唤很沉重。

然而又是长达半分钟的静默，景辰叹息一声：“没事了，挂电话吧。好好工作，要过得幸福！我很感激你，谢谢！”

林琰琰心情复杂，最终只应了一句“嗯，你也是”，就挂断了电话。

景辰收了电话，看着林琰琰的名字，一阵阵苦笑，最终他还是没法把“我爱你”说出来，即便那可能是他最后一次开口了。

绑匪把景辰的手机收走了。

景辰望着车窗外，周围的风景一闪而过，他驶向了不知名的前方……

未完待续……